um caso de

Hercule Poirot

Publicado originalmente em 1937

AGATHA CHRISTIE

MORTE NO NILO

· TRADUÇÃO DE ·
Érico Assis

HarperCollins

Rio de Janeiro, 2022

Título original: Death on the Nile
Copyright © 1937 Agatha Christie Limited. All rights reserved.

www.agathachristie.com

Diretora editorial: *Raquel Cozer*
Gerente editorial: *Alice Mello*
Editor: *Ulisses Teixeira*
Copidesque: *Isabela Sampaio*
Revisão: *Thaís Lima e André Sequeira*
Design gráfico de capa e miolo: *Túlio Cerquize*
Produção de imagens: *Buendía Filmes*
Produção de objetos: *Fernanda Teixeira e Yves Moura*
Fotografia: *Vinicius Brum*
Diagramação: *Abreu's System*

CIP-Brasil. Catalogação na Publicação
Sindicato Nacional dos Editores de Livros, RJ

C479m
    Christie, Agatha, 1890-1976
        Morte no Nilo / Agatha Christie; tradução Érico Assis. – 1. ed.
  – Rio de Janeiro: Harper Collins, 2020.
        320 p.

        Tradução de: Death on the Nile
        ISBN 9786555110029

        1. Ficção inglesa. I. Assis, Érico. II. Título.

20-65568
                            CDD: 823
                            CDU: 82-3(410.1)

Meri Gleice Rodrigues de Souza – Bibliotecária – CRB-7/6439

HarperCollins Brasil é uma marca licenciada à Casa dos Livros Editora LTDA.
Todos os direitos reservados à Casa dos Livros Editora LTDA.
Rua da Quitanda, 86, sala 218 – Centro
Rio de Janeiro – RJ – CEP 20091-005
Tel.: (21) 3175-1030
www.harpercollins.com.br

Para Sybil Burnett
Que também ama perambular pelo mundo

Prefácio da autora

Escrevi *Morte no Nilo* após voltar de um inverno no Egito. Quando o leio hoje, me sinto de volta ao vapor que foi de Assuã a Wadi Halfa. Havia um bom número de passageiros no barco, mas os deste livro viajaram na minha mente e se tornaram, para mim, cada vez mais reais no cenário de uma embarcação percorrendo o Nilo. O livro tem vários personagens e uma trama que desenvolvi de forma elaborada. Creio que a situação central seja intrigante e tenha potencial dramático, e que Simon, Linnet e Jacqueline sejam legítimos e vivos.

Meu amigo Francis L. Sullivan gostou tanto do livro que não parava de insistir para que eu o adaptasse ao palco, o que acabei fazendo.

Da minha parte, penso que *Morte no Nilo* é um dos meus melhores na categoria "viagens ao exterior" e que, se as histórias de detetive são "literatura escapista" (e por que não deveriam ser?), o leitor pode escapar dos confins de sua poltrona tanto para céus ensolarados e águas azuis quanto para crimes.

AGATHA CHRISTIE

Parte 1

Os personagens, por ordem de aparição

I

— Linnet Ridgeway!

— É *ela!* — disse Mr. Burnaby, proprietário do Três Coroas. Ele cutucou seu acompanhante.

Os dois ficaram ali, com olhos de ruminante, as bocas levemente abertas.

Um Rolls-Royce grande e vermelho acabara de estacionar em frente à agência de correio.

Uma moça saltou do carro, moça esta que não usava chapéu e trajava um vestido que parecia (mas apenas *parecia*) comum. Uma moça de cabelos dourados e feições autocráticas e retas; uma moça de belíssimo porte; uma moça do tipo que pouco se via em Malton-under-Wode.

De passo rápido e imperioso, ela entrou na agência de correio.

— É ela! — repetiu Mr. Burnaby. E prosseguiu em voz baixa e pasma. — Milhões, ela tem milhões... E vai gastar muito por lá. Terá piscinas, além dos jardins italianos e de um salão de baile. Ela vai botar metade da casa abaixo e reconstruir...

— Vai trazer dinheiro para a cidade — disse o amigo.

Era um homem magro, de aparência sórdida. O tom de sua voz era de inveja, de rancor.

Mr. Burnaby concordou.

— Sim, será ótimo para Malton-under-Wode. Será ótimo. — Mr. Burnaby era complacente. — Vai nos fazer acordar para a vida.

— Bem diferente de Sir George — disse o outro.

— Ah, mas o que acabou com ele foi os *cavalo* — retrucou Mr. Burnaby, indulgente. — Ele nunca deu sorte.

— Quanto ele tirou pela casa?

— Sessenta mil em dinheiro vivo, pelo que me contaram.

O homem magro assobiou.

Mr. Burnaby prosseguiu, triunfante:

— E dizem que ela vai gastar mais 60 mil só de início!

— Que crueldade! — falou o magro. — De *onde* ela tirou tanta gaita?

— Dos Estados Unidos, pelo que me contaram. A mãe era filha única de um desses milionários. Igualzinha às fotos, não é?

A moça saiu da agência de correio e entrou no carro.

Enquanto ia embora, o homem magro a acompanhou com os olhos.

Ele balbuciou:

— Para mim, tá tudo errado... ela ter essa cara. Rica *e* vistosa... é demais! Se a menina é tão rica assim, não tem direito de ser vistosa. E ela *é*... Ah, essa moça tem tudo! Não é justo...

II

Trecho da coluna social do *Daily Blague*.

Ceando no Chez Ma Tante, notei a bela Linnet Ridgeway. Estava com a Exma. Joanna Southwood, Lorde Windlesham e Mr. Toby Brice. Miss Ridgeway, como todos sabem, é filha de Melhuish Ridgeway, que se casou com Anna Hartz. Herda do avô, Leopold Hartz, uma imensa fortuna. A adorável Linnet é a sensação do momento, e correm boatos de que anunciará noivado em breve. Lorde Windlesham estava deveras *épris*!

III

A Exma. Joanna Southwood disse:

— Meu bem, penso que ficará *estupendo*!

Ela estava em uma poltrona no quarto de Linnet Ridgeway, na Casa Wode.

Pela janela, o olhar passava dos jardins ao descampado com sombras azuladas do bosque.

— Chega a ser perfeito, não acha? — indagou Linnet.

Ela se apoiou no caixilho da janela. Sua expressão era disposta, avivada, dinâmica. Atrás dela, Joanna Southwood parecia, de certo modo, um tanto apagada: uma jovem alta e magra de 27 anos, com rosto comprido e esperto, além de sobrancelhas devidamente aparadas.

— E você já fez tanta coisa! Teve muitos arquitetos?

— Três.

— Como se saíram? Acho que não vi um sequer.

— Foram apropriados. Por vezes, considerei-os pouco pragmáticos.

— Meu bem, mas você logo *deu um jeito*! Você é a criatura *mais* pragmática que há!

Joanna tirou uma colar de pérolas da penteadeira.

— Imagino que sejam verdadeiras. São, Linnet?

— É claro.

— Sei que para você "é claro", minha cara, mas, para a maioria das pessoas, não é. Podem ter sido cultivadas ou até mesmo compradas na Woolworth! São *incríveis*, meu bem, uma combinação requintada. Devem valer uma soma *fabulosa*!

— Vulgares, não acha?

— Não, de maneira alguma. Pura beleza e só. Então, *quanto* valem?

— Cinquenta mil, aproximadamente.

— Que quantia maravilhosa! Não tem medo de que sejam roubadas?

— Não, sempre as uso... e, além disso, têm seguro.

— Deixe-me usá-las até a hora do jantar, meu bem? Para mim, seria uma emoção.

Linnet riu.

— Claro, se quiser.

— Pois saiba, Linnet, que a invejo. Você tem *tudo*. Está aí, aos 20 anos, senhora do próprio destino, com todo o dinheiro que pode precisar, bem-apessoada, saúde soberba. Você tem até *inteligência*! Quando completa 21 anos?

— Em junho. Darei uma grande festa comemorando minha maioridade em Londres.

— E então vai se casar com Charles Windlesham? Todos os jornalistas de fofoca se animaram com a ideia. E ele é mesmo de uma devoção assombrosa.

Linnet deu de ombros.

— Não sei. Na verdade, ainda não quero me casar com quem quer que seja.

— Pois está mais do que certa, meu bem! Depois não é a mesma coisa, não é?

O telefone soou e Linnet foi atender.

— Alô? Sim?

Ela ouviu, então, a voz do mordomo.

— Miss De Bellefort está na linha. Posso transferir?

— Bellefort? Ah, é claro, sim, pode passar.

Um estalo e, em seguida, uma voz ávida, suave e um tanto esbaforida.

— Alô? Miss Ridgeway? *Linnet!*

— *Jackie, querida!* Faz *tanto tempo* que não tenho notícias suas!

— Eu sei. Um terror. Linnet, quero muito ver você.

— Meu bem, não pode vir aqui? Tenho um brinquedinho novo. Adoraria lhe mostrar.

— É justamente o que quero.

— Bom, então é só pegar o trem ou o carro.

— Claro, farei isso. Estou com um carro de dois lugares todo dilapidado, um terror. Comprei por quinze libras e tem dias que funciona que é uma maravilha. Mas tem dias que não. Caso não chegue na hora do chá, você saberá que ele está em um desses dias. Até logo, minha cara.

Linnet devolveu o telefone ao gancho. Atravessou a sala para voltar a Joanna.

— Era minha amiga de mais longa data, Jacqueline de Bellefort. Nós nos conhecemos em um convento de Paris. Ela teve um azar excepcional. O pai era um conde francês; a mãe, americana do sul dos Estados Unidos. O pai fugiu com outra e a mãe perdeu todo o dinheiro no *crash* de Wall Street. Jackie ficou totalmente falida. Não sei como conseguiu se virar nos últimos dois anos.

Joanna passava esmalte cor de sangue, usando o suporte de unhas da amiga. Pendeu a cabeça para o lado para avaliar o resultado.

— Meu bem — falou com sotaque arrastado —, mas isso não é um *tédio*? Se um infortúnio desses acontece com uma de minhas amigas, eu a dispenso *na hora*! Pode parecer maldade de minha parte, mas poupa muito trabalho! Ou elas querem dinheiro emprestado, ou começam um negócio de costura e você precisa comprar delas as roupas mais tenebrosas. Ou então começam a pintar abajures, ou a fazer chales com estampa...

— Ora, se eu perdesse todo o meu dinheiro, você me dispensaria amanhã?

— Sim, meu bem. Não vá me dizer que não sou honesta! Só gosto de gente bem-sucedida. E você ainda vai descobrir que é assim com todo mundo, a maioria das pessoas só não admite. Apenas ficam dizendo: "Não aguento mais a Mary, ou a Emily, ou a Pamela! Os apuros em que ela se meteu deixaram-na tão *amargurada*, tão esquisita, a pobrezinha!"

— Como você é cruel, Joanna!

— Só quero subir na vida, como todos nós.

— *Eu* não quero subir na vida.

— Por motivos óbvios! Não há por que ser cruel quando advogados garbosos de meia-idade da América lhe depositam um belo estipêndio a cada trimestre.

— E você está errada em relação a Jacqueline — retrucou Linnet. — Ela não é uma aproveitadora. Eu quis ajudá-la, mas ela não deixa. É orgulhosa como o diabo.

— Por que essa pressa para que vocês se encontrem, então? Aposto que ela quer alguma coisa! Espere e verá.

— Jacqueline parecia animada com alguma coisa — confessou Linnet. — Ela sempre fica atazanada com tudo. Uma vez esfaqueou uma pessoa com um canivete!

— Que emocionante, meu bem!

— Era um garoto que estava mexendo com um cachorro. Jackie queria que ele parasse, mas ele não parava. Ela o puxou, sacudiu, mas ele era muito mais forte. Então ela puxou o canivete e o golpeou. Foi uma briga *terrível*!

— Eu imagino. Deve ter sido bastante desagradável!

A empregada de Linnet entrou na sala. Com um balbucio de escusas, tirou um vestido do guarda-roupa e saiu do quarto levando-o.

— O que há com Marie? — perguntou Joanna. — Ela andou chorando.

— Pobre coitada! Eu já lhe disse: ela queria se casar com um homem que trabalha no Egito. Como não sabia muito a respeito dele, achei melhor garantir que era um bom moço. Descobri que já era casado... com três filhos.

— Você deve ter muitos inimigos, Linnet.

— Inimigos? — Ela pareceu surpresa.

Joanna assentiu e pegou um cigarro.

— Inimigos, meu bem. Você é de uma eficiência devastadora. E é tão boa em fazer o que é certo que chega a assustar.

Linnet riu.

— Ora, mas eu não tenho um inimigo sequer!

IV

Lorde Windlesham estava sentado debaixo de um cedro. Seus olhos pousavam nas proporções graciosas da Casa Wode. Não havia nada que maculasse sua beleza do Velho Mundo;

as novas construções e os acréscimos ficavam do outro lado, longe da vista. O que ele via era bonito, pacífico e banhado pelo sol de outono. Mesmo assim, enquanto fitava a mansão, não era mais a Casa Wode que Charles Windlesham enxergava. Em vez disso, era como se visse uma mansão elizabetana imponente, um vasto jardim, um pano de fundo mais soturno... Era o assento de sua própria família, Charltonbury, e, ao fundo, uma pessoa... a silhueta de uma moça de cabelos loiros claros e expressão ávida, confiante... Linnet, a senhora de Charltonbury!

Sentiu-se esperançoso. A recusa dela não fora, de modo algum, definitiva. Tinha sido pouco mais que um pedido por algum tempo. Bom, ele podia esperar...

Tudo acontecera de forma surpreendentemente apropriada. Decerto era recomendável que ele se casasse com alguém de posses, mas não era uma questão de necessidade a ponto de ele se ver obrigado a deixar de lado seus sentimentos. E ele amava Linnet. Desejaria casar-se com ela mesmo se fosse depauperada, e não uma das moças mais ricas da Inglaterra. E, felizmente, ela *era* uma das moças mais ricas da Inglaterra...

Ele distraiu a mente com planos sedutores para o futuro. Quem sabe o Magistério de Roxdale, a restauração da ala oeste, não ter que abandonar as caçadas...

Charles Windlesham devaneava ao sol.

V

Eram quatro horas quando o carro acabado e de dois assentos freou no cascalho. Uma moça desembarcou: uma criaturinha esguia de cabeleira morena. Ela subiu os degraus com pressa e tocou a sineta.

Instantes depois, estava sendo conduzida ao grande e majestoso salão de jogos. Um mordomo eclesiástico a anunciou com a entonação devidamente pesarosa:

— Miss De Bellefort.

— Linnet!

— Jackie!

Windlesham ficou um pouco de canto, observando com comiseração a fogosa criaturinha se lançar de braços abertos a Linnet.

— Lorde Windlesham, esta é Miss De Bellefort... minha melhor amiga.

"Bela criança", pensou ele. Não exatamente bela, mas decerto atraente com seus cachos negros e olhos grandes. Ele murmurou palavrinhas educadas e, depois, deixou as duas amigas sem incomodá-las.

Jacqueline partiu para o ataque da maneira que Linnet lembrava lhe ser característica.

— Windlesham? Windlesham? É com esse homem que os jornais sempre dizem que você vai se casar! E vai, Linnet? *Vai?*

Linnet sussurrou:

— Talvez.

— Querida! Que felicidade! Ele parece muito bom.

— Ah, espere mais um pouco para avaliar... eu mesma ainda não tenho uma opinião.

— Obviamente que não! As rainhas sempre demoram na escolha de um consorte!

— Não seja absurda, Jackie.

— Mas você *é* uma rainha, Linnet! Sempre foi. *Sa Majesté, la reine Linette. Linette la blonde!* E eu... sou a confidente da rainha! A leal dama de companhia.

— Como você fala absurdos, Jackie, querida! Por onde andou esse tempo todo? Simplesmente sumiu. E nunca me escreveu.

— Odeio escrever cartas. Por onde andei? Ah, atolada na vida. Trabalho, se é que me entende. Trabalhos sinistros, com mulheres sinistras!

— Querida, preferia que...

— Aceitasse a generosidade da rainha? Ora, para falar a verdade, é por isso que estou aqui. Não, não para pedir dinheiro. Ainda não chegamos a esse ponto! Mas vim pedir um favor muito grande e importante!

— Vá em frente.

— Se vai se casar com este tal Windlesham, talvez entenda.

Linnet ficou confusa por um minuto, depois a expressão se desanuviou.

— Jackie, quer dizer que...?

— Sim, meu bem: noivei!

— Então é isso! Achei mesmo que estava com uma expressão vivaz. Sempre está, é claro, mas hoje mais que o usual.

— É como me sinto.

— Fale mais dele.

— Chama-se Simon Doyle. Ele é grande, parrudo, simplório a perder de vista e juvenil. Um encanto! É pobre, não tem dinheiro. É o que você chamaria de "roceiro", mas de uma roça muito pequena e em frangalhos. A família é de Devonshire... ele é o filho caçula e tudo mais. Adora o interior e coisas de interior. Passou os últimos cinco anos na City, em um escritório mormacento. Agora fizeram cortes e ele perdeu o emprego. Linnet, vou *morrer* se não me casar com ele! Morrer! Morrer! *Morrer...!*

— Não seja ridícula, Jackie.

— Vou morrer, estou dizendo que morro! Sou louca por ele. E ele é louco por mim. Não vivemos um sem o outro.

— Querida, você está perdidinha.

— Eu sei. Um terror, não é? Esse negócio de amor toma conta e não há o que fazer.

Ela parou por um minuto. Seus olhos negros se dilataram e, de repente, pareceram trágicos. Estremeceu de leve.

— Às vezes, chega a ser assustador! Simon e eu fomos feitos um para o outro. Nunca vou querer saber de homem nenhum além dele. E *você* precisa nos ajudar, Linnet. Ouvi dizer que comprou esta casa e tive uma ideia. Ouça-me: você precisa de um agente imobiliário, talvez até dois. Quero que passe esta função para Simon.

— Ah! — Linnet se assustou.

Jacqueline seguiu em ritmo acelerado.

— Ele conhece muito bem o negócio. Entende tudo de propriedades rurais... cresceu em uma, afinal. E já lidou com diversas transações. Ah, Linnet, você pode dar um emprego a ele, não? Pelo amor que sente por mim? Se ele der com os burros n'água, demita-o. Mas ele não vai errar. E podemos morar em uma casinha, e eu a verei bastante, e nosso jardim será divino, divino.

Ela se levantou.

— Diga que sim, Linnet, diga que sim. Minha linda Linnet! Suma e áurea Linnet! Minha Linnet especial! Diga que sim!

— Jackie...

— Sim?

Linnet caiu na risada.

— Jackie, sua ridícula! Traga esse mancebo aqui e deixe-me vê-lo com meus próprios olhos. Então, conversaremos.

Jackie pulou para cima dela, beijando-a sem parar.

— *Linnet, querida!* Você é uma amiga de verdade! Sabia que sim. Sabia que você não ia me decepcionar. Nunca. Você é a coisa mais amada do mundo. Até logo.

— Mas, Jackie, você não vai ficar?

— Eu? Não, não vou. Voltarei a Londres e amanhã retorno aqui com Simon para acertarmos tudo. Você vai adorá-lo. Ele é um *doce*.

— Mas não pode esperar e tomar um chá?

— Não, não posso esperar, Linnet. Estou animada demais. Preciso voltar e contar a Simon. Sei que sou louca, querida, mas não consigo evitar. O casamento vai me curar. Ou assim espero. Parece que deixa as pessoas mais sensatas.

Ela se virou para a porta, parou um instante, depois correu de volta para um último abraço apressado.

— Linnet, minha querida. Não há ninguém como você.

VI

M. Gaston Blondin, o proprietário do elegante restaurantezinho Chez Ma Tante, não era homem que gostava de abordar pessoalmente a maior parte de sua clientela. Os ricos, as belas, os famosos e os bem-nascidos esperariam em vão pelo tratamento exclusivo. Era apenas em casos raros que M. Blondin, com condescendência graciosa, cumprimentava um freguês, acompanhava-o até uma mesa privilegiada e trocava comentários pertinentes com a pessoa.

Naquela noite em particular, M. Blondin havia cumprido sua nobre prerrogativa três vezes. A primeira com uma duquesa, a segunda com um famoso piloto e a última com um homenzinho de aparência cômica, de imensos bigodes negros e cuja presença, pensaria o espectador casual, não chamava atenção no Chez Ma Tante.

M. Blondin, contudo, dedicava sua atenção a ele.

Embora clientes tivessem ouvido na última meia hora que não havia mais mesas vagas, uma surgira misteriosamente naquele momento, em posição das mais favoráveis. M. Blondin conduziu o cliente a ela com toda feita de *empressement*.

— Mas é natural que, para o *senhor*, sempre haverá mesa, *monsieur* Poirot! Como gostaria que nos honrasse mais frequentemente com sua presença!

Hercule Poirot sorriu, lembrando-se de um incidente do passado no qual participaram um cadáver, um garçom, M. Blondin e uma bela moça.

— O senhor é deveras afável, *monsieur* Blondin — disse Poirot.

— E está sozinho, *monsieur* Poirot?

— Sim, estou só.

— Ah, pois bem. Jules há de lhe compor uma rápida refeição. Será como um poema. Um poema, certamente! As mulheres, por mais charmosas que sejam, têm esta desvantagem: distraem a mente do alimento! O senhor apreciará seu jantar, *monsieur* Poirot, prometo-lhe. Quanto ao vinho...

Seguiu-se um diálogo técnico, assistido por Jules, o *maître d'hotel*.

Antes de partir, M. Blondin deteve-se por um instante, baixando a voz em tom confidencial.

— O senhor está lidando com casos sérios no momento?

Poirot fez que não.

— Sou um homem desocupado — respondeu ele, com suavidade. — Constituí economias ao longo da vida e hoje tenho meios para aproveitar o ócio.

— Eu o invejo.

— Não. Seria imprudente invejar-me. Garanto-lhe que não é tão bom quanto soa. — Ele suspirou. — É verdadeiro o ditado de que o ser humano foi obrigado a inventar o trabalho para fugir do esforço que é pensar.

M. Blondin levou as mãos ao alto.

— Mas há tanto a se fazer! As viagens!

— Sim, há as viagens. E, nisto, não fui de todo mal. No inverno, creio que visitarei o Egito. Dizem que o clima é soberbo! Assim posso escapar da neblina, do cinza, da monotonia das chuvas constantes.

— Ah! O Egito — falou M. Blondin.

— Já pode-se chegar até lá, creio eu, de trem, dispensando qualquer viagem por mar afora o Mancha.

— Ah, o mar não lhe faz bem?

Hercule Poirot fez que não e teve um leve estremecer.

· AGATHA CHRISTIE ·

— A mim também não — disse M. Blondin, em solidariedade. — É curioso o efeito que tem sobre o estômago.

— Mas apenas a certos estômagos! Há indivíduos a quem o movimento não causa efeito algum. Chegam até a *gostar*!

— Uma injustiça do nosso bom Senhor — comentou M. Blondin.

O dono do restaurante sacudiu a cabeça, triste, e, desgostoso com o pensamento blasfemo, retirou-se.

Garçons de passos silenciosos e mãos hábeis serviam a mesa. Chegavam torradas com patê, manteiga, um balde de gelo — todos os componentes de uma refeição refinada.

A orquestra de negros irrompeu com um arrebatamento de sons peculiares e dissonantes. Londres dançava.

Hercule Poirot continuou observando, registrando impressões em seu cérebro primorosamente ordenado.

Como era maçante a maioria daqueles rostos! Alguns homens robustos, contudo, divertiam-se... embora a emoção que as faces de suas parceiras ostentavam fosse de uma persistência paciente. A gorda de púrpura parecia radiante... Não havia dúvida de que a gordura causava certas compensações à vida: um prazer, um *gusto* que se nega aos de silhuetas mais esguias.

Havia um punhado de jovens, alguns de expressão vaga, outros entediados e alguns decerto acabrunhados. Que absurdo classificar a juventude como a época da felicidade — logo a juventude, a época em que se é mais vulnerável!

O olhar de Poirot amansou-se ao pairar sobre um casal específico. Os dois bem equilibrados: o homem alto de ombros largos, a garota esbelta e delicada. Dois corpos que se movimentavam no ritmo perfeito da felicidade. Felicidade com o local, com o momento e um com o outro.

A dança cessou de repente. Mãos se espalmaram, e tudo começou de novo. Depois da segunda retomada, o casal voltou à mesa próxima a Poirot.

A moça estava corada, rindo. Ao se acomodar, o belga pôde analisar o rosto dela quando se ergueu para sorrir ao companheiro.

Havia algo além de riso naqueles olhos.

Hercule Poirot sacudiu a cabeça, indagativo.

"Ama demais, esta pequena", disse a si mesmo. "O que não é nada seguro. Não, nada seguro."

E então uma palavra chegou aos seus ouvidos. Egito.

As vozes lhe vieram claramente — a refrescante e arrogante da moça, com um rastro de *R*s suaves, estrangeiros, e o inglês agradável, de tom baixo e polido do homem.

— Não estou contando com os ovos na galinha, Simon. Já lhe disse que Linnet não vai decepcioná-lo!

— Pode ser que eu a decepcione.

— Não fale absurdos... é o emprego perfeito para você.

— Pois acredito que seja. Não tenho dúvidas quanto à minha capacidade. E quero cumprir a expectativa... pelo *seu* bem!

A garota deu uma risada suave, um riso de pura felicidade.

— Vamos esperar três meses... para ter certeza de que você não será demitido... e depois...

— E depois, com esta aliança, eu te desposarei... é assim que se diz, não é?

— E, como falei, vamos ao Egito para nossa lua de mel. Às favas com os custos! Sempre quis ir ao Egito, por toda a vida. O Nilo, as pirâmides, a areia...

Com a voz levemente indeterminada, o rapaz disse:

— Conheceremos juntos, Jackie... juntos. Não será incrível?

— Eu fico pensando: será tão incrível para você quanto para mim? Você se importa mesmo... tanto quanto eu?

Sem aviso, a voz dela ficou afiada, os olhos se dilataram, quase de medo.

A resposta do homem veio com o mesmo gume:

— Não diga absurdos, Jackie.

Mas a garota repetiu:

— Eu me pergunto... — Então ela encolheu os ombros.
— Vamos dançar.

Hercule Poirot murmurou consigo:

— *Une qui aime et un qui se laisse aimer.* Sim, eu também me pergunto.

VII

Joanna Southwood disse:

— Mas e se ele for horrível?

Linnet fez que não com a cabeça.

— Não será. Posso confiar no gosto de Jackie.

Joanna murmurou:

— Ah, mas as pessoas não agem conforme o esperado nos enlaces românticos.

Linnet sacudiu a cabeça, impaciente. Mudou de assunto.

— Tenho que falar com Mr. Pierce sobre as plantas.

— Plantas?

— Sim, as de uns sobrados antigos, insalubres, pavorosos. Vou mandar derrubar e tirar quem mora lá.

— Que cívico de sua parte, meu bem!

— Os moradores teriam que sair de qualquer jeito. Os casebres teriam vista para minha nova piscina.

— E as pessoas que moram lá querem sair?

— A maioria ficou encantada com a ideia. Uma ou duas andam criando problemas. São enfadonhas, aliás. Parece que não percebem que terão a condição de vida aprimorada!

— Mas você está sendo despótica no que faz, suponho.

— É para o bem deles, minha cara Joanna.

— Sim, minha querida. Estou certa de que sim. Um bem compulsório.

Linnet fechou a cara. Joanna riu.

— Ora, admita: você *é* tirana. Uma tirana benemerente, se preferir!

— Não sou nem um pouco tirana.

— Mas gosta de que as coisas sejam ao seu modo!

— Não exatamente.

— Linnet Ridgeway, consegue olhar nos meus olhos e mencionar *uma* ocasião em que não conseguiu o que queria da forma que queria?

— Dezenas de ocasiões.

— Ah, sim, "dezenas de ocasiões", diz ela, mas nenhum exemplo concreto. E não consegue sequer se lembrar de uma por mais que tente! O avançar triunfal de Linnet Ridgeway na sua carruagem dourada.

Linnet falou com rispidez:

— Pensa que sou egoísta?

— Não. Apenas irresistível. O efeito combinado do dinheiro e do charme. Tudo se rebaixa perante você. O que não consegue comprar com dinheiro, compra com um sorriso. Resultado: Linnet Ridgeway, a garota que tem tudo.

— Não seja ridícula, Joanna!

— Ora, mas não tem tudo?

— Creio que tenho... Mas, ainda assim, parece algo repugnante!

— É claro que é repugnante, meu bem! Você provavelmente ficará entediada e *blasé*. Até lá, aproveite o avançar triunfal de sua carruagem dourada. Só me pergunto, realmente me pergunto, o que acontecerá quando quiser atravessar uma rua que tenha uma placa proibindo o trânsito.

— Não seja tola, Joanna — disse Lorde Windlesham, juntando-se a elas.

Linnet virou o rosto para ele e disse:

— Joanna está me falando coisas das mais repugnantes.

— Puro rancor, meu bem, puro rancor — respondeu Joanna, em tom vago, ao se levantar do assento.

Ela não pediu licença ao deixá-los a sós. Havia percebido a fagulha no olhar de Windlesham.

Ele ficou em silêncio por alguns instantes. Então foi direto ao assunto.

— Já tomou sua decisão, Linnet?

A moça respondeu devagar:

— Estou sendo insensível? Creio que, como não tenho certeza, devo responder que não...

Ele a interrompeu:

— Não diga isso. Você terá quanto tempo quiser. Mas acredito, se me entende, que seríamos felizes juntos.

— Veja — disse ela. Seu tom era apologético, quase infantil. — Tenho gostado muito do que faço, principalmente aqui. — A moça fez um gesto amplo com a mão. — Quero tornar esta propriedade meu ideal de casa de campo, e acho que já avancei bastante, não concorda?

— Está linda. Um belíssimo planejamento. Tudo está perfeito. Você é muito inteligente, Linnet.

Ele parou por alguns instantes e prosseguiu:

— E você gosta de Charltonbury, não? Claro que precisa de certa modernização, mas você é esperta para essas coisas. É o tipo de coisa de que gosta.

— Ora, é claro, Charltonbury é singular.

Ela falou com entusiasmo, mas estava ciente de um calafrio repentino em seu íntimo. Soara uma nota estranha, que perturbava sua plena satisfação com a vida.

Linnet não deu atenção àquilo então. Porém, mais tarde, quando Windlesham a deixou, tentou analisar os recônditos de sua mente.

Charltonbury... sim, isso mesmo... ela se ofendera com a menção a Charltonbury. Mas por quê? Charltonbury tinha alguma fama. Os ancestrais de Windlesham agarravam-se àquela mansão desde os tempos de Isabel. Ser a senhora de Charltonbury era uma posição social insuperável. Windlesham era um dos *partis* mais procurados da Inglaterra.

Naturalmente, ele não conseguia levar a Casa Wode a sério... De modo algum seria comparável a Charltonbury.

Ah, mas a Casa Wode era *dela*! Fora ela que a encontrara, que a adquirira, que a reconstruíra e que a redecorara. Ela que despejara o dinheiro. Era sua posse, seu reino.

Contudo, em certo sentido, nada daquilo contaria se ela se casasse com Windlesham. Por que teriam duas casas de campo? E, das duas, é claro que a Casa Wode seria aquela da qual abdicariam.

Ela, Linnet Ridgeway, deixaria de existir. Tornaria-se Condessa de Windlesham, a portar um belo dote para Charltonbury e seu dono. Seria a rainha-consorte, não mais rainha.

"Estou sendo ridícula", pensou Linnet consigo mesmo.

Porém, era curioso como ela odiava a ideia de abandonar a Casa Wode...

E não havia algo mais incomodando-a?

A voz de Jackie com aquele tom peculiar, falando:

"Vou morrer se não me casar com ele! Morrer. Morrer..."

Tão ardente. Será que ela, Linnet, sentia o mesmo por Windlesham? Era certo que não. Talvez nunca viesse a sentir aquilo por ninguém. Devia ser maravilhoso sentir-se daquela maneira...

O barulho de um automóvel entrou pela janela aberta.

Linnet se sacudiu com a impaciência. Devia ser Jackie e seu mancebo. Ela precisava sair para recebê-los.

Estava de porta aberta quando Jacqueline e Simon Doyle saíram do carro.

— Linnet! — Jackie correu até ela. — Este é Simon. Simon, esta é Linnet. Ela é simplesmente a pessoa mais maravilhosa do mundo.

Linnet viu um homem alto e de ombros largos, de olhos azul-escuros, cabelos castanhos ondulados, queixo quadrado e sorriso juvenil, atraente, simples...

Estendeu-lhe a mão. O aperto era firme e cálido... Gostou do jeito como ele olhava para ela, com admiração ingênua e genuína.

Jackie dissera a ele o quanto ela era maravilhosa, e o rapaz com certeza era da mesma opinião...

Uma sensação quente e doce de embriaguez correu por suas veias.

— Ele não é adorável? — disse Linnet. — Entre, Simon, e deixe-me dar as devidas boas-vindas ao meu novo agente imobiliário.

E, ao virar-se para conduzi-los para a entrada, pensou: "Sinto uma felicidade... uma felicidade assustadora. Gostei do rapaz de Jackie... gostei muito..."

E, então, uma pontada repentina: "Jackie é uma garota de sorte..."

VIII

Tim Allerton se recostou na cadeira de vime e bocejou enquanto observava o mar. Lançou um olhar de soslaio à mãe.

Mrs. Allerton era uma mulher de boa aparência, de cabelos brancos aos 50 anos. Transmitia uma expressão de austeridade severa à boca toda vez que olhava para o filho, mas apenas queria disfarçar o afeto imenso que sentia por ele. Nem aqueles que são totalmente estranhos entre si se enganam com este recurso e, no caso, Tim sabia a verdade.

Ele indagou:

— A senhora gosta mesmo de Maiorca, mãe?

— Bem... — respondeu Mrs. Allerton —, é barato.

— E frio — disse Tim, com um leve tremor.

Ele era um jovem alto e magro, com cabelos negros e peito estreito. A boca tinha uma expressão doce, os olhos eram tristes e o queixo, indeciso. Tinha mãos compridas e delicadas.

Fragilizado pela tuberculose anos antes, o rapaz nunca tivera um físico muito robusto. Em tese, era "escritor", mas, entre os amigos, ficara combinado que não era recomendável perguntar sobre sua produção literária.

— No que está pensando, Tim?

Mrs. Allerton estava alerta. Seus olhos castanho-escuros e brilhantes pareciam desconfiados.

Tim Allerton sorriu para ela.

— No Egito.

— Egito? — Mrs. Allerton pareceu em dúvida.

— Calor de verdade, minha querida. Areias douradas e indolentes. O Nilo. Gostaria de subir o Nilo. A senhora não?

— Ah, eu *gostaria*. — O tom dela era seco. — Mas o Egito é caro, meu querido. Não é para quem tem que contar trocados.

Tim riu. Ele se levantou e se alongou. De repente, parecia vivo e ávido. Havia uma nota de empolgação na voz.

— Deixe os custos por minha conta. Sim, mãe. Tivemos uma leve palpitação na Bolsa de Valores. De resultados bastante satisfatórios. Ouvi esta manhã.

— Esta manhã? — disse Mrs. Allerton, ríspida. — Você só recebeu uma carta e era...

Ela parou e mordeu os lábios.

Por um instante, Tim pareceu indeciso entre sentir-se entretido ou incomodado. O entretido ganhou.

— E era de Joanna — falou ele, friamente. — Isso mesmo, mãe. Que rainha dos detetives a senhora daria! O famoso Hercule Poirot teria que rever seus feitos se a senhora estivesse por perto.

Mrs. Allerton pareceu zangada.

— É que acabei de examinar a letra...

— E soube que não era de um corretor? Pois tem razão, não era. Aliás, foi ontem que tive notícias deles. A letra da pobre Joanna *é* notável. Garatujas que cobrem todo o envelope, como uma aranha embriagada.

— E o que ela diz? Alguma notícia?

Mrs. Allerton se esforçou para que sua voz saísse casual e comum. A amizade entre o filho e sua prima de segundo grau, Joanna Southwood, sempre lhe causou irritação. Não era, como ela própria diria, que houvesse "algo ali". Tinha certeza de que não havia. Tim nunca manifestara sentimento algum por Joanna, ou ela por ele. A atração mútua parecia fundamentar-se em fofocas e no grande número de amigos e conhecidos em comum. Ambos gostavam de gente e discutiam gente. Joanna tinha uma verve divertida, ainda que ácida.

Não era por temer que Tim pudesse se apaixonar por Joanna que Mrs. Allerton se via sempre com pose um tanto mais rígida se Joanna estivesse presente ou quando chegavam cartas suas.

Era outra sensação, difícil de definir. Talvez ciúme inconfesso pelo prazer genuíno que Tim aparentava ao congregar-se com a prima. Ele e a mãe eram companheiros tão perfeitos que a visão do filho absorto e interessado por outra mulher sempre deixava Mrs. Allerton um pouco sobressaltada. Ela também percebia que sua presença nestas ocasiões armava uma barreira entre os dois membros da geração mais jovem. Várias vezes ela os encontrara absortos em conversas e, ao vê-la, o diálogo claudicava, como se a incluíssem de forma proposital, por dever. Definitivamente, Mrs. Allerton não gostava de Joanna Southwood. Considerava-a falsa, afetada e superficial. Achava muito difícil evitar dizer aquilo em tons imoderados.

Em resposta à pergunta dela, Tim puxou a carta do bolso e a espiou. Era uma carta comprida, notou a mãe.

— Nada de mais — comentou ele. — Os Devenish vão se separar. O velho Monty foi pego bêbado no volante. Windlesham foi para o Canadá. Dizem que ficou deveras abalado quando Linnet Ridgeway lhe disse não. Parece que ela vai mesmo se casar com aquele tal agente imobiliário.

— Que extraordinário! Ele é muito pavoroso?

— Não, não, de modo algum. É dos Doyle, de Devonshire. Nada de dinheiro, é claro... e foi noivo de uma das melhores amigas de Linnet. Bastante íntimas, aliás.

— Não me parece coisa boa — disse Mrs. Allerton, corando.

Tim lhe dirigiu um rápido olhar de afeição.

— Eu sei, mãe. A senhora é contra surrupiar o marido das outras e coisas do tipo.

— Na minha época, tínhamos critérios — retrucou Mrs. Allerton. — E que bom! Hoje em dia, os jovens pensam que podem fazer o que bem quiserem.

Tim sorriu.

— Não só pensam. Fazem. *Vide* Linnet Ridgeway!

— Bom, acho que é algo atroz!

Tim piscou para ela.

— Anime-se, sua velhinha obstinada! Talvez concorde com você. Seja como for, *eu*, até o momento, não tirei proveito da esposa ou noiva de outrem.

— E tenho certeza de que nunca o fará — disse Mrs. Allerton. E complementou, espirituosa: — Eu o criei direito.

— Então o crédito é seu, não meu.

Ele lhe dirigiu um sorriso provocante ao dobrar a carta e guardá-la mais uma vez. Mrs. Allerton deixou um pensamento correr pela mente: "Em geral, ele me mostra todas as cartas. Das de Joanna, ele só me lê pequenos trechos."

Entretanto, ela deixou aquela divagação indigna de lado e decidiu, como sempre, comportar-se de modo educado.

— Joanna está gostando da vida? — indagou ela.

— Mais ou menos. Diz que pensa em abrir uma loja de quitutes em Mayfair.

— Ela sempre fala que está falida — comentou Mrs. Allerton com um toque de rancor —, mas frequenta todos os eventos sociais e suas roupas não devem ser baratas. Sempre vestida com aprumo.

— Ah, pois bem — argumentou Tim —, provavelmente Joanna não paga pelas roupas. Não, mãe, não quis dizer o que sua mente eduardiana está lhe sugerindo. Digo que, literalmente, Joanna não paga suas contas.

Mrs. Allerton soltou um suspiro.

— Nunca entendi como uma pessoa pode viver assim.

— É uma espécie de dom — disse Tim. — Se você tiver gostos extravagantes e nenhuma noção de valores monetários, as pessoas vão lhe dar o crédito que quiser.

— Sim, mas, no final, você chega ao Tribunal de Falências, como o pobre Sir George Wode.

— A senhora tem uma queda por esse velho tratante. Provavelmente porque ele a chamou de botão de rosa em um baile ocorrido em 1879.

— Eu nem era nascida em 1879 — retrucou Mrs. Allerton espirituosamente. — E Sir George tem boas maneiras, não vou deixar que o classifique como um tratante.

— Pois ouvi histórias engraçadas sobre ele.

— Você e Joanna não se importam com o que falam dos outros; tudo é aceitável, contanto que seja maldoso.

Tim ergueu as sobrancelhas.

— A senhora está deveras acalorada, minha querida. Não sabia que Wode era um de seus favoritos.

— Você não entende o que ele passou ao ter que vender a Casa Wode. Ele tinha grande estima pela mansão.

Tim suprimiu a resposta fácil. Afinal de contas, quem era ele para julgar? Em vez disso, falou:

— Olhe, penso que a senhora não está de todo errada. Linnet o convidou para ver o que ela havia feito com a casa, e o homem se recusou com grande grosseria.

— É claro. Ela devia saber o quanto o convite era inapropriado.

— E creio que ele seja muito maldoso em relação a ela. Resmunga palavras inaudíveis sempre que a vê. Não consegue perdoá-la por ter lhe dado um preço alto demais pelo seu patrimônio familiar assolado de cupins.

— Você não entende? — falou Mrs. Allerton, com rispidez.

— Para ser sincero — respondeu Tim, com calma —, não consigo entender. Por que viver no passado? Por que se agarrar às coisas como elas eram?

— E o que teremos no lugar dessas coisas?

Ele encolheu os ombros.

— Animação, talvez. Novidades. O prazer de não saber o que o dia seguinte trará. Em vez de herdar terras inúteis, o prazer de ganhar dinheiro usando seu cérebro e sua capacidade.

— Um sucesso na bolsa de valores, aliás!

Ele riu.

— Por que não?

— E quem sabe um *insucesso* de mesma monta na bolsa?

— Isto, minha querida, é indelicado. E bastante impróprio para o dia de hoje... Mas que tal o plano do Egito?

— Bom...

Ele a cortou com um sorriso.

— Está resolvido, então. Nós dois sempre tivemos vontade de visitar o Egito.

— Quando?

— Ah, mês que vem. Janeiro é a melhor época por lá. Vamos aproveitar as companhias encantadoras deste hotel por mais algumas semanas.

— Tim — disse Mrs. Allerton, em tom de reprovação. Depois, culpada, falou: — Infelizmente prometi a Mrs. Leech que a acompanharia até a delegacia. Ela não fala espanhol.

Tim fez uma carranca.

— Por conta do anel? O rubi escarlate da filha do sanguessuga? Ela ainda insiste que foi roubado? Vou com as duas se a senhora quiser, mas é perda de tempo. Ela só vai botar uma criada azarada em maus lençóis. Vi perfeitamente a joia no dedo dela quando entrou no mar naquele dia. Saiu na água, e a mulher não percebeu.

— Ela diz que tem certeza de que tirou o anel e o deixou na penteadeira.

— Bom, não deixou. Vi com meus próprios olhos. Ela é uma tola. Qualquer mulher que vai pavonear-se no mar em dezembro, fingindo que a água está quente só porque o sol está brilhando forte naquele instante, é uma tola. Mulheres robustas nem deviam ter permissão de se banhar; ficam repugnantes em trajes de banho.

Mrs. Allerton murmurou:

— Sinto que devia abdicar dos meus banhos.

Tim riu alto.

— A senhora? A senhora está melhor do que muitas das moças daqui, e com folga.

Mrs. Allerton suspirou e disse:

— Queria que tivesse mais moças para você.

Tim Allerton balançou a cabeça de maneira decidida.

— Eu não. A senhora e eu nos acertamos muito bem sem distrações.

— Você gostaria que Joanna estivesse aqui.

— Não. — O tom dele foi, inesperadamente, resoluto. — A senhora está equivocadíssima. Joanna me entretém, mas não gosto dela de fato, e tê-la por perto por tempo demais me dá nos nervos. Estou grato por ela não ter vindo. Ficaria conformado caso nunca mais a visse.

Ele complementou, quase sussurrando:

— Só há uma mulher no mundo pela qual tenho respeito e admiração, e penso, Mrs. Allerton, que sabe bem quem é.

Sua mãe corou e pareceu um tanto confusa.

Tim falou sério:

— Não há muitas mulheres agradáveis de verdade neste mundo. A senhora, por acaso, é uma delas.

IX

Do apartamento com vista para o Central Park, em Nova York, Mrs. Robson exclamou:

— Ora, mas é adorável! Você tem sorte, Cornelia.

Cornelia Robson reagiu corando.

Era uma garota volumosa, com jeito atabalhoado e olhos castanhos e caninos.

— Ah, será maravilhoso! — disse ela, esbaforida.

A velha Miss Van Schuyler inclinou a cabeça de modo satisfeito com esta atitude da parte de suas parentes distantes.

— Sempre sonhei com uma viagem à Europa — disse Cornelia —, mas nunca achei que conseguiria.

— Miss Bowers vai me acompanhar como sempre — disse Miss Van Schuyler —, mas eu a considero limitada como companhia para socializar, deveras limitada. Há várias miudezas que Cornelia pode fazer para mim.

— Eu adoraria, prima Marie — respondeu Cornelia, com avidez.

— Ora, ora, então está decidido — afirmou Miss Van Schuyler. — Corra e vá encontrar Miss Bowers. É hora de minha gemada.

Cornelia partiu.

Sua mãe disse:

— Marie, minha cara, eu lhe sou *extremamente* grata! Sabe que sou da opinião de que Cornelia sofre muito por não ter êxito social. Ela se sente um tanto rebaixada. Se eu pudesse levá-la para viajar... mas sabe como tem sido desde que Ned faleceu.

— Fico contente em levá-la — respondeu Miss Van Schuyler. — Cornelia sempre foi uma garota prestativa e gentil, disposta a cumprir tarefas, e não é ensimesmada como os jovens de hoje em dia.

Mrs. Robson se levantou e beijou o rosto enrugado e um tanto amarelado da parente rica.

— Fico feliz — declarou.

Na escada, encontrou uma mulher alta e de aparência pragmática, que levava um copo com um líquido amarelo e espumoso.

— Então, Miss Bowers, está de partida para a Europa?

— Ora, estou, Mrs. Robson.

— Que adorável!

— Sim, creio que será uma viagem muito proveitosa.

— Mas já esteve no exterior?

— Já, Mrs. Robson. Fui a Paris com Miss Van Schuyler no outono passado. No entanto, nunca estive no Egito.

Mrs. Robson hesitou.

— Eu espero... que não encontre... problema algum.

Ela havia baixado a voz.

Miss Bowers, contudo, respondeu no tom usual:

— Ah, *não*, Mrs. Robson; cuidei *disso* muito bem. Fico sempre de olhos afiados. Sempre.

Contudo, ainda era possível ver uma sombra na expressão de Mrs. Robson conforme ela, a passos lentos, descia a escada.

X

Mr. Andrew Pennington, em seu escritório central, abria a correspondência. De repente, seu punho se fechou e golpeou o tampo da escrivaninha; o rosto avermelhou-se e duas veias gordas se projetaram na testa. Ele apertou um botão na mesa e um estenógrafo de trajes elegantes apareceu com prontidão louvável.

— Mande Mr. Rockford vir aqui.

— Sim, Mr. Pennington.

Minutos depois, Sterndale Rockford, sócio de Pennington, entrou na sala. Os dois eram bastante parecidos: ambos altos, magros, de cabelos grisalhos e rostos barbeados.

— O que há, Pennington?

O homem tirou os olhos da carta que estava relendo. Disse:

— Linnet se casou...

— *O quê?*

— Exatamente o que você ouviu! Linnet Ridgeway se *casou*!

— Como? Quando? Por que não soubemos antes?

Pennington espiou o calendário na mesa.

— Ela não estava casada quando escreveu a carta, mas agora está. Na manhã do dia 4. Hoje.

Rockford se jogou em uma cadeira.

— Homessa! Sem aviso algum! Mas nenhum mesmo? Quem é o homem?

Pennington se voltou de novo à carta.

— Doyle. Simon Doyle.

— Como é esse camarada? Já ouviu falar?

— Não. Ela não diz muito... — Pennington analisou as linhas escrita à mão, de caligrafia clara e empedernida. — Fico com a impressão de que algo cheira mal nessa história... Mas não interessa agora. A questão é que ela está casada.

Os olhos dos dois homens se encontraram. Rockford fez um meneio com a cabeça.

— Isso vai exigir algum raciocínio — comentou ele com a voz baixa.

— O que faremos?

— Eu que lhe pergunto.

Os dois ficaram em silêncio.

Então Rockford falou:

— Tem algum plano?

Pennington falou devagar:

— O *Normandie* zarpa hoje. Um de nós conseguiria chegar lá.

— Você está doido! Qual é a ideia?

Pennington começou a falar:

— Esses advogados bretões... — E parou.

— O que há com eles? Você não vai encará-los de frente, vai? É loucura!

— Não estou sugerindo que você ou eu deveríamos ir à Inglaterra.

— Então qual é a ideia?

Pennington esticou a carta sobre a mesa.

— Linnet vai passar a lua de mel no Egito. Pretende passar um mês ou mais por lá...

— Egito, hein?

Rockford ponderou. Então ergueu os olhos e se deparou com o olhar do outro.

— Egito — falou. — *Essa* é sua ideia!

— Sim. Um encontro fortuito. Durante a viagem. Linnet e o marido. Atmosfera de lua de mel. É possível.

Rockford falou em tom duvidoso:

— Linnet é esperta... mas...

Pennington falou com suavidade:

— Acho que pode haver maneiras de... lidar com isso.

Os olhares se encontraram de novo. Rockford meneou a cabeça.

— Tudo bem, meu querido.

Pennington olhou para o relógio.

— Temos que nos apressar... seja qual de nós for.

— Vá você — falou Rockford de pronto. — Você sempre fez sucesso com Linnet. "Tio Andrew." É certeiro!

O rosto de Pennington ficou enrijecido. Ele disse:

— Espero que eu dê conta.

O sócio falou:

— Você precisa dar conta. A situação é crítica...

XI

William Carmichael disse ao jovem franzino que abriu a porta com tom inquisitivo:

— Quero ter com Mr. Jim, por favor.

Jim Fanthorp adentrou o aposento e lançou um olhar inquisitivo ao tio. O mais velho ergueu um olhar e grunhiu.

— Humpf, aí está você.

— O senhor me chamou?

— Quero apenas que passe os olhos nisto.

O jovem se sentou e puxou a resma de papéis para si. O tio ficou observando-o.

— Então?

A resposta veio na mesma hora.

— A mim parece suspeito, senhor.

O sócio-sênior da Carmichael, Grant & Carmichael proferiu novamente seu grunhido característico.

Jim Fanthorp releu a carta que havia acabado de chegar do Egito por via aérea:

… Parece-me perverso escrever cartas comerciais em um dia como hoje. Passamos uma semana na Casa Mena e fizemos uma expedição a Fayum. Depois de amanhã, vamos subir o Nilo até Luxor e Assuã de vapor, e talvez sigamos até Cartum. Quando entramos na Cook's esta manhã para saber de nossas passagens, quem acha que foi a primeira pessoa que vi? Meu advogado nos Estados Unidos, Andrew Pennington. Creio que você o conheceu há dois anos, quando ele esteve aí. Não fazia ideia de que Pennington estava no Egito, e ele não fazia ideia de que eu estava! Tampouco de que eu havia me casado! A carta em que eu lhe contava sobre meu matrimônio não deve ter chegado. Ele está, inclusive, subindo o Nilo na mesma viagem que nós. Não é uma grande coincidência? Obrigada por tudo que fizeram neste período tão conturbado. Eu…

Quando o jovem ia virar a página, Mr. Carmichael tirou a carta de suas mãos.

— Já basta — disse ele. — O restante não interessa. O que acha?

Seu sobrinho ponderou por um instante. Depois respondeu:

— Bem, acho que não é coincidência alguma…

O outro assentiu.

— Quer viajar para o Egito? — perguntou ele.

— O senhor considera recomendável?

— Creio que não há tempo a perder.

— Mas por que eu?

— Ponha os miolos para funcionar, garoto; ponha os miolos para funcionar. Linnet Ridgeway nunca o conheceu; tampouco Pennington. Se você pegar um avião, chegará lá a tempo.

— N-não estou gostando disso, senhor. O que devo fazer?

— Use os olhos. E os ouvidos. E os miolos... se é que os tem. E, se necessário for, tome uma atitude.

— N-não estou gostando.

— Pode ser que não... mas terá que agir.

— É... necessário?

— Em minha opinião — disse Sir Carmichael —, é essencial.

XII

Mrs. Otterbourne, reajustando o turbante de tecido nativo que usava enrolado na cabeça, falou, irascível:

— Não entendo por que não poderíamos seguir para o Egito. Já estou farta de Jerusalém.

Como a filha continuou calada, ela disse:

— Poderia ao menos responder quando lhe dirigem a palavra.

Rosalie Otterbourne observava a fotografia de um rosto no jornal. Abaixo, estava escrito:

Mrs. Simon Doyle, que antes do casamento era a famosa beldade da alta sociedade Miss Linnet Ridgeway. Mr. e Mrs. Doyle passarão a lua de mel no Egito.

Rosalie disse:

— Gostaria de seguir até o Egito, mãe?

— Sim, gostaria — retrucou Mrs. Otterbourne. — Penso que aqui nos trataram de modo cavalheiresco demais. Eu estar aqui é propaganda. Deveria receber um abatimento. Quando sugeri isso, acho que foram deveras impertinentes. *Deveras* impertinentes. Então, eu lhes falei exatamente o que penso.

A moça suspirou e falou:

— É um lugar muito parecido. Queria que pudéssemos ir de imediato.

— E esta manhã — disse Mrs. Otterbourne — o gerente chegou à impertinência de me informar que todos os quartos haviam sido reservados com antecedência e que solicitaria o nosso em dois dias.

— Então temos que ir para outro lugar.

— De modo algum. Estou perfeitamente apta a lutar pelos meus direitos.

Rosalie balbuciou:

— Suponho que deveríamos mesmo ir até o Egito. Não fará diferença.

— Decerto não é uma questão de vida ou morte — disse Mrs. Otterbourne.

Mas nisso ela estava errada. Pois uma questão de vida ou morte era exatamente o que viria a ser.

Parte 2

Egito

Capítulo 1

— É Hercule Poirot, o detetive — disse Mrs. Allerton.

Ela e o filho estavam sentados em cadeiras de vime pintadas de vermelho em frente ao Hotel Catarata, em Assuã. Assistiam às silhuetas de duas pessoas se afastando: um baixinho que vestia um paletó de seda branca e uma moça alta e magra.

Tim Allerton se aprumou de maneira incomum.

— Aquele homenzinho engraçado? — perguntou ele, incrédulo.

— Aquele homenzinho engraçado.

— Mas que raios ele está fazendo aqui? — indagou Tim.

A mãe riu.

— Querido, você parece animado. Por que os homens gostam tanto de crimes? Eu odeio histórias de detetive, nunca as leio. Mas não creio que *monsieur* Poirot esteja aqui com segundas intenções. Ele já ganhou muito dinheiro e imagino que esteja aproveitando a vida.

— Parece que a senhora tem bom olho para encontrar a moça mais bonita das redondezas.

Mrs. Allerton pendeu a cabeça um pouco de lado enquanto apreciava as costas de M. Poirot e sua acompanhante tomando distância.

A moça ao lado do belga se elevava sobre ele em quase dez centímetros. O caminhar dela era elegante, nem rígida, nem desleixada.

— Concordo que *é* mesmo bonita — disse Mrs. Allerton.

Ela olhou para o filho com o rabo do olho. Animou-se ao ver que o peixe mordeu a isca.

— De fato. Pena que aparente ter um gênio temperamental e rabugento.

— Pode ser apenas a expressão, querido.

— Uma diabinha desagradável, aposto. Mas é bonita o bastante.

O tema dos comentários caminhava devagar ao lado de Poirot. Rosalie Otterbourne girava uma sombrinha fechada e sua expressão confirmava o que Tim acabara de dizer. Ela aparentava ser tão rabugenta quanto temperamental. Suas sobrancelhas se uniam, franzidas, e a linha escarlate de sua boca estava voltada para baixo.

Eles dobraram à esquerda ao sair do portão do hotel e entraram na penumbra suave dos jardins municipais.

Hercule Poirot tagarelava carinhosamente com sua expressão de bom humor beato. Seu paletó estava engomado com meticulosidade, e o homem usava um chapéu-panamá, além de carregar um moscadeiro ornamentado com cabo de âmbar falso.

— ... me encanta — dizia ele. — As rochas negras de Elefantina, o sol, os barquinhos a navegar. Como é bom estar vivo.

Ele fez uma pausa e depois complementou:

— Não concorda, *mademoiselle*?

Rosalie Otterbourne respondeu rápido:

— Acho normal. Considero Assuã um tanto sombria. O hotel está um pouco vazio e todos têm 100 anos de idade...

Ela parou e mordeu os lábios.

Os olhos de Hercule Poirot cintilaram.

— Sim, é verdade. Tenho um pé na cova.

— Eu não... não estava pensando no senhor — disse a moça. — Sinto muito. Fui grosseira.

— De modo algum. É natural que deseje companhias de sua idade. Ah, mas há ao menos *um* rapaz.

— O que passa o tempo todo sentado com a mãe? Gostei *dela*, mas achei-o temível. Um convencido!

Poirot sorriu.

— E eu? Sou convencido?

— Ah, não, não o considero assim.

Ela estava claramente desinteressada, mas aquele fato não pareceu incomodar Poirot. Ele apenas comentou com satisfação calma:

— Meu melhor amigo diz que sou deveras convencido.

— Ah, pois enfim — disse Rosalie, absorta —, imagino que ele tenha seus motivos. Infelizmente, crimes em nada me interessam.

Poirot falou, cerimonioso:

— Fico encantado em saber que a senhorita não tem culpas a esconder.

Por um instante, a máscara carrancuda da moça se transformou, quando ela lhe dirigiu um rápido olhar interrogativo. Aparentemente Poirot não notou, pois prosseguiu.

— Sua mãe não estava no almoço hoje. Ela não está indisposta, está?

— Este lugar não lhe convém — respondeu Rosalie. — Ficarei mais contente quando partirmos.

— Somos colegas de viagem, não? Faremos também a excursão até Wadi Halfa e à Segunda Catarata?

— Sim.

Eles saíram da penumbra dos jardins para uma estrada poeirenta que ladeava o rio. Cinco atentos mascates vieram com colares, dois com cartões-postais, três com escaravelhos de gesso, uma dupla de meninos em cima de burros e um rebotalho infantil extra fecharam-nos.

— Quer colar, senhor? Muito bom, senhor. Muito barato...

— Madame quer escaravelho? Olha, grande rainha, muita sorte...

— Olha, senhor. Lazulita de verdade. Muito bom, muito barato...

— Quer andar de burro, senhor? Burro muito bom. Burro tranquilo, senhor...

— Quer ir pedreira, senhor? Este burro muito bom. Outro burro ruim, senhor, burro cai...

— Quer cartão-postal? Muito barato. Muito bonito.

— Olha, madame, só dez piastras. Muito barato. Lazulita. Este marfim.

— Este moscadeiro muito bom... este todo âmbar...

— Vai de barco, senhor? Tenho barco bom, senhor...

— Carona para hotel, madame? Este burro primeira classe...

Hercule Poirot fez gestos a esmo para se livrar do aglomerado de gente. Rosalie atravessava o grupo como uma sonâmbula.

— É melhor se fingir de cega e surda — comentou ela.

A ralé infantil corria ao lado com balbucios queixosos:

— *Bakshish? Bakshish?* Viva! Muito bom, muito bonito...

Seus trapos de cores fortes se arrastavam, compondo a paisagem, e as moscas se aglomeravam sobre suas pálpebras. Eram insistentes demais. Os outros recuaram, apenas para disparar nova saraivada na esquina seguinte. Agora Poirot e Rosalie só precisavam fazer o périplo das lojas. Ali os sotaques eram delicados e persuasivos...

— Visita minha loja hoje, senhor?

— Quer crocodilo de marfim, senhor?

— Não foi na minha loja ainda, senhor? Eu lhe mostro coisas bonitas.

Entraram na quinta lojinha, e Rosalie entregou rolos de filme: aquele era o objetivo do passeio.

Depois saíram de volta e caminharam em direção à beira do rio.

Um dos vapores do Nilo atracava. Poirot e Rosalie olharam para os passageiros com curiosidade.

— São tantos, não é mesmo? — comentou Rosalie.

Ela virou a cabeça quando Tim Allerton apareceu e se juntou a eles. O rapaz estava um tanto sem fôlego, como se estivesse caminhando com pressa.

Ficaram parados por alguns instantes, então Tim falou.

— A gentinha terrível de sempre, creio eu — comentou ele com desprezo, sugerindo os passageiros ao desembarque.

— Em geral, são — concordou Rosalie.

Os três adotaram o ar de superioridade de quem já está em um lugar há algum tempo e analisa os recém-chegados.

— Olhem só! — exclamou Tim, a voz de repente tomada de empolgação. — Mas é Linnet Ridgeway.

Se a informação não comoveu Poirot, atiçou o interesse de Rosalie. Ela se inclinou para a frente e seu mau humor praticamente evaporou ao perguntar:

— Onde? Aquela de branco?

— Sim, ali, com o sujeito alto. Estão desembarcando agora. O marido, creio eu. Não consigo me lembrar do nome que ela adotou.

— Doyle — disse Rosalie. — Simon Doyle. Saiu em todos os jornais. É uma ricaça, não é?

— Provavelmente a mais rica da Inglaterra — respondeu Tim, animado.

Os três alcoviteiros assistiram ao desembarque dos demais passageiros em silêncio. Poirot ouviu com interesse os comentários de suas companhias. Balbuciou:

— Ela é belíssima.

— Tem gente que tem tudo — disse Rosalie, amargurada.

Ela ficou com uma estranha expressão de rancor enquanto assistia à outra moça subir o passadiço.

Linnet Doyle andava como se fosse tomar o centro do palco no teatro de revista. Ela tinha aquele quê da segurança que se encontra nas grandes atrizes. Estava acostumada a ser observada, a ser admirada, a ser o centro das atenções onde quer que fosse.

Ela estava — e, ao mesmo tempo, não estava — ciente dos olhares ávidos em sua direção. Tais louvores faziam parte de sua vida.

Linnet desembarcou interpretando um papel, embora o interpretasse sem perceber. A bela e rica recém-casada da alta sociedade em lua de mel. Virou-se com um leve sorriso e fez um breve comentário para o rapaz alto ao seu lado. Ele respondeu, e o som de sua voz aparentemente interessou a Hercule Poirot. Seu olhar se iluminou e ele uniu as sobrancelhas.

O casal passou rente ao detetive. Ele ouviu Simon Doyle dizer:

— Vamos arranjar tempo para tanto, querida. Podemos ficar por aqui uma ou duas semanas, se quiser.

O rosto dele estava voltado para o dela, ávido, dedicado, um tanto modesto.

Poirot o estudou pensativamente: ombros retos, faces bronzeadas, olhos de um azul profundo, a simplicidade um tanto infantil no sorriso.

— Sortudo do diabo — comentou Tim depois que passaram. — Eu bem queria encontrar uma herdeira que não tenha adenoide e pé chato!

— Estão tão felizes que chega a assustar — disse Rosalie com um tom de inveja na voz. Ela falou de súbito, mas tão baixo que Tim mal captou suas palavras. — Não é justo.

Poirot escutou, no entanto. Ele estava de cenho franzido, um tanto perplexo, mas então disparou um olhar de soslaio a ela.

Tim falou:

— Preciso pegar algumas coisas para minha mãe.

Ele levantou o chapéu e partiu. Sem pressa, Poirot e Rosalie refizeram seus passos em direção ao hotel, gesticulando amplamente para dispensar os fornecedores de burros.

— Não é justo, *mademoiselle*? — indagou Poirot com delicadeza.

A garota corou de raiva.

— Não sei do que está falando.

— Estou unicamente repetindo o que acabou de murmurar. Pois murmurou, sim.

Rosalie Otterbourne encolheu os ombros.

— Apenas parece demais para uma pessoa só. Dinheiro, boa aparência, uma silhueta maravilhosa e...

Ela fez uma pausa, e Poirot falou:

— E amor? Hã? E amor? Mas a senhorita não sabe... ele pode ter se casado por dinheiro!

— Não viu a forma como o homem olhava para ela?

— Ah, claro, *mademoiselle*. Vi tudo que havia para ver. E vi, por sinal, algo que *mademoiselle* não viu.

— O quê?

Poirot respondeu devagar:

— Vi, *mademoiselle*, linhas grossas sob os olhos da mulher. Vi também que a mão dela se agarrava com tanta força à sombrinha que as juntas estavam brancas...

Rosalie o encarou.

— O que quer dizer?

— Quero dizer que nem tudo que reluz é ouro. Quero dizer que, embora esta dama seja rica, bela e amada, ainda assim há *algo* que não está certo. E sei de mais uma coisa.

— Sim?

— Sei — disse Poirot, franzindo o cenho — que, em algum lugar, em algum momento, *já ouvi aquela voz*. A voz de *monsieur* Doyle, no caso. E queria lembrar onde foi.

Porém, Rosalie não estava mais ouvindo. Ela havia travado. Com a ponta da própria sombrinha, fazia desenhos na areia. De repente, irrompeu:

— Sou execrável, deveras execrável. Sou um animal, de cabo a rabo. Gostaria de arrancar as roupas dela e pisar naquele rosto tão lindo, tão arrogante, tão confiante. Sou ciumenta como uma gata... mas é como me sinto. Ela é tão terrivelmente bem-sucedida, equilibrada, segura.

Hercule Poirot ficou um tanto surpreso com aquele arroubo. Pegou-a pelo braço e lhe deu uma sacudida amigável.

— *Tenez.* Vai se sentir melhor após ter falado!

— Eu a odeio! Nunca odiei tanto uma pessoa à primeira vista.

— Magnífico!

Rosalie olhou para ele, em dúvida. Então sua boca se remexeu e ela riu.

— *Bien* — disse Poirot, que riu junto.

Eles prosseguiram amistosamente de volta ao hotel.

— Preciso encontrar a mamãe — anunciou Rosalie ao chegarem ao arejado e escuro vestíbulo.

Poirot foi para o outro lado, até o mezanino com vista para o Nilo. Havia mesinhas preparadas para o chá, mas ainda era cedo. Ele admirou o rio por alguns instantes e depois passeou pelos jardins.

Havia gente jogando tênis ao calor do sol. O belga fez uma pausa para assistir ao jogo e então voltou à trilha íngreme. Foi ali, sentado em um banco que dava para o rio, que ele se deparou com a moça do Chez Ma Tante. Reconheceu-a de imediato. O rosto, tal como ele vira naquela noite, estava entalhado em sua memória. Sua expressão, porém, era outra. A moça estava mais pálida e magra, e havia traços que demonstravam um grande fastio e desgraça de espírito.

Poirot foi um pouco para trás. A moça não o havia percebido, e ele se pôs a observá-la por um instante sem que ela suspeitasse de sua presença. O pezinho dela batia impaciente no chão. Os olhos, escuros, com uma espécie de fogo que arde lento, tinham um tom afetado, de sinistro triunfo. Ela olhava para o Nilo, onde os barcos de velas brancas navegavam rio acima e rio abaixo.

Aquele rosto e aquela voz. Ele se lembrava de ambos. Do rosto desta moça e da voz que acabara de ouvir, a voz de um recém-esposo…

E mesmo enquanto estava ali parado ponderando quanto à moça alheia, deu-se a cena seguinte do drama.

Vozes soaram acima. A moça do banco se colocou de pé. Linnet Doyle e marido desceram a trilha. A voz de Linnet era alegre e confiante. A expressão de esforço e os músculos tensos haviam sumido. Ela estava contente.

A moça que estava parada deu um ou dois passos à frente.

Os outros dois pararam.

— Olá, olá, Linnet — disse Jacqueline de Bellefort. — Eis você! Parece que nunca vamos deixar de nos esbarrar. Ora, olá, Simon. Como vai?

Linnet Doyle se encolhera contra a pedra e soltou uma breve exclamação. O rosto bem-apessoado de Simon Doyle de repente convulsionou-se de raiva. Ele foi em frente como se pretendesse atacar a minúscula figura feminina.

Com um meneio exagerado da cabeça, ela sinalizou que havia percebido a presença de um estranho. Simon virou o rosto e percebeu Poirot.

Ele falou, desajeitado:

— Olá, Jacqueline. Não esperávamos encontrá-la aqui.

As palavras não soaram nem um pouco convincentes.

A moça lhes mostrou os dentes brancos.

— Uma surpresa, não? — perguntou ela.

Então, com outro rápido meneio da cabeça, começou a subir a trilha.

Delicadamente, Poirot foi na direção oposta.

Enquanto caminhava, ouviu Linnet Doyle dizer:

— Simon... pelo amor de Deus, Simon... o que vamos fazer?

Capítulo 2

O jantar se encerrou.

O mezanino ao ar livre do Hotel Catarata tinha iluminação suave. A maioria dos hóspedes estava ali, sentada às mesinhas.

Simon e Linnet Doyle saíram, acompanhados por um homem alto de cabelo grisalho e aparência distinta, com rosto de norte-americano e barba aparada. Quando o grupelho se demorou por um instante na porta, Tim Allerton levantou-se da cadeira próxima e se aproximou.

— É certo de que não se lembrará de mim — disse ele a Linnet, em tom agradável —, mas sou primo de Joanna Southwood.

— Mas é claro. Que idiotice de minha parte. O senhor é Tim Allerton. Este é meu marido. — Havia um leve tremor na voz: orgulho, acanhamento? — E este é meu advogado nos Estados Unidos, Mr. Pennington.

— Você precisa conhecer minha mãe — disse Tim.

Minutos depois, estavam sentados juntos em comitiva: Linnet no canto, Tim e Pennington cercando-a, os dois disputando sua atenção. Mrs. Allerton conversava com Simon Doyle.

As portas de vaivém abriram. A tensão repentina atingiu a bela figura ereta sentada entre os dois homens. Então ela relaxou quando um senhorzinho pequeno surgiu e atravessou o mezanino.

Mrs. Allerton falou:

— Você não é a única celebridade por essas bandas, minha cara. Aquele senhor de aparência engraçada é Hercule Poirot.

Ela falara de maneira suave, por puro e instintivo tato social para quebrar uma pausa desconfortável, mas Linnet pareceu surpresa com a informação.

— Hercule Poirot? Claro, já ouvi falar...

Foi como se ela afundasse em um acesso de abstração. Por um momento, os dois homens de cada lado ficaram sem saber como agir.

Poirot havia percorrido a beira do mezanino, mas sua atenção foi solicitada de imediato.

— Sente-se, *monsieur* Poirot. Que bela noite!

Ele aquiesceu.

— *Mais oui*, madame, bela de fato.

Ele sorriu para Mrs. Otterbourne por educação. Que seda preta envolvendo seu corpo e turbante eram aqueles!

Mrs. Otterbourne prosseguiu com a voz queixosa:

— Um encontro de notáveis, não é mesmo? Creio que em breve teremos alguma nota nos jornais. Beldades da alta sociedade, romancistas famosas...

Ela pausou e deu uma risadinha de falsa modéstia.

Poirot sentiu, mas não viu, a moça carrancuda do outro lado se remexer e deixar a boca em uma linha reta mais amuada do que antes.

— Tem um romance a caminho, madame? — indagou ele.

Mrs. Otterbourne soltou sua risadinha inibida mais uma vez.

— Estou com uma preguiça tenebrosa. No entanto, devia me dedicar. Meu público está impacientíssimo. E meu editor, pobre coitado! Cobranças a cada missiva! Até em telegramas!

Mais uma vez, ele sentiu a moça se remexer no escuro.

— Não me importo em lhe contar, *monsieur* Poirot, que estou no Egito em parte para assimilar o pitoresco. *Neve no semblante do deserto*: este é o título de meu novo livro. Poderoso. Sugestivo. A neve... no deserto... que se derrete ao primeiro hálito flamejante da paixão.

Rosalie se levantou, resmungou alguma coisa e foi até o jardim no escuro.

— É preciso ser forte — disse Mrs. Otterbourne, sacudindo o turbante para dar ênfase. — Carne forte: é disto que meus livros tratam. As bibliotecas podem proibi-los, mas não importa! Eu digo a verdade: sexo! Ah, *monsieur* Poirot, por que as pessoas têm tanto medo do sexo? É o eixo no qual o universo gira! Já leu meus livros?

— Ai de mim, madame! Veja, não leio muitos romances. Meu trabalho...

Mrs. Otterbourne falou com firmeza:

— Tenho que lhe dar um exemplar de *Debaixo da figueira*. Creio que o considerará relevante. É loquaz... mas *real*!

— Muita gentileza de sua parte, madame. Vou lê-lo com prazer.

Mrs. Otterbourne passou alguns instantes em silêncio. Colocou-se a remexer um longo colar de contas que dava duas voltas em seu pescoço. Olhou rapidamente de um lado e para o outro.

— Quem sabe... eu me retire agora para buscá-lo.

— Ah, madame, por favor, não se incomode. Mais tarde...

— Não, não. Não é incômodo algum. — Ela se levantou. — Gostaria de lhe mostrar...

— O que foi, mãe?

De repente, Rosalie estava ao lado dela.

— Nada, querida. Ia apenas buscar um livro para *monsieur* Poirot.

— O *Figueira*? Eu mesma busco.

— Você não sabe onde está, querida. Eu vou.

— Sei, sim.

A moça partiu depressa do mezanino para dentro do hotel.

— Permita-me parabenizá-la, madame, por sua adorável filha — disse Poirot, fazendo uma mesura.

— Rosalie? Sim, sim. É bonita. Mas é *difícil, monsieur* Poirot. E não tem compaixão alguma quando a pessoa fica doente. Ela sempre acha que sabe o que é melhor para os outros. Acha que sabe mais da minha saúde do que eu...

Poirot fez sinal para um garçom.

— Licor, madame? Uma *chartreuse*? Um *créme de menthe*?

Mrs. Otterbourne fez um não vigoroso com a cabeça.

— Não, não. Sou praticamente abstêmia. Deve ter notado que não bebo nada além de água. Talvez uma limonada. Não suporto o gosto de destilados.

— Então devo pedir uma limonada, madame?

Ele fez o pedido: uma limonada e um *bénédictine*.

A porta de vaivém abriu outra vez. Rosalie passou e veio na direção deles com um livro na mão.

— Aqui está — anunciou ela. Sua voz era inexpressiva ao ponto de a inexpressividade ser marcante.

— *Monsieur* Poirot acabou de pedir uma limonada — disse a mãe.

— E a *mademoiselle*, o que vai tomar?

— Nada. — E então falou, consciente de sua grosseria:

— Obrigada.

Poirot pegou o volume que Mrs. Otterbourne lhe estendia. Ainda tinha a sobrecapa original, uma composição de cores vivas que representava uma moça de cabelos à *la garçonne* com unhas escarlates sentada sobre uma pele de tigre, vestindo os trajes de Eva. Acima dela havia uma árvore com folhas de carvalho, ostentando maçãs imensas e de cor improvável.

O título era *Debaixo da figueira*, de Salome Otterbourne. Por dentro havia um comentário do editor. Era uma declaração entusiasmadíssima quanto à coragem e ao realismo deste estudo sobre a vida amorosa da mulher moderna. "Indômita", "anticonvencional" e "realista" eram os adjetivos colocados.

Poirot fez uma mesura e murmurou:

— Fico honrado, madame.

Conforme ergueu a cabeça, seu olhar se deparou com o da filha da autora. Quase sem querer, Poirot fez um breve movimento. Estava pasmo e pesaroso com a dor eloquente que aqueles olhos revelavam.

Naquele instante, porém, chegaram as bebidas, proporcionando uma distração bem-vinda.

Poirot ergueu o copo.

— *A votre santé*, madame. *Mademoiselle.*

Mrs. Otterbourne, bebericando a limonada, murmurou:

— Tão refrescante... deliciosa.

O silêncio se abateu sobre os três. Observaram as rochas negras e reluzentes do Nilo. Tinham algo de fantasioso ao luar. Eram como grandes monstros pré-históricos deitados com parte do corpo fora d'água. De repente, uma leve brisa se ergueu e, tão repentina quanto surgira, desfaleceu.

Havia uma sensação de pressa, de expectativa no ar.

Hercule Poirot levou seu olhar ao mezanino e seus ocupantes. Estaria errado ou havia ali também a mesma pressa, a mesma expectativa? Era como o instante no palco em que se aguarda a entrada da protagonista.

E bem naquele momento as portas de vaivém se abriram novamente. Desta vez, foi como se fizessem com um tom de importância particular. Todos pararam de falar e olharam na direção delas.

Uma garota morena e sinuosa, trajando um longo cor de vinho, passou. Parou por um segundo, depois atravessou decidida o mezanino e sentou-se a uma mesa vazia. Não havia nada ostentador, nada fora do comum em sua conduta, mas, ainda assim, havia o efeito avalizado de uma entrada no palco.

— Ora — disse Mrs. Otterbourne. Ela jogou a cabeça aturbantada para o lado. — Parece que esta moça se acha alguém!

Poirot não respondeu. Estava observando. A moça sentara-se em um lugar onde poderia olhar propositalmente na direção de Linnet Doyle. Poirot notou que Linnet Doyle inclinou-se para a frente e disse algo. Um instante depois, levantou-se e trocou de lugar. Agora estava voltada para o lado contrário.

Poirot assentiu consigo mesmo, pensativo.

Mais ou menos cinco minutos depois, a outra moça trocou de assento e foi para o lado oposto do mezanino. Fumava e sorria tranquila, um exemplo de calma e satisfação. Porém, como sempre, como se sem perceber, seu olhar contemplativo também recaiu sobre a esposa de Simon Doyle.

Passado um quarto de hora, Linnet Doyle levantou-se e entrou no hotel. O marido a seguiu quase de imediato.

Jacqueline de Bellefort sorriu e deu a volta em sua cadeira. Acendeu um cigarro e olhou para o Nilo. Continuou sorrindo consigo mesma.

Capítulo 3

— *Monsieur* Poirot.

Poirot pôs-se de pé depressa. Ele continuou sentado no sofá mesmo após todos terem saído. Absorto em suas reflexões, vinha fitando as rochas negras, lisas e reluzentes quando o som de seu nome trouxe-o de volta a si.

Era uma voz polida, segura, charmosa, talvez com um toque de arrogância.

Hercule Poirot, levantando-se depressa, encarou o olhar imponente de Linnet Doyle.

Ela trajava um xale de veludo roxo e opulento sobre o vestido de seda branca e tinha aparência mais nobre e adorável do que Poirot imaginava possível.

— O *monsieur* é Hercule Poirot? — disse Linnet.

Não era exatamente uma pergunta.

— Ao seu dispor, madame.

— Por acaso, sabe quem eu sou?

— Sim, madame. Já ouvi seu nome. Sei exatamente quem é.

Linnet assentiu. Era o que ela esperava. Ela prosseguiu, com um tom charmosamente autocrático.

— Pode vir comigo ao salão de jogos, *monsieur* Poirot? Estou ansiosa para conversar com o senhor.

— É claro, madame.

Ela tomou a frente até o hotel, e Poirot foi atrás. Ela o levou ao salão de jogos vazio e fez sinal para que ele fechasse a porta. A seguir, a moça se acomodou na cadeira de uma das mesas e o belga se sentou de frente a ela.

Linnet Doyle foi direto ao assunto. Não houve hesitação. Seu discurso saiu fluido.

— Ouvi muito ao seu respeito, *monsieur* Poirot, e sei que é um homem genial. O que acontece é que preciso com urgência de alguém que me auxilie. E creio que haja grande possibilidade de o senhor ser o indivíduo com a capacidade de me ajudar.

Poirot inclinou a cabeça.

— É muito afável, madame. Mas compreenda que estou aqui de férias e, portanto, não desejo assumir casos.

— Isso pode ser resolvido.

A frase não foi dita de forma ofensiva. Tinha apenas a confiança tranquila de uma jovem que sempre conseguira resolver assuntos à sua satisfação.

Linnet Doyle prosseguiu:

— Sou alvo, *monsieur* Poirot, de uma persecução intolerável. Uma persecução que precisa ter fim! Considerei ir tratar com a polícia, mas meu... meu marido crê que a lei seria impotente para tomar atitude.

— Quem sabe... se a madame me explicasse mais a fundo? — sussurrou Poirot, com educação.

— Ah, sim. Eu o farei. A questão é bastante simples.

Ainda não havia sinal de hesitação ou titubeio. A mente de Linnet Doyle era nitidamente organizada. Ela apenas pausou por um instante para que pudesse apresentar os fatos da maneira mais concisa possível.

— Quando conheci meu marido, ele era noivo de Miss De Bellefort. Ela também era amiga minha. Meu futuro marido rompeu o noivado. Os dois não eram apropriados um ao outro, de modo algum. Ela, sinto dizer, não aceitou bem... Eu... eu sinto muito, mas não há como evitar. Ela fez certas... bem, fez ameaças... para as quais dei pouca atenção. Devo dizer que ela não as executou. Em vez disso, porém, adotou o extraordinário expediente de... nos seguir para onde quer que vamos.

Poirot ergueu as sobrancelhas.

— É... uma vingança, hã, um tanto incomum.

— Muito incomum... e muito ridícula! Mas também é incômoda.

Ela mordeu o lábio.

Poirot assentiu.

— Sim, imagino. A madame está, se bem entendi, em lua de mel?

— Estou. A primeira vez... a primeira vez que aconteceu foi em Veneza. Ela estava lá... no Danielli's. Achei que fosse coincidência. Um tanto embaraçoso, mas nada além. Então nós a encontramos a bordo do barco em Brindisi. Achamos... achamos que ela estivesse a caminho da Palestina. Separamo-nos, ou assim pensamos, no barco. Mas... quando chegamos à Casa Mena, lá estava ela. Aguardando-nos.

Poirot assentiu.

— E agora?

— Chegamos ao Nilo de barco. Eu... tinha certa expectativa de encontrá-la a bordo. Quando não a vi, achei que Miss De Bellefort havia parado de ser tão... tão pueril. Mas quando chegamos... ela... ela estava aqui... nos aguardando.

Poirot fitou-a por um instante. Linnet Doyle continuou com a compostura perfeita, mas as articulações da mão que agarravam a mesa estavam brancas da força que exerciam.

Ele disse:

— Tem medo de que esta situação vá prosseguir?

— Tenho. — Ela fez uma pausa. — É evidente que essa coisa toda é uma imbecilidade! Jacqueline está fazendo papel de ridícula. Fico surpresa que não tenha nenhum amor-próprio. Nenhuma dignidade.

Poirot fez um pequeno gesto.

— Há momentos, madame, em que o amor-próprio e a dignidade passam ao largo! Existem outras emoções... mais fortes.

— Sim, é possível — disse Linnet, com tom de impaciência. — Mas que raios ela espera *ganhar* com isso?

— Nem sempre é uma questão de ganhos, madame.

· AGATHA CHRISTIE ·

Algo no tom de voz do detetive desagradou Linnet. Ela corou e falou depressa:

— O senhor tem razão. Não vem ao caso discutir motivos. O cerne da questão é que esse problema precisa acabar.

— E como propõe que isso aconteça, madame? — indagou Poirot.

— Bem... naturalmente... meu marido e eu não podemos continuar nos sujeitando a este incômodo. Deve haver algum tipo de recurso jurídico contra tal atitude.

Ela falava com impaciência. Poirot olhou para ela, pensativo, ao perguntar:

— Ela a ameaçou verbalmente em público? Usou linguajar ofensivo? Tentou provocar lesão corporal?

— Não.

— Então, madame, não vejo como posso ajudá-la. Se é do gosto da jovem viajar aos mesmos lugares em que a madame e seu marido se encontram... *eh bien.* O que dizer? O ar é de todos! Não há mesmo dúvida de que ela busca invadir sua privacidade? Estes encontros inesperados sempre se dão em público?

— O senhor quer dizer que não há nada que posso fazer a respeito?

O tom de Linnet era de incredulidade.

Poirot falou com placidez:

— Até onde consigo ver, não. *Mademoiselle* De Bellefort está em seu direito.

— Mas... é enlouquecedor! É *intolerável* ter que suportar uma coisa dessas!

Poirot falou com aspereza:

— Devo simpatizar com a madame. Sobretudo porque imagino que não seja frequente que a senhora tenha que suportar o que quer que seja.

Linnet franziu o rosto.

— Tem que haver alguma maneira de parar com isso — resmungou ela.

Poirot encolheu os ombros.

— A madame pode ir embora ou para outro lugar — sugeriu.

— Mas ela nos seguirá!

— Sim. É uma grande possibilidade.

— É um absurdo!

— Precisamente.

— Enfim, por que eu... nós... deveríamos fugir? Como se... como se...

Ela parou.

— Exato, madame. Como se...! Está tudo aí, não está?

Linnet ergueu a cabeça e o encarou.

— O que quer dizer?

Poirot alterou o tom de voz. Ele se curvou para a frente, com a voz confidenciosa, apelativa. Falou com toda a delicadeza:

— Por que dá tanta importância a isso, madame?

— Por quê? Ora, porque é enlouquecedor! É irritante à última potência! Eu já lhe disse o porquê!

Poirot fez que não.

— Não por completo.

Linnet repetiu:

— O que quer dizer?

Poirot se reclinou, cruzou os braços e falou de maneira impessoal e imparcial.

— *Écoutez*, madame. Vou lhe contar uma rápida história. Um dia, há um ou dois meses, estava eu ceando em um restaurante de Londres. Na mesa ao lado, havia duas pessoas, um rapaz e uma moça. Muito contentes, ao que parecia, muito apaixonados. Falavam do futuro com plena confiança. Não é que eu tenha o costume de ouvir o que não me é dirigido. Eles estavam indiferentes a quem os ouvia ou não. O homem estava de costas para mim, mas eu via o rosto da moça. Sua expressão era veemente. Estava apaixonada. De corpo, de alma e de coração. E ela não era das que amam de forma leviana e frequente. No caso desta moça, era evidente que se tratava de questão de vida ou morte. Eles haviam noivado, foi o que pude apurar. Falavam de onde podiam passar a lua de mel. Tinham planos de conhecer o Egito.

Ele fez uma pausa. Linnet falou, ríspida:

— E então?

Poirot prosseguiu.

— Isso faz um ou dois meses, mas o rosto da moça... não o esqueço. Soube que precisaria lembrá-lo caso o visse de novo. E lembro-me também da voz do homem. E creio que possa supor, madame, quando vi um e ouvi o outro pela segunda vez. Foi aqui mesmo, no Egito. O homem está em lua de mel, sim. Mas está em lua de mel *com outra mulher.*

Linnet retrucou, ríspida:

— E daí? Eu já tinha dado estes fatos ao senhor.

— Os fatos, sim.

— E então?

Poirot falou devagar:

— A moça no restaurante mencionou uma amiga... uma amiga com a qual ela tinha certeza de que nunca se decepcionaria. Esta amiga, creio, era a madame.

— Sim. Mencionei ao senhor que éramos amigas.

Linnet ficou corada.

— E ela confiava na madame?

— Sim.

A mulher hesitou por um instante, mordeu o lábio com impaciência; depois, como Poirot não parecia disposto a falar, irrompeu:

— É claro que a situação como um todo foi lamentável. Mas essas coisas acontecem, *monsieur* Poirot.

— Ah! Sim, acontecem, madame. — Ele fez uma pausa. — Suponho que a senhora frequente uma igreja anglicana, não?

— Sim. — Linnet parecia um tanto pasma.

— Então a senhora já ouviu trechos da Bíblia lidos em voz alta no culto. Já ouviu falar do rei Davi e do rico que tinha muitos rebanhos e gado e do pobre que tinha apenas uma ovelha, e que o rico tomou a ovelha do pobre. Foi algo que aconteceu, madame.

Linnet se endireitou na poltrona. Seus olhos cintilaram de fúria.

— Entendo onde quer chegar, *monsieur* Poirot! O senhor pensa, dizendo de maneira vulgar, que roubei o rapaz de minha amiga. Analisando a questão de modo sentimental, que é, imagino eu, o único modo como pessoas de sua geração veem as coisas, possivelmente tem razão. Mas a verdade árdua e realista é outra. Não nego que Jackie tivesse paixão ardorosa por Simon, mas acho que o senhor não está levando em consideração que ele não dedicava a mesma atenção a ela. Tinha grande afeição por Jacqueline, sim, mas creio que, ainda antes de me conhecer, ele começava a sentir que havia cometido um erro. Entenda com total clareza, *monsieur* Poirot: Simon descobre que me amava, não amava Jackie. O que ele faz? Comporta-se como nobre herói e casa-se com a mulher pela qual não tem interesse? E, com isso, provavelmente arruinando três vidas, dado que é duvidoso que Jackie fosse feliz nestas circunstâncias? Se ele já estivesse casado com Jacqueline quando me conheceu, concordo que *poderia* ser seu dever agarrar-se a ela... embora não tenha certeza absoluta a este respeito. Se uma pessoa é infeliz, a outra também é. Mas um noivado não é um laço definitivo. Caso se tenha cometido um erro, decerto é melhor aceitar os fatos antes que seja tarde demais. Admito que foi difícil para Jackie, e sinto muito... mas foi o que aconteceu. Foi inevitável.

— Eu me pergunto...

Ela o encarou.

— O que o senhor quer dizer?

— É muito sensato, muito lógico... tudo que a madame diz! Mas não explica uma coisa.

— O quê?

— Sua postura, madame. Veja que a senhora, que sua busca, pode ser entendida de dois modos. Poderia lhe provocar incômodo, sim, ou poderia provocar-lhe dó que sua amiga tenha ficado tão magoada a ponto de dispensar toda e qualquer convenção. Mas não é assim que a madame reage. Para a senhora, esta perseguição é *intolerável*. E por quê? Só pode haver um motivo: *a madame se sente culpada.*

Linnet pôs-se de pé.

— Como se atreve? Ora, *monsieur* Poirot, está indo longe demais.

— Mas me atrevo! E lhe direi com toda a franqueza. Sugiro que, embora tenha se empenhado em disfarçar a verdade para si mesma, *a senhora deliberadamente tomou o marido de sua amiga.* Imagino que tenha sentido ligação forte com ele à primeira vista. E também que houve um momento em que a senhora hesitou, quando percebeu que havia uma *opção...* quando ainda podia se conter ou não. Creio que a iniciativa coube à *senhora*, e não a *monsieur* Doyle. A madame é belíssima, rica, inteligente, arguta... e tem seu charme. Poderia exercer este charme ou poderia contê-lo. A madame tinha tudo que a vida poderia oferecer. A vida de sua amiga estava atada a uma pessoa. A madame sabia disso. Mas, embora tenha hesitado, não se conteve. Estendeu a mão e, tal como o rei Davi, tomou a única ovelha do pobre.

Fez-se silêncio. Linnet se controlou com toda a força que tinha e falou com voz gélida:

— Nada disso vem ao caso!

— Não, *tudo* vem ao caso. Estou lhe explicando por que as aparições inesperadas de *mademoiselle* De Bellefort a incomodam tanto. É porque, embora ela seja indigna e degradada no que faz, a madame tem a convicção íntima de que ela está do lado certo.

— Não é verdade.

Poirot encolheu os ombros.

— A madame se recusa a ser honesta consigo.

— De modo algum.

Poirot falou com delicadeza:

— Devo dizer que a madame teve uma vida feliz, que foi generosa e gentil em sua postura em relação aos outros.

— Assim tentei ser — disse Linnet.

A raiva e a impaciência sumiram de seu rosto. Linnet falou com simplicidade, quase com ternura.

— E é por isso que a sensação de que propositalmente causou prejuízo a alguém tanto a incomoda e por que a madame reluta em admitir o fato. Perdoe-me se sou impertinente, mas o aspecto psicológico é o mais importante em seu caso.

Linnet falou sem pressa:

— Mesmo supondo que o senhor esteja dizendo a verdade... o que não admito... o que há de se fazer agora? Não se pode alterar o passado; é necessário lidar com as coisas do jeito que são.

Poirot concordou.

— O cérebro da senhora é desanuviado. Sim, não se pode alterar o passado. Deve-se aceitar as coisas tal como elas são. E, por vezes, madame, é tudo que podemos fazer: aceitar as consequências dos feitos do passado.

— Quer dizer — disse Linnet, incrédula — que não posso fazer nada? *Nada?*

— A madame precisa ter coragem; assim me parece.

Linnet falou devagar:

— O senhor não poderia... conversar com Jackie... com Miss De Bellefort? Fazer com que ela perceba sua insensatez?

— Sim, poderia. Eu o faria se a senhora gostaria que eu fizesse. Mas não espero grande resultado. Penso que *mademoiselle* De Bellefort está tomada por uma ideia tão fixa que nada vai tirá-la de lá.

— Mas é certo que podemos fazer *algo* para nos livrar desta situação?

— A senhora poderia, é claro, voltar para a Inglaterra e acomodar-se em sua residência.

— Mesmo assim, creio que Jacqueline seja capaz de plantar-se no vilarejo, de modo que eu a visse toda vez que deixasse a mansão.

— É verdade.

— Além disso — falou Linnet, sem pressa —, não acho que Simon concordaria em fugir.

— Qual é a postura dele em relação ao que se passa?

— Está furioso. Apenas furioso.

Poirot assentiu, pensativo.

Linnet falou em tom cativante.

— O senhor vai... conversar com ela?

— Sim, vou. Mas minha opinião é de que isso não surtirá efeito.

Linnet falou com violência:

— Jackie é algo fora do comum! Não há como saber o que fará!

— A senhora mencionou ameaças que ela teria feito. Poderia me dizer que ameaças seriam?

Linnet deu de ombros.

— Ela ameaçou... bom... matar a nós dois. Ela, às vezes, é muito... latina.

— Entendo. — O tom de Poirot foi sério.

Linnet se voltou para ele em tom apelativo.

— O senhor agirá em meu nome?

— Não, madame. — Seu tom foi firme. — Não aceitarei um encargo da senhora. Farei o que posso pelo interesse humano. Isto, sim. Estamos diante de uma situação tomada de perigo e dificuldades. Farei o que for possível para desanuviá-la. Mas não sou otimista quanto à minha chance de sucesso.

Linnet Doyle falou devagar:

— Mas não atuaria em meu nome?

— Não, madame — respondeu Hercule Poirot.

Capítulo 4

Hercule Poirot encontrou Jacqueline de Bellefort sentada nas pedras que davam vista para o Nilo. Ele tinha certeza de que ela não havia se retirado para dormir e que a encontraria nas redondezas do hotel.

Miss De Bellefort estava sentada com o queixo apoiado nas palmas das mãos, e não girou a cabeça ou olhou em volta ao ouvir o homem chegar.

— *Mademoiselle* De Bellefort? — perguntou Poirot. — Permite que eu converse com a senhora por um instante?

Jacqueline virou a cabeça devagar. Um sorriso fraco dançou por seus lábios.

— É claro — disse ela. — O senhor é Hercule Poirot, creio. Posso adivinhar? Veio a serviço de Mrs. Doyle, que lhe prometeu um farto honorário caso tenha êxito na missão.

Poirot se sentou no banco próximo a ela.

— Sua suposição está em parte correta — respondeu ele, sorrindo. — Acabo de conversar com madame Doyle, mas não aceitarei nenhum honorário dela e, a rigor, não estou sob seu serviço.

— Ah!

Jacqueline analisou o detetive com atenção.

— Então por que veio? — perguntou bruscamente.

A resposta de Hercule Poirot se deu em forma de outra pergunta.

— A *mademoiselle* já me viu alguma vez?

Ela balançou a cabeça.

— Não, imagino que não.

— Embora eu já a tenha visto. Sentei-me ao seu lado no Chez Ma Tante. A *mademoiselle* estava com *monsieur* Simon Doyle.

Uma expressão estranha caiu como uma máscara sobre o rosto da moça. Ela disse:

— Eu me lembro daquela noite...

— Desde então — falou Poirot —, muitas coisas aconteceram.

— Como o senhor diz, muitas coisas aconteceram.

A voz dela era dura, com um tom de amargura ansiosa.

— *Mademoiselle*, falo como amigo. Enterre os mortos!

Ela pareceu assustada.

— O que o senhor quer dizer?

— Desista do passado! Volte-se para o futuro! O que está feito está feito. A amargura não mudará o que já aconteceu.

— Isto seria apropriadíssimo a Linnet.

Poirot fez um gesto com a mão.

— Não estou pensando nela no momento! Estou pensando *na senhorita*. Que sofreu, sim. Mas o que está fazendo agora apenas prolongará seu sofrimento.

Mais uma vez, ela balançou a cabeça.

— O senhor se engana. Há momentos em que chego a me divertir.

— Isso, *mademoiselle*, é o pior de tudo.

Ela ergueu o olhar depressa.

— O senhor não é tolo — disse ela. E complementou, sem pressa: — E imagino que tenha a intenção de ser gentil.

— Volte para casa, *mademoiselle*. A senhorita é jovem e dotada de inteligência. Tem o mundo pela frente.

Jacqueline fez um não com a cabeça em um movimento paciente.

— O senhor não entende. Ou não quer entender. Simon é meu mundo.

— O amor não é tudo, *mademoiselle* — falou Poirot, com delicadeza. — Só achamos que é quando somos jovens.

No entanto, a moça ainda assim fez que não.

— O senhor não compreende. — Ela lhe disparou um olhar.
— O senhor já sabe de tudo, não? Conversou com Linnet? E
estava no restaurante naquela noite... Simon e eu ainda nos
amávamos.

— Sei que a *senhorita* o amava.

Ela foi rápida em perceber a inflexão. Repetiu com ênfase:

— *Nós nos amávamos!* E eu amava Linnet... confiava nela.
Era minha melhor amiga. Durante toda a vida, Linnet sempre
conseguiu comprar tudo o que queria. Nunca negou nada a
si mesma. Assim que viu Simon, ela o quis. E simplesmente o tomou.

— E ele se deixou ser... comprado?

Jacqueline fez que não, devagar.

— Não, não foi assim. Se fosse, eu não estaria aqui... O
senhor sugere que Simon não vale a pena... Se ele tivesse se
casado com Linnet por dinheiro, seria verdade. Mas ele não
se casou pelo dinheiro. É algo mais complexo. Existe uma
coisa chamada *glamour, monsieur* Poirot. E o dinheiro ajuda no glamour. Linnet tinha "atmosfera", compreende? Ela
era rainha de um reino, uma rainha jovem, com todo o luxo
ao seu dispor. Era como um palco armado. Ela tinha o mundo aos seus pés e os partidos mais ricos e cobiçados da Inglaterra queriam sua mão. Em vez disso, ela se rebaixa ao
obscuro Simon Doyle... O senhor ainda se pergunta se isso
não subiu à cabeça dele? — Ela fez um gesto repentino. —
Observe a lua. O senhor a enxerga com clareza, não? Ela é
real. *Mas se o sol brilhasse, o senhor não a veria.* Foi assim.
Eu era a lua... Quando o sol saiu, Simon não conseguiu mais
me ver... Ficou deslumbrado. Ele não conseguia ver nada
além do sol: Linnet.

Ela fez uma pausa antes de prosseguir.

— Pois perceba o que era de fato: glamour. Ele lhe subiu
à cabeça. E ainda há a segurança total que Linnet exala, a autoridade que lhe é de hábito. Ela é tão segura de si que deixa os outros seguros. Simon era... fraco, talvez, mas também

simplório. Ele teria me amado e só a mim se Linnet não tivesse aparecido e surrupiado-o para sua carruagem dourada. E eu sei, sei muito bem, que Simon não se apaixonaria por Linnet se ela não o tivesse feito se apaixonar.

— Se é o que a senhorita pensa.

— É o que *sei*. Ele me amava. E sempre vai me amar.

Poirot perguntou:

— Inclusive agora?

Foi como se uma resposta rápida começasse a surgir nos lábios dela, mas tivesse sido abafada. Ela fitou Poirot e uma cor cálida e intensa se espalhou por seu rosto. Ela olhou para o lado, a cabeça caída. Falou com a voz baixa e abafada:

— Sim, eu sei. Agora ele me odeia. Sim, me odeia... Pois é bom que tenha cuidado.

Com um gesto rápido, ela mexeu em uma pequena bolsa de seda caída sobre o assento. Então estendeu a mão. Na palma, havia uma pistola minúscula com cabo de pérola. A aparência era de um brinquedo elegante.

— Bonitinha, não acha? — perguntou ela. — Tão ridícula que não parece de verdade. Mas é! Uma bala dessas mataria um homem ou uma mulher. E sou boa de tiro. — Ela deu um sorriso distante, como se rememorasse. — Quando eu era criança e fui para a casa de minha mãe, na Carolina do Sul, meu avô me ensinou a atirar. Ele era da velha guarda, dos que acreditam nas armas de fogo, sobretudo no que diz respeito à honra. Meu pai também participou de diversos duelos quando moço. Era fugaz na espada. Matou um homem certa vez. Por causa de uma mulher. Pois veja, *monsieur* Poirot — os olhos da moça fitaram os do detetive —, eu tenho sangue quente! Comprei esta arma assim que tudo aconteceu. Minha intenção era matar ou um ou o outro. O problema foi que não conseguia decidir qual. Ambos seriam insatisfatórios. Se eu achasse que Linnet ficaria com medo... mas ela tem coragem, ela age. Ela tem vigor físico. E então pensei que... veja! Isso sim me chamava mais atenção. Afinal de contas, eu poderia fazer a qualquer momento; seria mais divertido esperar e... pense! E então a ideia me surgiu... vou segui-los! Sempre que chegassem a um ponto afastado e estivessem juntos, felizes, teriam que *me* ver! E funcionou! Linnet ficou bastante abalada, de tal maneira que nada mais conseguiria! Mexeu mesmo com ela... Foi então que comecei a me divertir... e não há nada que ela possa fazer! Sou sempre agradável e educada! Eles não podem se ater a nenhuma palavra! Estou envenenando tudo, tudo na vida deles.

A risada dela ecoou, clara e argêntea.

Poirot segurou o braço da moça.

— Fique quieta. Quieta, eu suplico.

Jacqueline olhou para ele.

— Então? — disse ela.

O sorriso de Miss De Bellefort era desafiador.

— Mademoiselle, eu lhe imploro: não faça mais o que está fazendo.

— Quer que eu deixe a querida Linnet em paz, então!

— É mais sério do que isso. Não deixe que seu coração se abra para o mal.

Os lábios dela se partiram; uma expressão de perplexidade surgiu em seus olhos.

Poirot continuou, sério:

— Pois, se deixar, *o mal virá*... Sim, é certo que virá... Vai adentrar e fazer ninho dentro da senhorita. E, passado algum tempo, não haverá mais como despejá-lo.

Jacqueline o encarou. Seu olhar parecia hesitante, de alguma incerteza. Ela disse:

— Eu... não sei...

Então bradou, decidida:

— O senhor não pode me deter!

— Não — retrucou Hercule Poirot. — Não posso.

O tom da voz dele era triste.

— Mesmo que eu fosse... matá-la, o senhor não poderia me deter.

— Não, não se a senhorita estivesse disposta... a pagar o preço.

Jacqueline de Bellefort riu.

— Ah, mas não tenho medo da morte! Viverei pelo quê, afinal? O senhor acredita ser errado matar uma pessoa que lhe fez mal... mesmo quando ela lhe tomou tudo que tinha?

Poirot falou com firmeza:

— Sim, *mademoiselle*. Creio que matar seja agressão indesculpável.

Jacqueline riu de novo.

— Então terá que aprovar meu plano atual de vingança. Pois, veja bem, *desde que funcione*, não usarei a pistola. Mas temo que... sim, às vezes temo... que o calor me suba... que eu queira agredi-la... enfiar uma faca nela, colocar minha querida pistola em sua cabeça... basta apertar o gatilho e... *Ah!*

A exclamação assustou Poirot.

— O que é isto, *mademoiselle*!

Ela virou a cabeça e encarou as sombras.

— Havia alguém ali... parado. Agora já se foi.

De imediato, Hercule Poirot olhou em volta.

O lugar parecia deserto.

— Não vejo ninguém aqui além de nós, *mademoiselle*.

Ele se levantou.

— De qualquer modo, já disse o que queria dizer. Desejo-lhe uma boa noite.

Jacqueline também se levantou. Ela falou quase como se implorasse.

— O senhor entende que... não posso fazer o que me pede?

Poirot balançou a cabeça.

— Não. *Porque pode!* Sempre há um momento! Sua amiga Linnet... houve um momento no qual ela poderia ter lhe dado a mão... e deixou passar. E, se a pessoa faz isto, ela se compromete ao empreendimento e não há segunda chance.

— Não existe segunda chance... — disse Jacqueline de Bellefort.

A moça ficou amuada por um instante, depois ergueu a cabeça em pose desafiadora.

— Boa noite, *monsieur* Poirot.

Ele sacudiu a cabeça, triste, e seguiu-a pela trilha até o hotel.

Capítulo 5

Na manhã seguinte, Simon Doyle encontrou Hercule Poirot quando o último estava saindo do hotel para passear pela cidade.

— Bom dia, *monsieur* Poirot.

— Bom dia, *monsieur* Doyle.

— Vai para a cidade? Importa-se que o acompanhe?

— De modo algum. Será um prazer.

Os dois homens caminharam lado a lado, passaram pelo portão e dobraram à penumbra fresca dos jardins. Então Simon tirou o cachimbo da boca e disse:

— Soube, *monsieur* Poirot, que minha esposa conversou com o senhor na noite passada.

— É verdade.

Simon Doyle franzia um pouco o rosto. Ele fazia parte da categoria de homens de atitude que consideram difícil dispor os pensamentos em palavras ou expressar-se de forma clara.

— Fico contente com uma coisa — disse ele. — O senhor a fez perceber que estamos praticamente indefesos nesta situação.

— É evidente que não há recurso jurídico — concordou Poirot.

— Exato. Parece que Linnet compreendeu. — Ele deu um leve sorriso. — Ela foi criada de modo a acreditar que qualquer incômodo pode ser levado à polícia de imediato.

— Seria aprazível se fosse o caso — comentou Poirot.

Houve uma pausa. Então Simon falou repentinamente, o rosto avermelhado ao exclamar:

— É... é uma infâmia sermos vítimas desta maneira! Ela não fez nada! Se alguém quiser dizer que fui um patife, que diga! Creio que fui. Mas não vou permitir que tudo recaia sobre Linnet. Ela não tem culpa.

Poirot curvou a cabeça, sério, mas não respondeu.

— O senhor... hã... o senhor... conversou com Jackie... com Miss De Bellefort? — perguntou Mr. Doyle.

— Sim, conversei.

— Conseguiu fazê-la enxergar a razão?

— Temo que não.

Simon irrompeu de irritação.

— Ela não consegue ver como está sendo tola? Não percebe que nenhuma mulher razoável teria tal comportamento? Não tem amor-próprio ou respeito por si mesma?

Poirot encolheu os ombros.

— Ela se sente... ofendida, podemos colocar assim? — respondeu ele.

— Sim, homem, mas que maldição. Mulheres de bem não se comportam dessa maneira! Admito que mereço toda a culpa. Eu a destratei. Entendo que ela possa estar cheia de mim e nunca mais querer me ver. Mas essa coisa de me seguir... é uma *indecência*! Só quer aparecer! Que raios pensa que vai ganhar com isso?

— Quem sabe... vingança!

— Uma imbecilidade! Entenderia melhor se tentasse fazer algo melodramático... como me dar um tiro.

— O senhor diria que é mais do feitio dela?

— Para ser franco, sim. Ela tem sangue quente. É dona de um gênio ingovernável. Não me surpreenderia com nada que fizesse durante estas fúrias abrasadoras. Mas nos espionar... — Ele balançou a cabeça.

— Sim, é mais refinado! Mais inteligente!

Doyle o encarou.

— O senhor não compreende. É um inferno para os nervos de Linnet.

— E para os seus?

Simon olhou para ele com surpresa momentânea.

— Eu? Eu queria torcer o pescoço daquela diabrete.

— Então não restou nada do que sentia antes?

— Meu caro *monsieur* Poirot... como vou dizer? É como a lua quando sai o sol. Ela desaparece. Assim que conheci Linnet... Jackie deixou de existir.

— *Tiens, c'est drôle, ça!* — resmungou Poirot.

— Perdão?

— Sua analogia me deixou intrigado, só isso.

Corando mais uma vez, Simon disse:

— Imagino que Jackie tenha lhe dito que me casei com Linnet pelo dinheiro. Ora, mas é uma mentira deslavada! Eu não me casaria com mulher alguma pelo dinheiro! O que Jackie não entende é que é difícil para um camarada quando... quando... uma mulher se interessa por ele como Linnet se interessou por mim.

— Hã?

Poirot ergueu o olhar, sério.

Simon seguiu aos tropeços.

— Parece... parece algo dito por um canalha, mas Jackie era afeiçoada *demais* a mim.

— *Une qui aime et un qui se laisse aimer* — balbuciou Poirot.

— Hã? O que disse? Veja bem, um homem não quer uma mulher mais interessada por ele do que ele por ela. — Sua voz ficou acalorada conforme prosseguiu. — Ele não quer se sentir *propriedade* de corpo e alma. Essa maldita postura *possessiva*! Este homem é *meu*! Ele me *pertence*! É o tipo de coisa que não suporto... homem algum suporta! O homem quer fugir, ser livre. Ele quer ser dono de sua mulher. Ele não quer que *ela* seja dona *dele*.

Ele se interrompeu e, com dedos um tanto trêmulos, acendeu um cigarro.

Poirot falou:

— E era assim que se sentia com *mademoiselle* Jacqueline?

— Hã? — Simon o encarou e depois admitiu. — Sim...
bom, sim, o caso é que sim. Ela não percebia, é claro. Além
disso, não é o tipo de coisa que eu lhe diria. Mas eu *estava*
me sentindo inquieto. Então conheci Linnet e ela me deixou
sem fôlego! Nunca tinha visto algo tão belo. Foi maravilhoso. Todos se prostravam diante dela... e então ela vem e escolhe um pateta como eu.

O tom dele era de reverência e admiração juvenil.

— Compreendo — disse Poirot. Assentiu, pensativo. —
Sim, compreendo.

— Por que Jackie não aceita tudo com hombridade? —
questionou Simon, ressentido.

Um sorriso muito fraco perturbou o lábio superior de Poirot.

— Bom, veja bem, *monsieur* Doyle, para começar, ela não
é um homem.

— Não, não... mas falei no sentido de levar na esportiva!
Afinal de contas, é preciso aceitar as consequências. A culpa é minha, admito. Mas aí está! Se você não quer mais saber de uma moça, casar-se com ela é loucura. E agora que
vejo como Jackie de fato é e até onde ela se dispõe a chegar,
sinto que escapei de uma pior.

— Até onde ela se dispõe a chegar — repetiu Poirot, pensativo. — Tem ideia, *monsieur* Doyle, de até onde seria?

Simon olhou para ele um tanto assustado.

— Não... digo... o que quer dizer?

— O senhor sabe que ela anda com uma pistola?

Simon franziu o cenho, depois fez que não.

— Não creio que venha a usá-la agora — falou Mr. Doyle. — Já teve oportunidades de usá-la antes. Mas creio que
Jackie tenha superado esta fase. No momento, sente apenas
rancor. Está tentando tirar a desforra de nós dois.

Poirot encolheu os ombros.

— Talvez — disse ele, em dúvida.

— É com Linnet que me preocupo — comentou Simon,
sem muita necessidade.

— Isto é claro — falou Poirot.

— Não tenho medo de Jackie fazer algo melodramático como dar tiros ou coisas do tipo, mas nos espionar e nos seguir deixou Linnet com os nervos à flor da pele. Vou lhe contar o plano que concebi. Quem sabe o senhor possa sugerir melhorias? Para começar, declarei em voz alta que ficaremos aqui dez dias. Mas, amanhã, o vapor *Karnak* zarpa de Shellal em direção a Wadi Halfa. Propus reservar passagens no navio com pseudônimos. Amanhã faremos um passeio a Filas. A criada de Linnet pode levar as bagagens. Vamos embarcar no *Karnak* em Shellal. Quando Jackie descobrir que não voltaremos, será tarde demais, já estaremos a caminho. Ela vai supor que a despistamos e voltará para o Cairo. Aliás, acho que vou subornar o bagageiro para dizer exatamente isso. Perguntar nas agências de turismo não a ajudará em nada, pois nossos nomes não estarão lá. Como lhe parece?

— Bem arquitetado, sem dúvida. E caso ela aguarde aqui até que retornem?

— Talvez não retornemos. Seguiríamos até Cartum e quem sabe por via aérea até o Quênia. Ela não tem como nos perseguir globo afora.

— Não, haverá um momento em que a questão financeira provavelmente será proibitiva. Ela tem pouco dinheiro, até onde sei.

Simon olhou para o detetive com admiração.

— Que sagaz de sua parte. Eu não havia pensado nisso. Jackie é das mais pé-rapadas que há.

— E ainda assim conseguiu segui-los até aqui?

Simon falou com dúvida:

— Ela tem uma pequena renda, claro. Menos de duzentas libras por ano, imagino. Creio que... sim, creio que ela tenha liquidado seu patrimônio para fazer o que está fazendo.

— Então chegará o momento em que ela terá exaurido os recursos e ficará desprovida?

— Sim...

Simon se remexeu, desconfortável. Poirot o observou com atenção.

— Não — comentou o belga. — Não, não é algo bonito de se pensar...

Simon falou com grande irritação:

— Bom, *eu* não posso fazer nada! — Depois complementou: — O que acha de meu plano?

— Creio que possa funcionar. Mas é, claramente, *bater em retirada.*

Simon corou.

— O senhor pensa que estamos fugindo? Sim, é verdade... Mas Linnet...

Poirot olhou para ele, depois deu um curto aceno.

— Como diz, talvez seja a melhor maneira. Mas lembre-se de que *mademoiselle* De Bellefort é muito inteligente.

Simon falou sóbrio:

— Algum dia, imagino, teremos que tomar posição e lutar. A postura dela não é sensata.

— Sensata, *mon Dieu!* — exclamou Poirot.

— Não há motivo para que mulheres não se comportem como seres racionais — falou Simon, impassível.

Poirot retrucou, ríspido:

— Elas, com frequência, se comportam. Isto que é ainda mais inquietante! — E complementou: — Também estarei no *Karnak*. Faz parte de meu itinerário.

— Ah! — Simon hesitou, depois disse, escolhendo as palavras com acanhamento. — Não é... não seria... hã... por nossa causa, seria? Digo, não quero crer que...

Poirot logo o desenganou.

— De modo algum. Estava tudo pronto antes de eu sair de Londres. Sempre faço meus planos com antecedência.

— O senhor não vai de um lugar para outro conforme lhe dá na veneta? Essa opção não é mais agradável?

— Talvez. Contudo, para o sucesso na vida, cada detalhe deve ser disposto de antemão.

Simon riu e comentou:

— É assim que o assassino mais habilidoso se comporta, imagino.

— Sim. Embora eu deva admitir que o crime mais brilhante de que lembro e um dos mais difíceis de solucionar tenha sido cometido no calor do momento.

Simon falou como um garotinho:

— O senhor poderia nos contar sobre seus casos quando estivermos a bordo do *Karnak*.

— Não, não. Seria falar... como se diz? De trabalho.

— Sim, mas seu trabalho é imensamente empolgante. Mrs. Allerton concorda. Ela está ansiosa por uma chance de interrogá-lo.

— Mrs. Allerton? Seria a grisalha charmosa com o filho devoto?

— Sim. Ela também estará no navio.

— Ela sabe que o senhor e a senhora...?

— É certo que não — disse Simon, enfático. — Ninguém sabe. Adotei o princípio de que é melhor não confiar em ninguém.

— Uma opinião admirável... e que também adoto. A propósito, o terceiro integrante de sua comitiva, o homem alto e grisalho...

— Pennington?

— Sim. Ele viaja com vocês?

Simon falou em tom severo.

— O senhor diria que não é algo comum em uma lua de mel, não é? Pennington é o advogado norte-americano de Linnet. Nós o encontramos por acaso no Cairo.

— *Ah, vraiment!* Permite-me uma pergunta? É maior de idade, sua esposa?

O rosto de Simon mostrava uma expressão curiosa.

— Ainda não completou 21 anos. Mas não teve que pedir consentimento de ninguém para se casar comigo. Foi uma grande surpresa para Pennington. Ele partiu de Nova York, no *Carmanic*, dois dias antes de a carta de Linnet chegar e lhe informar sobre nosso casamento. Portanto, não sabia nada a respeito.

— O *Carmanic*... — balbuciou Poirot.

— Ele se surpreendeu muito quando nos esbarramos no Shepheard's, no Cairo.

— Uma enorme coincidência, de fato!

— Sim, e descobrimos que ele vinha nesta excursão do Nilo, então, é claro, nos unimos. Não seria de bom-tom comportar-nos de outra maneira. Além disso, foi... bom, foi um alívio, em certo sentido. — Ele pareceu envergonhado mais uma vez. — Linnet está nervosíssima, esperando ver Jackie em qualquer lugar que vá. Enquanto estávamos a sós, o assunto não parava de surgir. Neste sentido, Andrew Pennington é de grande ajuda. Podemos tratar de outros assuntos.

— Sua esposa não confiou a situação a Mr. Pennington?

— Não. — O queixo de Simon tomou postura agressiva. — Não tem a ver com mais ninguém. Além disso, quando começamos a excursão do Nilo, achamos que o assunto já estava encerrado.

Poirot fez que não.

— Os senhores ainda não chegaram ao fim. Não, o fim ainda não está à vista. Tenho certeza.

— Devo dizer, *monsieur* Poirot, que assim não me traz muito incentivo.

Poirot olhou para ele com uma leve irritação. Pensou consigo: "Este anglo-saxão, ele não consegue levar nada a sério que não os jogos! Quando vai crescer?"

Linnet Doyle. Jacqueline de Bellefort. As duas encaravam o assunto com seriedade. Contudo, na postura de Simon, Poirot só conseguia ver a impaciência e a contrariedade masculinas.

Ele disse:

— Permite-me uma pergunta impertinente? Foi ideia *sua* vir ao Egito para a lua de mel?

Simon corou.

— Não, claro que não. Aliás, preferia ter ido para outro lugar. Mas Linnet estava decidida. E então... então...

Ele parou, um tanto claudicante.

— Naturalmente — falou Poirot, sério.

Ele estimava o fato de que, se Linnet Doyle estava decidida por algo, aquele algo precisava acontecer.

Pensou consigo: "Agora ouvi, à parte, três relatos sobre o caso: o de Linnet Doyle, o de Jacqueline de Bellefort e o de Simon Doyle. Qual deles estará mais próximo da verdade?"

Capítulo 6

Simon e Linnet Doyle partiram na expedição a Filas por volta das onze horas da manhã seguinte. Jacqueline de Bellefort, sentada na sacada do hotel, observou-os partindo no veleiro de cartão-postal. O que não viu foi a partida de uma condução — carregada de bagagens, na qual sentava-se uma criada de expressão recatada — da porta da frente do hotel. Ela dobrou à direita na direção de Shellal.

Hercule Poirot decidiu passar as duas horas antes do almoço na ilha de Elefantina, imediatamente oposta ao hotel.

Ele foi até o embarque. Havia dois homens que acabavam de entrar em um dos barcos do hotel, e Poirot se juntou a eles. Os homens obviamente não se conheciam. O mais jovem havia chegado de trem no dia anterior. Era um jovem alto de cabelos negros, com rosto magro e queixo pugnaz. Usava calças de flanela cinza extremamente sujas e um blusão de gola alta particularmente impróprio ao clima. O outro era um camarada de meia-idade um tanto rechonchudo que não perdeu tempo em engatar uma conversa com Poirot em um inglês peculiar, levemente macarrônico. Longe de tomar parte no diálogo, o mais jovem apenas fechou a cara para os dois e, em seguida, lhes deu as costas, passando a admirar a agilidade com que o barqueiro núbio comandava a embarcação com os dedos dos pés enquanto manipulava a vela com as mãos.

A água era tranquila, as imensas rochas negras passavam e a brisa suave abanava seus rostos. Chegava-se muito rápido a Elefantina e, ao pisar em terra, Poirot e sua companhia loquaz foram direto ao museu. A esta hora, o último já havia apresentado um cartão, que entregou a Poirot com uma pequena mesura. O cartão dizia:

"*Signor* Guido Richetti, *archeologo*."

Para não ficar para trás, Poirot respondeu ao gesto e entregou-lhe seu próprio cartão. Finalizadas as formalidades, os dois homens entraram no museu juntos, o italiano vertendo uma torrente de erudição. Agora conversavam em francês.

O jovem de calças de flanela passeava pelo museu sem prestar atenção, bocejando de tempos em tempos, antes de conseguir escapar para a área externa.

Poirot e *signor* Richetti enfim o encontraram. O italiano era vigoroso em explorar as ruínas, mas, em seguida, Poirot, tendo avistado uma sombrinha de listras verdes que reconhecera nas rochas próximas ao rio, foi naquela direção.

Mrs. Allerton estava sentada sobre uma grande rocha, com um caderno ao lado e um livro no colo.

Poirot retirou o chapéu polidamente, e Mrs. Allerton embarcou na conversa.

— Bom dia — disse ela. — Imagino que seria impossível livrar-se destas crianças tenebrosas.

Um grupo de pequenas silhuetas negras a cercava, todas sorrindo, fazendo poses e estendendo mãos suplicantes enquanto ceceavam "*Bakshish*" a intervalos fixos.

— Achei que iam se cansar de mim — comentou Mrs. Allerton, com ar de tristeza. — Estão me olhando há duas horas já. E se fecham sobre mim de pouco em pouco; então berro "*Imshi!*" e mostro minha sombrinha, e se espalham por um ou dois minutos. Mas depois voltam e ficam me encarando. Estes olhos são revoltantes, assim como os narizes. Creio que não goste muito de crianças. A não ser que sejam lavadas e tenham o mínimo de boas maneiras.

Ela riu, sentida.

Poirot galantemente tentou dispersar a multidão em prol da dama, mas não teve sorte. Os meninos se espalhavam e então ressurgiam, fechando o cerco mais uma vez.

— Se houvesse alguma paz no Egito, ia gostar mais daqui — disse Mrs. Allerton. — O problema é que é impossível ficar sozinha onde quer que seja. Sempre há alguém para importunar, pedindo dinheiro ou oferecendo burros, colares, expedições a vilarejos nativos ou caçadas a patos.

— É a maior desvantagem do local, de fato — falou Poirot. Com cuidado, o detetive desdobrou seu lenço sobre a rocha e sentou-se com um tanto de cautela sobre ele.

— Seu filho não a acompanha hoje? — perguntou.

— Não. Tim tinha cartas a despachar antes de partirmos. Vamos fazer a viagem à Segunda Catarata.

— Ah, eu também.

— Fico feliz. Queria dizer-lhe que estou encantada em conhecer o senhor. Quando estávamos em Maiorca, havia lá Mrs. Leech, que nos contava maravilhas ao seu respeito. Ela perdera um anel de rubi após um banho de mar e lamentava-se que o senhor não estivesse lá para encontrá-lo.

— Ah, *parbleu*, mas não sou uma foca!

Ambos riram.

Mrs. Allerton prosseguiu:

— Eu o vi da minha janela descendo a trilha com Simon Doyle esta manhã. Por favor, me diga o que pensa dele! Estamos tão empolgados com Simon.

— Ah, é mesmo?

— Sim. Pois saiba que o casamento dele com Linnet Ridgeway foi a maior das surpresas. Ela ia se casar com Lorde Windlesham. De repente, noivou com este homem de quem nunca tínhamos ouvido falar!

— A madame a conhece?

— Não, mas uma parente minha, Joanna Southwood, é uma de suas melhores amigas.

— Ah, sim, já li o nome nos jornais. — Ele ficou um instante em silêncio e depois seguiu. — É uma jovem que aparece muito no noticiário, a *mademoiselle* Joanna Southwood.

· AGATHA CHRISTIE ·

— Ah, ela sabe mesmo como se pavonear — retrucou Mrs. Allerton.

— Não gosta dela, madame?

— Foi um comentário deselegante de minha parte. — A senhora parecia penitente. — Veja bem, sou da velha guarda. Não gosto muito dela. Tim e Joanna são grandes amigos, porém.

— Compreendo — disse Poirot.

Sua companhia lhe disparou um olhar. Ela mudou de assunto.

— Como há poucos jovens por aqui! Aquela moça bonita com cabelos castanhos, que anda com a mãe de turbante, pavorosa, é praticamente a única criatura jovem no local. Notei que o senhor conversou muito com ela. Também me interessa, aquela criança.

— Madame, por quê?

— Sinto pena dela. Sofremos muito quando somos jovens e sensíveis. Creio que ela esteja sofrendo.

— Sim. É infeliz, a pobrezinha.

— Tim e eu a chamamos de "amuada". Já tentei puxar conversa uma ou duas vezes, mas ela me esnobou em todas as ocasiões. Creio que também embarcará nesta viagem ao Nilo, contudo, e suponho que teremos de nos aprochegar, não é mesmo?

— É uma contingência possível, madame.

— Eu sou mesmo muito aprochegada. Tenho enorme interesse pelas pessoas. De todos os tipos. — Ela fez uma pausa e depois retomou. — Tim me contou que a menina de pele morena, cujo nome é De Bellefort, é a que havia noivado com Simon Doyle. Que embaraço para eles... encontrar-se assim.

— Sim, é embaraçoso — concordou Poirot.

Mrs. Allerton lhe disparou um olhar rápido.

— Veja bem, sei que pode parecer uma bobagem, mas ela quase me assustou. É tão... intensa.

Poirot assentiu devagar.

— Não está de todo errada, madame. A grande força da emoção sempre assusta.

— As pessoas lhe interessam, *monsieur* Poirot? Ou o senhor reserva seu interesse apenas a criminosos potenciais?

— Madame... esta categoria não deixaria muita gente de fora.

Mrs. Allerton pareceu um tanto assustada.

— O senhor fala sério?

— Caso se dê o devido incentivo, quero dizer — falou Poirot.

— Que varia, provavelmente?

— É claro.

Mrs. Allerton hesitou. Um pequeno sorriso se formou em seus lábios.

— Até mesmo eu?

— Madame, mães são particularmente implacáveis quando os filhos se encontram em perigo.

Ela disse séria:

— Creio que seja verdade. Sim, o senhor tem razão.

Ela ficou em silêncio por alguns instantes, depois disse, sorrindo:

— Estou tentando imaginar motivos para crimes apropriados a todos no hotel. É um belo entretenimento. Simon Doyle, por exemplo?

Poirot respondeu, sorrindo também:

— Um crime muito simples: um atalho para seu objetivo. Nada de sutil neste sentido.

— E, portanto, detectado com facilidade?

— Sim; ele não seria hábil.

— E Linnet?

— Seria tal qual a Rainha de *Alice no País das Maravilhas*. "Cortem-lhe a cabeça!"

— É claro. O direito divino da monarquia! Com um toque da Vinha de Nabote. E a moça perigosa, Jacqueline de Bellefort... *ela* poderia cometer homicídio?

Poirot hesitou por alguns instantes, depois pronunciou-se com dúvida:

— Sim, creio que sim.

— Mas não tem certeza?

— Não. Ela é um enigma, aquela pequena.

— Não creio que Mr. Pennington poderia. Ele parece tão desidratado, dispéptico... parece que lhe falta sangue.

— Mas talvez tenha forte sentimento de autopreservação.

— Sim, creio que sim. E a pobre Mrs. Otterbourne com seu turbante?

— Sempre se tem a vaidade.

— Como motivo para homicídio? — indagou Mrs. Allerton, duvidando.

— Motivações para homicídio são sempre deveras triviais, madame.

— Quais são os motivos mais usuais, *monsieur* Poirot?

— O mais frequente é dinheiro. Quer dizer, o acúmulo, em suas várias ramificações. Depois temos a vingança, o amor, o medo... o ódio puro, a beneficência...

— *Monsieur* Poirot!

— Ah, sim, madame. Já ouvi falar de um... podemos dizer A?... que foi eliminado por B apenas para beneficiar C. Assassinatos políticos em geral entram nesta rubrica. Alguém é considerado danoso à civilização e, em função disso, é eliminado. Estas pessoas esquecem que vida e morte são funções do Divino.

Ele falou sério.

Mrs. Allerton respondeu calmamente:

— Fico contente em ouvi-lo falar assim. Do mesmo modo, Deus escolhe seus instrumentos.

— É perigoso pensar dessa maneira, madame.

Ela adotou um tom mais suave:

— Depois desta conversa, *monsieur* Poirot, me pergunto como pode sobrar alguém vivo!

Ela se levantou.

— Deveríamos voltar. Temos que retornar logo após o almoço.

Quando chegaram ao desembarque, encontraram o jovem de blusão tomando seu assento no barco. O italiano já estava aguardando. Quando o barqueiro núbio soltou a vela e eles começaram a partir, Poirot dirigiu um comentário educado ao estranho:

— Quantas maravilhas se vê no Egito, não é?

O jovem agora fumava um cachimbo um tanto fedido. Retirou-o da boca e comentou breve e enfaticamente com sotaque de bem-nascido:

— Pois elas me deixam doente.

Mrs. Allerton colocou seu pincenê e inspecionou-o com interesse agradável. Poirot disse:

— É mesmo? E por quê?

— As pirâmides, por exemplo. Grandes blocos de alvenaria inútil erguidos para atender ao ego de um rei despótico empolado. Pense nas massas suarentas que labutaram para construí-las e que morreram durante o processo. Fico louco só de pensar no sofrimento e na tortura que representam.

Mrs. Allerton falou com bom ânimo:

— Seria melhor não ter pirâmides, não ter o Partenon, não ter belos túmulos nem templos, mas a plena satisfação em saber que as pessoas faziam três refeições por dia e morriam na própria cama.

O jovem voltou sua carranca para ela.

— Creio que seres humanos são mais importantes do que pedras.

— Mas não duram tanto — comentou Hercule Poirot.

— Prefiro ver um operário de barriga cheia do que qualquer dita obra de arte. O que importa é o futuro, não o passado.

Foi demais para o *signor* Richetti, que estourou em uma torrente de falas fervorosas difíceis de acompanhar.

O jovem retorquiu explicando a todos exatamente o que pensava do sistema capitalista. Falou com extrema peçonha.

Quando a arenga terminou, eles já haviam chegado à plataforma de desembarque do hotel.

— Muito bem — cochichou Mrs. Allerton animadamente enquanto pisava em terra.

O jovem lhe dirigiu um olhar funesto.

No saguão do hotel, Poirot encontrou Jacqueline de Bellefort. A jovem vestia trajes de equitação. Ela lhe fez uma mesura irônica.

— Vou fazer um passeio de burro. Recomenda os vilarejos nativos, *monsieur* Poirot?

— Será sua excursão de hoje, *mademoiselle? Eh bien*, são pitorescos. Mas não vá gastar demais nas lembrancinhas.

— Que vêm direto da Europa? Não, não me enganam tão fácil.

Com um rápido aceno, ela se dirigiu aos raios de sol.

Poirot terminou de fazer as malas — algo muito simples, dado que suas posses sempre estavam na mais meticulosa ordem. Então voltou-se ao salão em que se davam as refeições e almoçou cedo.

Depois, o ônibus do hotel levou os passageiros da Segunda Catarata à estação, onde pegariam o expresso diário que ia do Cairo a Shellal: uma viagem de dez minutos.

Os passageiros eram os Allerton, Poirot, o jovem das calças de flanela sujas e o italiano. Mrs. Otterbourne e filha haviam feito a excursão à Represa e a Filas, de modo que embarcariam no vapor em Shellal.

O trem que vinha do Cairo e Luxor estava mais ou menos vinte minutos atrasado. Tendo enfim chegado, começaram as cenas usuais de movimentação selvagem. Os carregadores nativos que tiravam malas do trem colidiam com os carregadores que as colocavam.

Por fim, um tanto sem fôlego, Poirot se viu com uma mistura de suas malas, uma dos Allerton e outra totalmente desconhecida no mesmo compartimento, enquanto Tim e a mãe estavam longe dali, com os restos de sua bagagem.

O compartimento no qual Poirot se viu estava ocupado por uma senhora idosa com rosto muito enrugado, uma estola branca rija, um bom número de diamantes e expressão de desprezo reptiliano por grande parte da humanidade. Ela tratou o belga com uma encarada aristocrática e se voltou para as páginas de uma revista americana. Uma jovem de porte robusto e um tanto desastrada, com menos de 30 anos, estava sentada em frente à idosa. Ela tinha olhos castanhos ávidos como de um cão, cabelos desgrenhados e um ar apavorado de quem quer agradar. De tempos em tempos, a idosa tirava os olhos da revista e bradava uma ordem.

— Cornelia, recolha os tapetes. Quando chegarmos, quero que cuide de minha mala. De modo algum deixe que outros a toquem. Não se esqueça de minha guilhotina.

A viagem de trem foi rápida. Em dez minutos estavam parando nos cais onde o navio a vapor *Karnak* os aguardava. As Otterbourne já estavam a bordo.

O *Karnak* era um vapor menor do que o *Papyrus* e o *Lotus*, as embarcações da Primeira Catarata, grandes demais para passar pelas eclusas da represa de Assuã. Os passageiros subiram a bordo e foram levados aos seus cômodos. Como o navio não estava cheio, a maioria dos passageiros tinha acomodação no tombadilho. Toda a parte frontal do convés era ocupada por um salão de observação, fechado em vidro, onde os passageiros podiam se sentar e assistir ao rio desdobrar-se adiante. Logo abaixo, havia um ambiente para fumantes e uma pequena sala de visitas. E ainda mais baixo, o salão de jantar.

Tendo tratado de seus pertences em sua cabine, Poirot saiu para assistir ao processo de partida. Ele se juntou a Rosalie Otterbourne, que se apoiava na lateral.

— Então agora partimos para a Núbia. Está contente, *mademoiselle*?

A moça respirou fundo.

— Sim. Sinto que enfim estou me distanciando de tudo.

Ela fez um gesto com a mão. Havia algo de selvagem na água à frente deles, as massas de rocha sem vegetação que desciam até a beira do rio — aqui e ali um rastro de casas abandonadas e arruinadas às margens. A cena como um todo tinha algo de melancólico, um charme quase sinistro.

— Distanciando-me de *gente* — disse Rosalie Otterbourne.

— Exceto aquelas de seu perfil, *mademoiselle*?

Ela encolheu os ombros. Então disse:

— Tem algo neste país que faz eu me sentir... perversa. Que traz à tona tudo que ferve dentro de mim. É tudo tão injusto... tão iníquo.

— Pois eu me pergunto. Não se pode julgar pela evidência material.

Rosalie resmungou:

— Veja as... veja as mães das pessoas... e veja a minha. Não há Deus que não o Sexo, e Salome Otterbourne é a sua profetisa. — Ela parou. — Creio que não devia ter dito isto.

Poirot fez um gesto com as mãos.

— Por que não dizer... a mim? Sou daqueles que ouvem muitas coisas. Se, como diz, a senhorita ferve por dentro, tal como geleia, *eh bien*, que a escumalha suba à superfície. Aí, é só retirar com a colher.

Ele fez um gesto de quem largava algo no Nilo.

— E pronto, foi-se.

Rosalie disse:

— Que homem extraordinário é o senhor! — Sua boca amuada se retorceu em um sorriso. Então ela endureceu ao exclamar. — Bom, aí vêm Mrs. Doyle e marido! Não tinha ideia de que *eles* fariam esta viagem!

Linnet havia acabado de emergir de uma cabine a meio caminho do tombadilho. Simon estava atrás. Poirot quase se assustou à visão da moça: tão radiante, tão segura de si. Parecia arrogante de tanta felicidade. Simon Doyle também era um ser transformado. Sorria de orelha a orelha e parecia um jovenzinho contente.

— Grandioso — disse ele, também encostado na balaustrada. — Estou ansioso por esta viagem. Você também, não, Linnet? Parece menos coisa de turista... como se estivéssemos mesmo nos encaminhando ao coração do Egito.

Sua esposa respondeu depressa:

— Eu sei. É tão... selvagem, de certo modo.

A mão dela escorregou do braço dele. Ele a abraçou mais forte.

— Estamos livres, Lin — cochichou Simon.

O vapor estava tomando distância do cais. Os passageiros haviam, então, começado os sete dias de ida e volta à Segunda Catarata.

Uma risada cristalina ecoou atrás deles. Linnet se virou depressa.

Era Jacqueline de Bellefort quem estava lá. Parecia contente.

— Olá, Linnet! Não esperava encontrá-la aqui. Achei que tinha dito que ficaria mais dez dias em Assuã. Que surpresa!

— Você... você não... — Linnet gaguejou. Forçou um sorriso convencional, mas medonho. — Também não a esperava.

— Não?

Jacqueline passou ao outro lado do barco. Linnet apertou mais forte o braço do marido.

— Simon... Simon...

A satisfação bonachona de Doyle havia sumido por completo. Agora ele parecia furioso. Suas mãos se apertaram, apesar do empenho no autocontrole.

Os dois tomaram alguma distância. Sem virar a cabeça, Poirot pegou restos de palavras desconjuntadas.

— ... voltar... impossível... poderíamos... — E então, um tanto mais alto, a voz de Doyle, desesperada, mas severa.

— Não podemos fugir para sempre, Lin. *Temos que agir agora...*

Algumas horas haviam se passado. A luz do sol se extinguia. Poirot estava no salão fechado em vidro. O *Karnak* passava por um desfiladeiro estreito. As rochas desciam com ferocidade ao rio que fluía fundo e veloz entre eles. Haviam chegado à Núbia.

Ele ouviu um movimento e então Linnet Doyle surgiu ao seu lado.

Os dedos dela se entrelaçavam; sua aparência era tal como ele nunca vira. Havia um ar de criança perplexa. Ela disse:

— *Monsieur* Poirot, estou com medo. Estou com medo de tudo. Nunca me senti assim. Todas estas rochas, esta morbidez, esta crueza. Para onde vamos? O que vai acontecer? Estou com medo, repito. Todos me odeiam. Nunca me senti dessa forma. Sempre fui gentil com as pessoas, agi em prol de outros, e me odeiam... são tantos que me odeiam. Com exceção de Simon, estou cercada de inimigos... É terrível sentir... que há gente que tem ódio por você...

— Mas o que é tudo isso, madame?

Ela fez que não.

— Suponho que sejam... os nervos. Apenas sinto que... tudo ao meu redor é inseguro.

Ela lançou um olhar nervoso por cima do ombro. Então disse de repente:

— Como vai acabar? Estamos presos aqui. Encurralados. Não há saída. Temos que seguir em frente. E-eu não sei onde estou.

Ela se jogou em uma cadeira. Poirot olhou para Mrs. Doyle, sério; seu olhar não era desprovido de compaixão.

Ela falou:

— Como Jackie sabia que pegaríamos este barco? Como poderia saber?

Poirot negou com a cabeça ao responder:

— Ela é muito inteligente, a madame sabe.

— Sinto que nunca vou conseguir escapar dela.

Poirot disse:

— Há um plano que poderia ter adotado. Aliás, fico surpreso que não lhe tenha ocorrido; afinal, dinheiro não é problema para você. Por que não contrataram o próprio *dahabiah*?

Linnet negou com a cabeça, indefesa.

— Se soubéssemos de tudo isso... mas o senhor percebe que não... então. E foi difícil... — Ela lampejou com impaciência repentina. — Ah! O senhor não entende metade dos percalços que passo. Preciso ser mais cuidadosa com Simon... Ele... ele é bastante sensível... quando o assunto é dinheiro. Quanto ao tanto que tenho! Ele queria que eu fosse para um cantinho da Espanha com ele... ele... queria pagar todas as despesas da nossa lua de mel do próprio bolso. Como se isso tivesse *importância*! Os homens são tolos! Simon precisa se acostumar a... a... viver com conforto. A mera ideia de um *dahabiah*... a despesa o incomodava. Tenho que educá-lo... aos poucos.

Ela ergueu o olhar e mordeu o lábio, contrariada, como se sentisse que houvesse sido levada a discutir suas dificuldades um tanto sem resguardo.

Levantou-se.

— Preciso ir me trocar. Sinto muito, *monsieur* Poirot. Creio que só falei disparates.

Capítulo 7

Mrs. Allerton, de aparência calma e distinta com seu vestidinho de renda preta, desceu dois deques até o salão de jantar. Na porta, seu filho a alcançou.

— Desculpe, querido. Achei que ia me atrasar.

— Onde será que vamos nos sentar? — O salão estava pontilhado de mesinhas. Mrs. Allerton ficou parada até que o garçom, que estava ocupado acomodando um grupo, pudesse atendê-los.

— A propósito — disse ela —, pedi ao pequeno Hercule Poirot para se sentar conosco.

— Mãe, não acredito! — Tim pareceu realmente surpreso, além de incomodado.

Sua mãe o encarou, atônita. Em geral, seu filho era calmo.

— Você se importa, meu querido?

— Sim, me importo. Ele é um salafrário do pior tipo!

— Ah, não, Tim! Discordo.

— Enfim, o que procura ao se meter com um forasteiro? Confinados a um barco, esse tipo de coisa é um tédio. Ele vai passar manhã, tarde e noite conosco.

— Sinto muito, querido. — Mrs. Allerton parecia aflita. — Achei que ia entretê-lo. Afinal, M. Poirot deve ter uma experiência diversificada. E você ama histórias de detetive.

Tim resmungou:

— Gostaria que parasse com essas ideias brilhantes, mãe. Agora não temos como nos livrar, imagino?

— Ora, Tim, não vejo como.

— Ah, que seja. Teremos que aguentar, então.

O garçom chegou a eles naquele minuto e os conduziu até a mesa. O rosto de Mrs. Allerton tinha uma expressão confusa enquanto ela seguia o rapaz. Normalmente, Tim era tranquilo e bem-humorado. Aquele acesso de raiva não era de seu feitio. Também não era o típico desprezo e a desconfiança que os britânicos sentiam em relação a estrangeiros. Tim era cosmopolita. "Enfim", pensou ela. Os homens são incompreensíveis! Até os mais próximos têm reações e sentimentos insuspeitos.

Enquanto tomavam seus lugares, Hercule Poirot entrou depressa e em silêncio no salão de jantar. Parou com a mão sobre o encosto da terceira cadeira.

— Permite mesmo, madame, que eu me aproveite de sua carinhosa sugestão?

— É claro. Sente-se, *monsieur* Poirot.

— A senhora é deveras afável.

Ela percebeu, e não ficou à vontade, que, ao sentar-se, Poirot disparou um olhar veloz a Tim, que não teve êxito em mascarar uma expressão um tanto quanto rabugenta.

Mrs. Allerton decidiu, então, criar uma atmosfera agradável. Enquanto tomavam a sopa, pegou a lista de passageiros que fora colocada ao lado do prato.

— Vamos tentar identificar cada um — sugeriu ela, animada. — Sempre me divirto.

Ela começou a ler.

— Mrs. Allerton, Mr. T. Allerton. Estes são fáceis! Miss De Bellefort. Já vi que a colocaram na mesma mesa que as Otterbourne. Queria saber o que Rosalie e ela vão achar uma da outra. Quem vem a seguir? Dr. Bessner. Dr. Bessner? Quem pode identificar o Dr. Bessner?

Ela pendeu o olhar para uma mesa onde havia quatro homens.

— Acho que é o gordo com a cabeça perfeitamente raspada e bigode. Alemão, é de se imaginar. Parece que está gostando muito da sopa.

Sons de sorvedura chegaram até eles.

Mrs. Allerton prosseguiu:

— Miss Bowers? Podemos adivinhar Miss Bowers? São três ou quatro mulheres... não, no momento, teremos que deixá-las. Mr. e Mrs. Doyle. Sim, os leões desta viagem. Ela é tão bela, e que vestido lindo.

Tim se virou na cadeira. Linnet, o marido e Andrew Pennington ficaram com uma mesa de canto. Ela trajava um vestido branco e pérolas.

— Acho simples em nível tenebroso — comentou Tim.

— Apenas um pedaço de pano com uma espécie de cordão na cintura.

— Sim, querido — disse a mãe. — Uma bela descrição masculina para um modelo de oito guinéus.

— Não consigo entender por que as mulheres gastam tanto com roupa — retrucou Tim. — É um absurdo.

— Mr. Fanthorp deve ser o jovem silencioso e concentrado à mesma mesa do alemão. Um belo rosto. Prudente, mas inteligente.

Poirot concordou.

— Sim, ele é inteligente. Não fala, mas escuta com grande atenção. E observa. Sim, faz bom uso dos olhos. Não é do tipo que se espera encontrar viajando por prazer nestas paragens. Queria saber o que faz aqui.

— Mr. Ferguson — disse Mrs. Allerton, lendo a lista.

— Creio que Ferguson seria nosso amigo anticapitalista. Mrs. Otterbourne, Miss Otterbourne. Sobre elas, já sabemos. Mr. Pennington? De alcunha tio Andrew. É bem-apessoado, penso...

— Ora, mãe — disse Tim.

— Achei-o bonito, à moda enxuta — comentou Mrs. Allerton. — Um queixo vigoroso. Provavelmente é daqueles homens sobre os quais se lê no jornal, que atua em Wall Street... seria de fato *na* Wall Street? Estou certa de que é bastante rico. A seguir... Mr. Hercule Poirot. Cujos talentos estão sendo desperdiçados. Não conseguiria arranjar um crime para *monsieur* Poirot, Tim?

Contudo, o gracejo bem-intencionado aparentemente apenas renovou o incômodo do filho.

Ele fechou a cara. Mrs. Allerton prosseguiu.

— Mr. Richetti. Nosso amigo arqueólogo italiano. Depois Miss Robson e, por fim, Miss Van Schuyler. A última é fácil. A dama americana, velha e feia, que, é óbvio, sente-se a rainha do barco e que será excludente e não conversará com pessoa alguma que não cumpra suas rigorosas exigências! Maravilhosa, não acham? Parece teatro de época. As duas mulheres junto a ela devem ser Miss Bowers e Miss Robson... quem sabe uma secretária, a magra de pincenê, e uma parente parasita, a jovenzinha patética que está claramente se aproveitando da situação apesar de ser tratada como uma escrava negra. Creio que Robson seja a secretária, e Bowers, a parente parasita.

— Errado, mãe — disse Tim, com um sorriso. De repente, ele recuperou o bom humor.

— Como sabe?

— Porque eu estava no *lounge* antes do jantar e a coroca disse à acompanhante: "Onde está Miss Bowers? Vá buscá-la, Cornelia." E Cornelia saiu a trote, como um cãozinho obediente.

— Terei que conversar com Miss Van Schuyler — refletiu Mrs. Allerton.

Tim sorriu de novo.

— Ela vai esnobá-la, mãe.

— De modo algum. Vou abrir tratativas sentando-me perto dela e dialogando em tons baixos, mas penetrantes, sobre todos os amigos e parentes com título nobiliárquico de que puder me lembrar. Creio que uma menção casual ao primo em segundo grau, o duque de Glasgow, já daria conta do recado.

— Como é inescrupulosa, mãe!

Do ponto de vista de um estudioso da natureza humana, os fatos pós-jantar não foram de menor entretenimento. O jovem socialista (que se revelou Mr. Ferguson, como haviam deduzido) retirou-se para a sala de charutos, desprezando a assembleia de passageiros no salão de observação do convés superior.

Miss Van Schuyler garantiu para si o posto mais seguro e menos ventoso, avançando firme até a mesa onde estava Mrs. Otterbourne, a qual dizia:

— A senhora há de me desculpar, mas *creio* que meu tricô tenha ficado aqui!

Transfixada pelo olhar hipnótico, a mulher de turbante se ergueu e cedeu o lugar. Miss Van Schuyler e sua comitiva ali se instalaram. Mrs. Otterbourne se sentou próxima e arriscou vários comentários, que foram recebidos com polidez tão gélida que logo desistiu. Miss Van Schuyler então sentou-se em isolamento glorioso. Os Doyle ficaram com os Allerton. O Dr. Bessner manteve a companhia do silencioso Mr. Fanthorp. Jacqueline de Bellefort sentou-se sozinha com um livro. Rosalie Otterbourne estava irrequieta. Mrs. Allerton falou com ela uma ou duas vezes e tentou atraí-la para seu grupo, mas a moça respondeu com indelicadeza.

M. Hercule Poirot passou o restante do tempo ouvindo um relato da missão de Mrs. Otterbourne como escritora.

A caminho de sua cabine, naquela noite, esbarrou em Jacqueline de Bellefort. Ela estava apoiada na balaustrada e, ao virar o rosto, o belga ficou impressionado pela expressão de desgraça que viu. Agora não havia fleuma, não havia o desacato malicioso, nem o triunfo ardente e sinistro.

— Boa noite, *mademoiselle*.

— Boa noite, *monsieur* Poirot. — Ela hesitou, depois disse: — Ficou surpreso ao me encontrar aqui?

— Não tão surpreso quanto triste... muito triste...

Ele falou sério.

— O senhor sente tristeza... por *mim*?

— Sim, foi o que quis dizer. A *mademoiselle* escolheu o caminho mais perigoso... Tal como nós aqui no vapor embarcamos em uma jornada, a senhorita também embarcou em jornada particular: uma em um rio veloz, entre pedras perigosas, a caminho de sabe-se lá quais correntezas dos desastres...

— Por que diz isso?

— Porque é verdade... A mademoiselle cortou os laços que a atracavam ao porto seguro. Não creio que agora, se pudesse voltar, voltaria.

Ela falou bem devagar:

— É verdade...

Depois lançou a cabeça para trás.

— Ah, pois bem... cada um segue sua estrela... onde quer que ela leve.

— Cuidado, *mademoiselle*, para que não seja uma falsa estrela.

Ela riu e imitou o grito papagaiesco dos garotos com os burros:

— Aquela estrela muito ruim, senhor! Aquela estrela cai...

Poirot estava quase adormecendo quando o burburinho de vozes o acordou.

Foi a voz de Simon Doyle que ele ouviu, repetindo as palavras que usara quando o vapor zarpou de Shellal.

"Temos que agir agora..."

"Sim", pensou Hercule Poirot consigo mesmo, "temos que agir agora..."

Ele não estava contente.

Capítulo 8

O vapor chegou no início da manhã seguinte em Ez-Zebua. Cornelia Robson, de rosto radiante, com um enorme chapéu de aba larga na cabeça, foi uma das primeiras a correr para desembarcar. Cornelia não era de desprezar os outros. Era de disposição afável e disposta a gostar de todas as criaturas que fossem como ela. A visão de Hercule Poirot de terno branco, camisa rosa, uma enorme gravata-borboleta negra e chapéu de caça branco não a fez estremecer como decerto teria feito estremecer a aristocrática Miss Van Schuyler.

Enquanto caminhavam juntos pela avenida de esfinges, a jovem reagiu de pronto à introdução convencional que ele fez:

— Suas companhias não vão desembarcar para ver o templo?

— Pois veja, a prima Marie... no caso, Miss Van Schuyler... nunca acorda cedo. Ela precisa ser muito cautelosa quanto à saúde. E é claro que queria que Miss Bowers, sua enfermeira, fizesse tudo por ela. E também disse que este não é um dos melhores templos. Mas foi gentilíssima e disse que não haveria problema caso eu quisesse visitá-lo.

— Ora, deveras generoso da parte dela — disse Poirot, áspero.

A ingênua Cornelia concordou sem desconfiar de nada.

— Ah, sim, ela é muito gentil. É magnânimo da parte dela me trazer nesta viagem. Sinto que sou uma garota de sorte. Mal pude acreditar quando ela sugeriu à minha mãe que eu deveria acompanhá-la.

— E a senhorita está aproveitando?

— Ah, tudo tem sido maravilhoso. Já conheci a Itália: Veneza, Pádua e Pisa. Depois, o Cairo. Mas a prima Marie não passou bem lá, então não pude passear muito. E agora esta excursão maravilhosa até Wadi Halfa.

Poirot, sorrindo, falou:

— Você é de natureza alegre, *mademoiselle*.

Pensativo, o detetive passou a observar Rosalie, que estava em silêncio e franzindo o cenho, caminhando à frente sozinha.

— Ela é muito bonita, não acha? — perguntou Cornelia, acompanhando seus olhos. — Só tem esta aparência de desprezo. Bastante inglesa, claro. Não é agradável como Mrs. Doyle. Considero Mrs. Doyle a pessoa mais agradável que há, a mulher mais elegante que já vi! E o marido beija o chão em que ela pisa, não é? Creio que aquela dama grisalha tem um ar distinto, não? É prima de um duque, acho. Estava falando dele bem ao nosso lado na noite passada. Mas ela em si não é nobre, é?

A moça ficou tagarelando até o dragomano responsável pelo passeio pedir um minuto e começar a pregação:

— Este templo foi construído em homenagem ao deus egípcio Amon e ao deus sol Rá-Horajte, cujo símbolo era a cabeça do gavião...

E seguiu no mesmo tom. O Dr. Bessner, agarrado a um guia Baedeker, resmungou consigo mesmo algo em alemão. Preferia a palavra escrita.

Tim Allerton não havia se unido à comitiva. Sua mãe estava quebrando o gelo com o reservado Mr. Fanthorp. Andrew Pennington, de braço dado com Linnet Doyle, escutava com atenção, aparentando mais interesse nas medidas tal como ditadas pelo guia.

— Sessenta e cinco pés, é isso mesmo? A mim parece menos. Grande camarada, este Ramsés. Um empreendedor egípcio.

— Um homem de negócios, tio Andrew.

Andrew Pennington olhou para ela com estima.

— Está com ótima aparência hoje, Linnet. Ando um pouco preocupado ao seu respeito. Você estava um tanto quanto abatida.

Conversando, a comitiva retornou ao barco. O *Karnak* voltou a deslizar pelo rio. O cenário agora era menos austero. Havia palmeiras e plantações.

Foi como se a mudança de paisagem tivesse aliviado uma opressão secreta que se abatera entre os passageiros. Tim Allerton superara seu mau humor. Rosalie parecia menos amuada. Linnet estava quase tranquila.

Pennington lhe disse:

— É falta de tato falar de negócios com uma noiva em lua de mel, mas temos uma ou duas coisinhas que...

— Ora, é claro, tio Andrew. — De imediato, Linnet assumiu o tom empresarial. — Meu casamento mudou as coisas, é óbvio.

— É apenas isso. Uma hora ou outra vou querer sua assinatura em alguns documentos.

— Por que não agora?

Andrew Pennington olhou em volta. O canto que ocupavam no salão de observação estava praticamente desocupado. A maior parte dos passageiros estava do lado de fora, no espaço entre o salão e as cabines. Os únicos ocupantes daquele local eram Mr. Ferguson — que bebia cerveja em uma mesinha no meio, as pernas envoltas em calças de flanela sujas estiradas à frente, assobiando apenas para si nos intervalos de cada gole —, M. Hercule Poirot, sentado à frente deste, e Miss Van Schuyler, sentada em outro canto lendo um livro sobre o Egito.

— Tudo bem — disse Andrew Pennington.

Ele deixou o salão.

Linnet e Simon sorriram entre si — um sorriso lento que levou alguns minutos para se formar por completo.

Ele indagou:

— Tudo bem, meu amor?

— Sim, por enquanto... É engraçado que não me sinto mais tão agitada.

Simon falou com tom de convicção intensa:

— Você é maravilhosa.

Pennington voltou. Trouxe consigo uma resma de documentos com escrita minúscula.

— Misericórdia! — exclamou Linnet. — Preciso assinar todos?

Andrew Pennington ficou compungido.

— Sei que é pesado para você. Mas gostaria de deixar todos os negócios em dia. Em primeiro lugar, o aluguel do imóvel na Quinta Avenida... depois, as concessões do oeste...

Ele continuou a falar, farfalhando e organizando a papelada. Simon bocejou.

A porta do convés se abriu, e Mr. Fanthorp entrou. Olhou em volta, sem um alvo específico, depois veio caminhando e ficou perto de Poirot, olhando para a água azul pálida e as areias envolventes e amareladas...

— ... basta assinar aqui — disse Pennington, mostrando um papel a Linnet e apontando um espaço.

Ela pegou o documento e o observou. Voltou inicialmente à primeira página e, depois, pegando a caneta-tinteiro que Pennington havia deixado ao lado dela, assinou o nome *Linnet Doyle*...

Pennington tirou aquele papel de sua frente e lhe apresentou outro.

Fanthorp foi naquela direção. Ele espiou pela janela lateral, conferindo algo que pareceu interessá-lo na margem por onde passavam.

— Este é apenas a transferência — informou Pennington. — Não é necessário ler.

Linnet passou os olhos mesmo assim. Pennington dispôs um terceiro documento. Ela o conferiu com cuidado mais uma vez.

— São todos muito claros — disse Andrew. — Nada de interessante. Apenas linguajar jurídico.

Simon bocejou de novo.

— Querida, você não vai ler tudo de cabo a rabo, vai? Dessa forma, isso vai durar até a hora do almoço, se não mais.

— Sempre leio tudo — respondeu ela. — Foi assim que meu pai me ensinou. Ele disse que poderia haver erros burocráticos.

Pennington deu uma risada um tanto quanto rude.

— Você é uma grande mulher de negócios, Linnet.

— Ela é muito mais conscienciosa do que eu seria — comentou Simon, rindo também. — Jamais li um documento jurídico na vida. Assino onde me mandam assinar, na linha pontilhada... e é isso.

— Um desleixo apavorante — disse Linnet, reprovando-o.

— Não tenho cabeça para os negócios — falou Simon, animado. — Nunca tive. Se o camarada diz para eu assinar, assino. É mais simples assim.

Andrew Pennington o observou, pensativo. Então disse de forma áspera, coçando o lábio superior.

— Às vezes, é um tanto arriscado, não acha, Doyle?

— Absurdo — retrucou Simon. — Não sou dessas pessoas que pensam que o mundo inteiro quer me passar para trás. Sou do tipo que confia... e isso funciona, sabe? Quase nunca fui passado para trás.

De repente, para surpresa de todos, o silencioso Mr. Fanthorp apareceu e dirigiu-se a Linnet.

— Espero que não esteja me intrometendo, mas devo dizer o quanto admiro sua habilidade nos negócios. Em minha profissão... sou advogado... vejo que as damas não são nada profissionais. Nunca assinar um documento sem lê-lo do início ao fim é admirável. Deveras admirável.

Ele fez uma pequena mesura. Depois, com o rosto corado, voltou-se mais uma vez a contemplar as margens do Nilo.

Linnet falou com incerteza.

— Ora… obrigada… — Ela mordeu o lábio para suprimir uma risadinha. O jovem fora de um tom solene que pareceu irreal.

Andrew Pennington ficou sensivelmente incomodado. Simon Doyle não sabia se ficava incomodado ou se ria. As orelhas de Mr. Fanthorp estavam em tom escarlate.

— O próximo, por favor — disse Linnet, sorrindo para Pennington.

Contudo, Pennington estava de fato desagradado.

— Creio que será melhor fazer isso em outro momento— anunciou ele, seríssimo. — Como, hã, Doyle diz, se tiver que ler tudo do início ao fim, ficaremos aqui até o almoço. Não podemos deixar de aproveitar a paisagem. De qualquer modo, estes dois documentos eram os mais urgentes. Voltaremos a eles mais tarde.

Linnet falou:

— Está tão quente aqui dento. Vamos sair.

Os três passaram pela porta de vaivém. Hercule Poirot virou a cabeça. Seu olhar pousou, pensativo, nas costas de Mr. Fanthorp; depois, passou à figura relaxada de Mr. Ferguson, que tinha a cabeça jogada para trás e ainda assobiava tranquilo para si.

Por fim, Poirot olhou para a silhueta ereta de Miss Van Schuyler no canto. Miss Van Schuyler encarava Mr. Ferguson.

A porta de vaivém a bombordo se abriu, e Cornelia Robson entrou apressada.

— Como demorou! — vociferou a idosa. — Por onde andou?

— Sinto muito, prima Marie. O novelo não estava onde a senhora disse. Estava em outro estojo…

— Minha criança, você é um desastre para encontrar o que quer que seja! Sei que tem boa disposição, mas precisava ser mais inteligente e rápida. Basta se *concentrar*.

— Sinto muito, prima Marie. Infelizmente, sou uma idiota.

— Para deixar de ser idiota, basta se *esforçar*, minha cara. Eu a trouxe nesta viagem e, em troca, espero alguma atenção.

Cornelia enrubesceu.

— Desculpe-me, prima Marie.

— E onde está Miss Bowers? A hora das minhas pastilhas foi há dez minutos. Encontre-a de uma vez, por favor. O médico disse que era muito importante...

Neste momento, Miss Bowers entrou carregando um pequeno frasco de remédios.

— Suas pastilhas, Miss Van Schuyler.

— Eu deveria tê-las tomado às onze — ralhou a idosa. — Se há algo que detesto é impontualidade.

— Decerto — disse Miss Bowers. Ela olhou para o relógio de pulso. — São exatamente onze horas e trinta segundos.

— De acordo com meu relógio, são 11h10.

— Creio que vá concordar que meu relógio está certo. É de cronometria perfeita. Nunca passa a mais ou a menos.

Miss Bowers era imperturbável.

Miss Van Schuyler engoliu o que havia no frasco de remédio.

— Estou me sentindo muito pior — rosnou ela.

— É uma pena, Miss Van Schuyler.

A voz de Miss Bowers não denotava pena. Na verdade, ela soou totalmente desinteressada. Era óbvio que estava dando a resposta correta no automático.

— Está quente demais aqui — rosnou Miss Van Schuyler. — Consiga-me um assento no deque, Miss Bowers. Cornelia, traga meu tricô. Não seja desastrada nem deixe cair. Vou querer que enrole essa lã depois.

A comitiva passou.

Mr. Ferguson suspirou, sacudiu as pernas e comentou para o mundo ouvir:

— Nossa, como eu queria estrangular essa velha.

Poirot questionou, interessado:

— Ela é do tipo de que desgosta, *eh*?

— Desgosto? Pode se dizer que sim. Que bem essa mulher já fez a algo ou alguém? Nunca trabalhou, nunca levantou um dedo na vida. Só se apoia nos outros. É uma parasita.

E uma parasita danada de desagradável. O mundo poderia viver sem muitos dos passageiros desse navio.

— É mesmo?

— É. Aquela moça que estava aqui agora mesmo, assinando transferências e ostentando suas posses. Centenas de milhares de operários desgraçados mourejando por uma miséria para ela ficar com suas meias de seda e seus luxos imprestáveis. Uma das mulheres mais ricas da Inglaterra, segundo alguém me falou... e nunca teve que fazer um esforço na vida.

— Quem lhe disse que ela é uma das mulheres mais ricas da Inglaterra?

Mr. Ferguson lhe dirigiu um olhar beligerante.

— Um homem com quem o senhor não gostaria de ser visto! Um homem que trabalha com as mãos e não tem vergonha disso! Não um desses imprestáveis vaidosos e emperiquitados.

Seu olhar pousou com desagrado na gravata-borboleta e na camisa rosa.

— Trabalho com meu cérebro e não tenho vergonha do que faço — retrucou Poirot, respondendo ao olhar.

Mr. Ferguson apenas bufou.

— Deviam ser fuzilados! Todos! — asseverou.

— Meu caro — disse Poirot —, que ardor pela violência!

— Pode me dizer algo de bom que se faça sem ela? É preciso derrubar e destruir antes de se construir.

— Decerto é mais fácil, mais barulhento e muito mais espetaculoso.

— O que o *senhor* faz da vida? Nada, aposto. Provavelmente se classifica como um intermediário.

— Não sou um intermediário. Sou um superior — disse Hercule Poirot com leve toque de arrogância.

— O que *faz*?

— Sou detetive — respondeu Hercule Poirot, com o ar modesto de quem diz: "Sou rei."

— Meu Deus! — O jovem pareceu pego de surpresa. — Quer dizer que aquela moça anda com um detetivezinho a tiracolo? Ela tem tanto medo assim de que algo seja feito com o próprio couro?

— Não tenho vínculo algum com *monsieur* e madame Doyle — falou Poirot, rígido. — Estou de férias.

— Curtindo um descanso, hein?

— E o senhor? Não está de férias também?

— Férias! — Mr. Ferguson bufou. Então complementou, enigmático: — Estou estudando condições.

— Interessante — murmurou Poirot, que deixou o convés a passos delicados.

Miss Van Schuyler estava fixa no melhor canto do recinto. Cornelia estava ajoelhada à sua frente, os braços esticados e uma meada de lã cinza por cima. Miss Bowers estava sentada, perfeitamente ereta, lendo a *Saturday Evening Post*.

Poirot entrou devagar no convés a estibordo. Enquanto passava pela popa, quase esbarrou em uma mulher que lhe fez cara de assustada — um semblante escuro, malicioso, latino. Usava belos trajes negros e vinha conversando com um homem parrudo uniformizado; pelo porte, um dos maquinistas. Havia uma expressão esquisita no rosto de ambos: culpa e alerta. Poirot se perguntou sobre o que conversavam.

Ele deu a volta na popa e seguiu em caminhada por bombordo. Uma porta de cabine se abriu, e Mrs. Otterbourne surgiu, quase caindo em seus braços. Usava um vestido de seda escarlate.

— Mil desculpas — pediu ela. — Caro Mr. Poirot... mil desculpas. Este balançar... este balançar, o senhor sabe. Nunca tive pernas para embarcações. Se o barco pudesse ficar parado... — Ela agarrou o braço dele. — O que não aguento é o sacolejo... Nunca estou contente na água... E ficar aqui sozinha, horas e horas. Essa minha filha... compaixão alguma... não entende a pobre e velha mãe que fez tudo por ela... — Mrs. Otterbourne começou a chorar. — O quanto trabalhei por ela... me desgastei até o osso... até o osso. Uma *grande amoureuse*... é isso que eu podia ter sido... uma *grande amoureuse...* sacrifiquei tudo... tudo... E ninguém se importa! Mas digo a todos... agora vou dizer... como ela me ignora... como é áspera... me fez vir nesta viagem... um tédio mortal... agora vou dizer a todos...

Ela caiu para a frente. Com delicadeza, Poirot conteve o movimento.

— Eu a mandarei vir aqui, madame. Volte para sua cabine. É melhor assim...

— Não. Quero contar a todos... a todos a bordo...

— É perigoso demais, madame. O rio é bruto. A senhora pode cair do barco.

Mrs. Otterbourne olhou para ele em dúvida.

— O senhor acha mesmo?

— Acho.

Ele teve sucesso. Mrs. Otterbourne cedeu, esmoreceu e voltou para dentro da cabine.

As narinas de Poirot se remexeram uma, duas vezes. Então ele fez um meneio e seguiu até onde estava Rosalie Otterbourne, sentada entre Mrs. Allerton e Tim.

— Sua mãe precisa da *mademoiselle*.

Ela vinha gargalhando com alegria. Após ouvir aquilo, seu rosto se anuviou. Ela disparou um olhar suspeito para ele e apressou-se convés abaixo.

— Não consigo entender esta criança — comentou Mrs. Allerton. — Ela varia tanto. Um dia é simpática... no seguinte, é de uma grosseria atroz.

— Plenamente mimada e de má índole — disse Tim.

Mrs. Allerton fez que não.

— Não. Não creio que seja isso. Creio que ela esteja infeliz.

Tim encolheu os ombros.

— Ah, imagino que todos tenham problemas. — Sua voz soou dura e grossa.

Ouviu-se um ribombar.

— Almoço! — bradou Mrs. Allerton, animada. — Estou faminta.

Naquela noite, Poirot percebeu que Mrs. Allerton estava sentada e conversando com Miss Van Schuyler. Ao passar, Mrs. Allerton piscou.

Ela estava dizendo:

— É claro, no Castelo de Calfries... o caríssimo duque...

Cornelia, de folga da serventia, estava no convés. Ela ouvia o Dr. Bessner, que a instruía com certo rigor à egiptologia como se lesse das páginas do Baedeker. A moça o escutava com atenção absorta.

Curvado sobre a balaustrada, Tim Allerton dizia:

— Seja como for, o mundo é podre...

Rosalie Otterbourne respondeu:

— É injusto... tem pessoas que têm tudo.

Poirot suspirou.

Estava feliz por não ser mais jovem.

Capítulo 9

Na manhã da segunda-feira, diversas expressões de alegria e elogios podiam ser ouvidas no convés do *Karnak*. O vapor estava atracado na margem e, a algumas centenas de metros, havia um enorme templo esculpido na fachada da rocha. Quatro figuras colossais, talhadas no penhasco, observavam o Nilo eternamente voltadas para o sol nascente.

Cornelia Robson falou:

— Ah, *monsieur* Poirot, não é maravilhoso? Veja, tão grandes, tão pacíficos... Olhar para eles faz a pessoa se sentir tão pequena... tal como um inseto... e que nada é de grande importância, não é?

Mr. Fanthorp, que estava parado próximo, murmurou:

— Muito... impressionante.

— Grandioso, não? — disse Simon Doyle, chegando a passo lento. Ele foi falar em tom confidencial com Poirot. — Olha, não sou muito dos templos e tudo o mais, mas um lugar assim impressiona, se é que me entende. Estes antigos faraós devem ter sido uns camaradas maravilhosos.

Mr. Fanthorp havia desaparecido. Simon baixou a voz.

— Minha felicidade por termos vindo nesta viagem não tem fim. Ela... bom, ela me desanuviou. É incrível essa capacidade... mas aí está. Linnet recuperou os nervos. Diz que é porque enfim *encarou* a questão.

— Acho que é altamente provável — disse Poirot.

— Ela diz que, no instante em que viu Jackie a bordo, sentiu-se péssima. E então, de repente, aquilo deixou de ter importância. Nós dois combinamos que não tentaremos mais nos livrar dela. Vamos encontrá-la no próprio terreno e mostrar que essa armação ridícula não nos incomoda. Não passa de uma conduta péssima e danada... e só. Ela achou que ia nos abalar. Mas agora não estamos nem um pouco abalados. Assim ela verá.

— Sim — disse Poirot, pensativo.

— Magnífico, não acha?

— Ah, sim, sim.

Linnet veio pelo convés. Trajava um vestido de linho com suave tom de damasco. Estava sorrindo.

Cumprimentou Poirot sem entusiasmo aparente. Apenas lhe deu uma mesura vazia e então se afastou com o marido.

Com um lampejo momentâneo, o detetive percebeu que não se fizera popular com sua postura crítica. Linnet estava acostumada a admiração incondicional por tudo que era e fazia. Hercule Poirot havia pecado notavelmente contra aquela crença.

Mrs. Allerton, unindo-se a ele, murmurou:

— Que diferente está esta moça! Em Assuã, parecia preocupada e descontente. Hoje, parece tão feliz que alguém poderia até pensar que é *fey*.

Antes que Poirot pudesse responder como queria, a comitiva foi convocada. O dragomano oficial assumiu e o grupo foi conduzido ao desembarque para visitar Abu Simbel.

Poirot acompanhou os passos de Andrew Pennington.

— É a primeira visita do senhor ao Egito? — perguntou ele.

— Não. Estive aqui em 1923. Quer dizer, estive no Cairo. Nunca fiz este passeio pelo Nilo.

— O senhor veio no *Carmanic*, creio eu. Pelo menos foi o que madame Doyle me disse.

Pennington disparou um olhar arguto em sua direção.

— Pois sim, foi mesmo — admitiu.

— Pergunto-me se não encontrou alguns amigos meus a bordo: os Rushington Smith.

— Não me recordo de ninguém com este nome. O barco estava lotado e tivemos tempo ruim. Muitos passageiros mal apareciam e, de qualquer modo, a viagem é tão curta que não se descobre quem está a bordo e quem não está.

— Sim, é uma grande verdade. Que surpresa agradável deve ter sido encontrar madame Doyle e marido. O senhor não tinha ideia de que eram casados?

— Não. Mrs. Doyle havia se correspondido comigo, mas a carta foi reencaminhada e só a recebi dias após nosso inesperado encontro no Cairo.

— O senhor a conhece há anos, imagino.

— Pois devo dizer que sim, *monsieur* Poirot. Conheço Linnet Ridgeway desde que era um botãozinho fofo desta altura... — Ele fez um gesto para fins de ilustração. — O pai dela e eu somos amigos de longa data. Homem notável, Melhuish Ridgeway... e de imenso sucesso.

— A filha herdou uma fortuna considerável, pelo que soube... Ah, *pardon.* Talvez seja indelicado tocar no assunto.

Andrew Pennington pareceu um tanto entretido.

— Ah, isso é de pleno conhecimento. Sim, Linnet é uma mulher de posses.

— Penso, porém, que a baixa recente deva afetar os ativos, por mais sólidos que sejam, não?

Pennington levou alguns instantes para responder. Enfim falou:

— É válido até certo ponto. Manter posição é bastante difícil nos dias que correm.

Poirot murmurou:

— Devo imaginar, contudo, que madame Doyle tem tino para os negócios.

— De fato. Sim, realmente. Linnet é uma moça sábia e pragmática.

Eles pararam. O guia passou a lecionar quanto ao templo construído pelo grande Ramsés. Os quatro colossos do próprio Ramsés, um par de cada lado da entrada, talhados na rocha, fitavam do alto a pequena comitiva de turistas dispersos.

O *signor* Richetti, desprezando os comentários do dragomano, ocupou-se de analisar os relevos de cativos negros e sírios nas bases dos colossos, de ambos os lados da entrada.

Quando a comitiva adentrou o templo, uma sensação de obscuridade e paz abateu-se sobre eles. Ressaltou-se os relevos ainda em cores fortes de algumas paredes internas, mas a comitiva tendia a dividir-se em grupos.

O Dr. Bessner lia sonoramente em alemão a partir de um Baedeker, pausando vez ou outra para traduzir para Cornelia, que caminhava a ritmo manso atrás. Não continuaria assim, contudo. Miss Van Schuyler, que adentrou de braços dados com a fleumática Miss Bowers, emitiu um imponente "Cornelia, venha cá" e a instrução foi encerrada por motivo de força maior. Os olhos do Dr. Bessner brilharam vagamente para ela detrás da lente grossa.

— Que donzela gentil — anunciou ele a Poirot. — Ela não parece esfomeada como estas jovens... Não, tem até curvas. E escuta com ares de inteligência; é um prazer orientá-la.

Passou pela mente de Poirot que a sina de Cornelia era ser ou importunada ou orientada. De qualquer jeito, ela era sempre quem ouvia, nunca quem falava.

Por um momento livre das convocações peremptórias de Cornelia, Miss Bowers estava parada no meio do templo, olhando ao redor com expressão fria, apática.

— O guia diz que o nome de um desses deuses ou deusas era Mut. Não podia ser mais engraçado!

Havia um santuário interno onde ficavam quatro figuras em perpétua reunião, estranhamente decorosos em sua indiferença apagada.

Diante deles estavam Linnet e o marido. O braço dela estava junto ao dele, o rosto altivo — o típico rosto da nova civilização, inteligente, curiosa, intocada pelo passado.

Simon falou de repente:

— Vamos sair daqui. Não gosto desses quatro. Sobretudo daquele do chapelão.

— Acho que é Amon. E o outro é Ramsés. Por que não gosta? Acho-os marcantes.

— São danados de tão imponentes. Têm algo de nefasto. Vamos para o sol.

Linnet riu, mas fez conforme o marido pediu.

Saíram do templo para o sol, com a areia amarela e quente sob os pés. Linnet continuava rindo. Aos pés deles, em fila, com uma aparência macabra como se tivessem sido decepadas, encontravam-se as cabeças de meia dúzia de meninos núbios. Os olhos reviravam-se, as cabeças se mexiam de um lado para outro, os lábios entoavam uma nova invocação:

— Oba! Oba! Muito bom, muito bonito. Muito obrigado.

— Que absurdo! Como fazem isso? Estão mesmo enterrados?

Simon tirou alguns parcos trocados do bolso.

— Muito bom, muito bonito, muito caro — imitou ele.

Dois garotinhos encarregados do "espetáculo" recolheram cada moedinha.

Linnet e Simon seguiram adiante.

Eles não tinham intenção alguma de voltar ao barco e estavam cansados dos pontos turísticos. Acomodaram-se nos fundos do penhasco e deixaram a alta temperatura cozinhá-los.

"Como é adorável este sol", pensou Linnet. "Que calor... que segurança... Como é bom ser feliz... Como é bom ser eu... eu... eu... Linnet..."

Os olhos dela se fecharam. Estava meio dormindo, meio acordada, à deriva entre pensamentos que eram como areia soprando.

Os olhos de Simon estavam abertos. Eles também expressavam contentamento. Que tolo ele havia sido de se abalar na primeira noite... Não havia por quê... Estava tudo bem... Afinal de contas, podia confiar em Jackie...

Um grito foi ouvido. Pessoas correndo na direção, aos tropeções, gritando também...

Simon ficou olhando, pasmo, por um instante. Então pôs-se de pé e puxou Linnet consigo.

Foi por um triz. Uma enorme rocha despencou do penhasco e desabou atrás deles. Se Linnet estivesse no mesmo lugar de antes, teria sido esmagada até sobrarem apenas átomos. Eles ficaram juntos, os rostos pálidos. Hercule Poirot e Tim Allerton foram até eles.

— *Ma foi*, madame. Foi por pouco.

Instintivamente, os quatro ergueram o olhar para o penhasco. Não havia nada a ser visto ali. No entanto, havia uma trilha no alto. Poirot se lembrou de ver nativos caminhando por lá assim que desembarcaram.

Ele olhou para o casal. Linnet ainda estava atordoada. Pasma. Simon, contudo, estava algaraviado de raiva.

— Maldita seja! — disparou ele.

Ele se conteve com um olhar rápido para Tim Allerton, que falou:

— Ufa, essa foi quase! Algum imbecil empurrou a pedra ou ela se desprendeu sozinha?

Linnet estava empalidecida. Respondeu com dificuldade:

— Creio... que tenha sido algum imbecil.

— Poderia ter sido esmagada como uma casca de ovo. Tem certeza de que não tem inimigos, Linnet?

A mulher engoliu em seco duas vezes e teve dificuldade em responder.

Poirot se pronunciou depressa:

— Volte ao barco, madame. Precisa tomar um restaurativo.

Eles caminharam depressa, Simon ainda cheio de raiva reprimida, Tim tentando falar com ânimo e distrair a mente de Linnet do perigo que acabara de correr. Poirot tinha o rosto sério.

E então, assim que chegaram à plataforma de embarque, Simon ficou estático. Uma expressão de assombro se espalhou por seu rosto.

Jacqueline de Bellefort desembarcava naquele instante. Vestindo um guingão azul, tinha uma aparência infantil naquela manhã.

— Bom Deus! — disse Simon, em voz baixa. — Então *foi* um acidente.

A raiva se desprendeu de seu rosto. O alívio assoberbante ficou tão claro que Jacqueline notou algo fora do comum.

— Bom dia — cumprimentou ela. — Creio que estou um pouco atrasada.

Ela fez um aceno a todos, pisou em terra e andou na direção do templo.

Simon agarrou o braço de Poirot. Os outros dois haviam prosseguido.

— Meu Deus, que alívio. Achei... achei...

Poirot assentiu.

— Sim, sim, sei o que achou.

No entanto, ele mesmo ainda estava sério e preocupado.

Ele virou a cabeça e, com cuidado, registrou o que acontecera com o restante da comitiva do barco.

Miss Van Schuyler estava voltando devagar, de braços dados com Miss Bowers.

Um pouco mais distante, Mrs. Allerton estava de pé, rindo da fileira de cabecinhas núbias. Mrs. Otterbourne estava junto.

Não conseguia ver nenhum outro passageiro.

Poirot fez um não com a cabeça, acompanhando Simon até o barco.

Capítulo 10

— A madame poderia me explicar o significado da palavra "*fey*"?

Mrs. Allerton ficou um tanto surpresa.

Poirot e ela se esforçavam para subir devagar a rocha com vista para a Segunda Catarata. A maioria dos outros passageiros subira de camelo, mas o belga considerou que o balanço do animal lembrava muito o do navio. Mrs. Allerton alegou motivos de dignidade.

Eles haviam chegado a Wadi Halfa na noite anterior. De manhã, duas lanchas conduziram toda a comitiva até a Segunda Catarata, com exceção do *signor* Richetti, que insistira em fazer um percurso próprio até um local remoto chamado Semna, que explicou ser de interesse capital como porta de entrada da Núbia na época de Amenemés III e, além disso, como local onde havia uma estela que registrava o fato de que, ao entrar no Egito, negros deviam pagar taxas aduaneiras. Tudo tinha sido feito para incentivar o homem a deixar esta individualidade de lado, mas sem resultado. O *signor* Richetti estava decidido e dispensou cada objeção: (1) de que a expedição não valia a pena, (2) de que era uma expedição que não se fazia já que era impossível chegar ao local de carro, (3) de que não se obteria carro para fazer o percurso, (4) de que o carro teria preço proibitivo. Tendo desprezado (1), expressado incredulidade com (2), proposto encontrar ele mesmo um carro em relação a (3) e negociado com árabe fluente quanto a (4), o *signor* Richetti enfim partira — sua saída preparada de maneira secreta e furtiva caso algum outro dos turistas botasse na cabeça a ideia de desviar das trilhas de passeio já indicadas.

— *Fey?* — Mrs. Allerton deixou a cabeça de lado enquanto ponderava a resposta. — Bom, na verdade, é um termo escocês. Significa a exaltação que se tem antes de um desastre. O senhor sabe, o que é bom demais para ser verdade.

Ela se alargou no tema. Poirot escutou com atenção.

— Agradeço, madame. Agora compreendo. É estranho que tenha usado a palavra ontem, quando madame Doyle viria a escapar da morte pouco depois.

Mrs. Allerton sentiu um pequeno calafrio.

— Deve ter sido uma fuga por um triz. O senhor acha que um destes negros desgraçados empurrou a pedra por diversão? É o tipo de coisa que garotos fazem mundo afora. Não necessariamente querendo o mal.

Poirot deu de ombros.

— É possível.

O homem mudou de assunto, falando de Maiorca e fazendo várias perguntas de caráter prático em relação a uma possível visita.

Mrs. Allerton passara a ter grande apreço pelo homenzinho. Em parte, talvez, por conta de seu espírito contraditório. Tim, achava ela, estava sempre tentando minar sua amizade com Hercule Poirot, o qual o filho havia classificado com firmeza como "salafrário do pior tipo". Ela, porém, não o taxava de salafrário; supunha que eram seus trajes exóticos e estrangeiros que haviam atiçado os preconceitos do rapaz. Mrs. Allerton considerava Poirot uma companhia inteligente e estimulante. Ele também era bastante solidário. De repente, ela se viu confiando a ele o desgosto que sentia em relação a Joanna Southwood. Ficava aliviada em tratar do assunto. E, afinal de contas, por que não? O belga não conhecia Joanna. Provavelmente nunca a encontraria. Por que não se aliviar deste fardo constantemente derivado do pensamento invejoso?

Naquele mesmo instante, Tim e Rosalie Otterbourne estavam falando dela.

Tim, meio brincalhão, acabara de abusar da sorte. Falava de sua saúde fraca, nunca tão prejudicada a ponto de ser interessante, mas também nunca forte o bastante para ele levar a vida de que gostaria. Pouquíssimo dinheiro e nenhuma ocupação útil.

— Uma existência morna, domada — resumiu ele, descontente.

Rosalie falou, abrupta:

— Você tem uma coisa que muitos invejariam.

— O quê?

— Sua mãe.

Tim ficou surpreso e contente.

— Mamãe? Sim, é claro, ela é singular. Gentil de sua parte dizer isso.

— Eu a considero maravilhosa. É tão adorável, tão serena. Como se nada lhe atingisse, e ainda assim... ainda assim, está sempre disposta a falar de tudo com graça...

Rosalie gaguejava um tanto com sua candura.

Tim percebeu que algum sentimento carinhoso pela moça se formava nele. Queria devolver o elogio, mas, lamentavelmente, Mrs. Otterbourne era sua ideia de maior ameaça do mundo. A incapacidade de responder à altura o deixou envergonhado.

Miss Van Schuyler havia permanecido na lancha. Ela não teria como arriscar a subida fosse de camelo ou sobre as pernas. Dissera, de bom grado:

— Sinto muito em ter que pedir que fique comigo, Miss Bowers. Minha intenção era que você fosse e Cornelia ficasse, mas essas moças são muito egoístas. Ela saiu correndo sem dizer uma palavra. E cheguei a vê-la conversando com aquele jovem desagradável e malcriado, Ferguson. Cornelia me decepcionou demais. Não tem a mínima noção de sociabilidade.

Miss Bowers respondeu ao seu típico modo prosaico.

— Não há problema, Miss Van Schuyler. A subida seria extenuante e não gostei da aparência das selas dos camelos. Pulgas, o mais provável.

Ela ajustou os óculos, coçou os olhos para conferir a comitiva que descia a colina e comentou:

— Miss Robson não está mais com aquele jovem. Está agora com o Dr. Bessner.

Miss Van Schuyler resmungou.

Desde que havia descoberto que o Dr. Bessner tinha uma enorme clínica na Tchecoslováquia e a reputação europeia como grande clínico geral, Miss Van Schuyler se dispôs a ser amável com ele. Além disso, talvez precisasse de seus serviços antes do fim da jornada.

Quando a comitiva voltou ao *Karnak*, Linnet soltou uma exclamação de surpresa.

— Um telegrama para mim!

Ela o arrancou do balcão e rasgou para abrir.

— Ora... não entendi... batatas, beterrabas... o que isso significa, Simon?

O marido se aproximava para olhar por cima do ombro dela quando uma voz zangada disse:

— Com licença, este telegrama é meu!

E o *signor* Richetti arrancou-o grosseiramente da mão dela, encarando a mulher cheio de fúria.

Linnet o encarou por um instante, surpreendida, depois virou o envelope.

— Ah, Simon, como sou boba! É Richetti, não Ridgeway. E, de qualquer maneira, meu nome não é mais Ridgeway. Terei que me desculpar.

Ela acompanhou o diminuto arqueólogo até a popa.

— Sinto muito, *signor* Richetti. Meu sobrenome de solteira era Ridgeway, e não faz muito tempo desde que me casei, por isso...

Ela fez uma pausa, o rosto com covinhas de sorrisos, convidando-o a rir com o *faux pas* de uma jovem desposada.

Richetti, no entanto, não via graça. Nem a própria Rainha Vitória faria um olhar reprovador tão severo.

— Os nomes têm que ser lidos com atenção. Uma imprudência em algo deste tipo é indesculpável.

Linnet mordeu o lábio e corou. Não estava acostumada a ter uma recepção como esta aos seus pedidos de desculpa. Virou-se e, voltando a Simon, falou com irritação:

— Os italianos são mesmo insuportáveis.

— Esqueça, querida; vamos ver aquele grande crocodilo de marfim do qual você gostou.

Os dois desembarcaram juntos.

Enquanto o casal subia a plataforma, Poirot ouviu uma inspiração profunda. Virou-se e viu Jacqueline de Bellefort ao seu lado. As mãos dela estavam agarradas à balaustrada. A expressão em seu rosto assustou o detetive. Não era mais jovial nem maliciosa. A moça parecia consumida por um ardor interno.

— Eles nem se importam mais. — As palavras saíram em tom baixo e veloz. — Eles me superaram. Não consigo alcançá-los... Não se importam mais comigo aqui ou não... não consigo... não consigo mais magoá-los...

Suas mãos tremiam na balaustrada.

— *Mademoiselle...*

Ela o interrompeu:

— Ah, agora é tarde... tarde demais para advertências... O senhor tinha razão. Eu não devia ter vindo. Não para cá. Como foi que o senhor disse? Uma jornada da alma? Não posso voltar... devo seguir adiante. E vou. Eles não podem ser felizes juntos... não podem. Antes eu o mataria...

Ela se virou e saiu de repente. Poirot, fitando-a, sentiu a mão de alguém sobre o ombro.

— Sua amiga parece um tanto incomodada, *monsieur* Poirot.

Poirot se virou. Ficou encarando, surpreso, ao reconhecer o velho amigo.

— Coronel Race.

O homem alto e bronzeado sorriu.

— Que bela surpresa, não?

Hercule Poirot conhecera o coronel um ano antes, em Londres. Ambos foram convidados de um jantar deveras estranho — um jantar que se encerrara com a morte do anfitrião, um homem muito extravagante.

Poirot sabia que Race era um homem de idas e vindas imprevistas. Em geral, se encontrava em um dos postos avançados do Império onde problemas começavam a aparecer.

— Então o senhor está em Wadi Halfa — comentou Poirot, com ponderação.

— Estou neste barco.

— O que isso significa?

— Que farei a viagem de volta com o senhor até Shellal.

As sobrancelhas de Hercule Poirot se ergueram.

— Que interessante. Poderíamos, quem sabe, tomar um drinque?

Eles se dirigiram ao salão de observação, agora vazio. Poirot pediu um uísque para o coronel e uma laranjada dupla carregada de açúcar para si.

— Então o senhor retornará conosco — disse Poirot, enquanto bebericava. — Seria mais rápido no vapor do governador, que faz percursos noturnos e diurnos, não?

O rosto do Coronel Race se enrugou, com apreço.

— Está perfeitamente correto, como sempre, *monsieur* Poirot — respondeu ele, de forma agradável.

— Seriam, então, os passageiros?

— Um deles.

— Ah, agora me pergunto qual será — disse Hercule Poirot à decoração do teto.

— Infelizmente, nem eu sei — disse Race, sentido.

Poirot se interessou.

Race disse:

— Não há necessidade de mistérios com o senhor. Já tivemos muitos problemas por aqui, de uma forma ou de outra. Não são os que ostensivamente comandam os desordeiros que procuramos. São os homens que levam o fósforo à pólvora. Eram três. Um morreu. O segundo está na prisão. Quero o terceiro: o sujeito tem na conta cinco ou seis assassinatos a sangue-frio. É um dos agitadores financiados mais espertos que já existiu... E está neste barco. Sei por conta do trecho de uma carta que passou por nossas mãos. Após decodificarmos, dizia: "X estará na travessia *Karnak* sete a treze fevereiro." Não dizia que nome X usaria.

— Tem a descrição dele?

— Não. É de ascendência americana, irlandesa e francesa. Um tanto mestiço. O que não nos ajuda muito. Faz ideia de quem possa ser?

— Uma ideia... mas está tudo bem — falou Poirot, pensativo.

O nível de entendimento entre os dois era tal que Race não o pressionou mais. Ele sabia que Hercule Poirot só falava quando tinha certeza.

O belga coçou o nariz e, desagradado, disse:

— Há algo transcorrendo neste barco que me provoca inquietação tamanha.

Race olhou para ele, indagativo.

— Pense consigo — disse Poirot —, a pessoa A cometeu uma grave ofensa à pessoa B. A pessoa B deseja vingança. A pessoa B faz ameaças.

— As pessoas A e B estão ambas no barco?

Poirot assentiu.

— Sim.

— E B, creio, é uma mulher?

— Exato.

Race acendeu um cigarro.

— Não deve se preocupar. Pessoas que ficam alardeando o que vão fazer em geral não o fazem.

— Particularmente no caso de *les femmes*, pode-se dizer! Sim, é verdade.

No entanto, Poirot ainda não parecia contente.

— Algo mais? — perguntou Race.

— Sim, há mais uma coisa. Ontem, a pessoa A escapou da morte por um triz. O tipo de morte que convenientemente poderia chamar-se de acidental.

— Engendrada por B?

— Não, a questão é esta. A pessoa B não teria como estar ligada a esse caso.

— Então *foi* um acidente.

— Creio que sim... mas não gosto destes acidentes.

— Tem certeza de que B não teria participação?

— Absoluta.

— Ah, enfim, coincidências acontecem. Quem é A, por sinal? É uma pessoa desagradável?

— Pelo contrário. A pessoa A é uma jovem charmosa, rica e bonita.

Race arreganhou os lábios.

— Pois isso me parece uma novela.

— *Peut-être.* Apenas digo-lhe que não estou contente, meu amigo. Se eu estiver certo, e tenho o constante hábito de estar — Race sorriu com seu bigode diante daquela pronunciação típica —, então há motivo para inquietação severa. E agora, o *senhor* aparece para adicionar mais uma complicação, informando-me que há um assassino a bordo do *Karnak*.

— Mas que não costuma matar jovens charmosas.

Poirot fez que não, insatisfeito.

— Estou com medo, meu amigo — disse ele. — Estou com medo... Hoje, recomendei a esta moça, madame Doyle, que seguisse com o marido até Cartum, que não voltasse a este barco. Mas eles não concordaram. Rogo para que cheguemos a Shellal sem catástrofes.

— Não está como uma perspectiva muito pessimista?

Poirot fez que não.

— Estou com medo — respondeu ele, apenas. — Sim, eu, Hercule Poirot, estou com medo...

Capítulo 11

Cornelia Robson estava dentro do templo de Abu Simbel. Era a noite do dia seguinte — quente e silenciosa. O *Karnak* estava ancorado novamente em Abu Simbel para que se fizesse uma segunda visita ao templo, desta vez com luz artificial. A diferença era considerável, e Cornelia, admirada, comentou o fato com Mr. Ferguson, que estava ao seu lado.

— Ora, mas agora se vê muito melhor! — exclamou ela.

— Os inimigos de cabeças decepadas pelo rei estão bem destacados. Ali há um castelo fofo que eu nem havia notado. Queria que o Dr. Bessner estivesse aqui, pois ele me diria o que é.

— Não entendo como suporta aquele velho tolo — disse Ferguson, soturno.

— Ora, ele é um dos homens mais gentis que já conheci.

— Chato e pomposo.

— Não deveria falar assim.

O jovem de repente a pegou pelo braço. Tinham acabado de sair do templo para o luar.

— Por que insiste em ser incomodada por velhos gordos? E ser importunada e desprezada por uma megera perversa?

— Ora, Mr. Ferguson!

— Não tem inteligência? Não sabe que é do mesmo nível que ela?

— Mas não sou! — respondeu Cornelia com convicção sincera.

— Apenas não tem o mesmo dinheiro, é tudo que pode dizer.

— Não, não é. A prima Marie é muito instruída e...

— Instruída! — O jovem soltou o braço dela de forma tão repentina quanto o havia segurado. — Essa palavra me dá nojo!

Cornelia olhou para ele, chocada.

— Ela não gosta que você fale comigo, não é? — perguntou o jovem.

Cornelia corou e pareceu envergonhada.

— Por quê? Porque acha que não somos do mesmo nível social! Ah! Não fica furiosa com isso?

Cornelia esmoreceu:

— Preferia que não se exaltasse tanto.

— Não percebe, logo você, americana, que todos nascem livres e iguais?

— Pois não são — disse Cornelia, com certeza tranquila.

— Está na constituição, menina!

— A prima Marie diz que políticos não são cavalheiros — retrucou Cornelia. — E é óbvio que as pessoas não são iguais. Não faz sentido. Sei que tenho uma aparência rústica e já me senti humilhada em função disso, mas superei. Gostaria de ter nascido elegante e bonita como Mrs. Doyle, mas não nasci, então creio que não há por que se preocupar.

— Mrs. Doyle! — exclamou Ferguson com profundo desprezo. — É o tipo de mulher que devia ser fuzilada para servir de exemplo.

Cornelia olhou para ele, nervosa.

— Imagino que seja indigestão — falou ela, gentil. — Tenho uma pepsina especial que a prima Marie provou uma vez. Gostaria de experimentar?

Mr. Ferguson respondeu:

— Você é impossível!

Ele se virou e saiu a passos largos. Cornelia foi na direção do barco. Quando estava cruzando o passadiço, Mr. Ferguson a encontrou mais uma vez.

— Você é a pessoa mais agradável nesta embarcação — comentou ele. — E espero que se lembre disso.

Corando de felicidade, Cornelia se retirou para o salão de observação.

Miss Van Schuyler conversava com o Dr. Bessner; era um diálogo agradável sobre certos pacientes que ele tinha na realeza.

Cornelia falou, culpada:

— Espero que não tenha demorado muito, prima Marie.

Olhando para o relógio, a idosa vociferou:

— Você não teve pressa alguma, minha cara. E o que fez com minha estola de veludo?

Cornelia olhou para trás.

— Devo conferir se está na cabine, prima Marie?

— É óbvio que não, pois a trouxe comigo para cá antes do jantar e não saí do lugar. Tinha a colocado em cima daquela cadeira.

Cornelia procurou sem atenção.

— Não a encontro, prima Marie.

— Absurdo — disse Miss Van Schuyler. — Procure melhor.

— Era uma ordem que a idosa poderia ter dado a um cachorro, e, ao seu modo canino, Cornelia obedeceu. O tranquilo Mr. Fanthorp, que estava sentado a uma mesa próxima, levantou-se e a ajudou. Mesmo assim, não encontraram a estola.

O dia tinha sido muito quente e abafado, e a maioria das pessoas se recolhera cedo depois de desembarcar para ver o templo. Os Doyle estavam jogando *bridge* com Pennington e Race em uma mesa do canto. O único outro ocupante do salão era Hercule Poirot, que bocejava em uma mesinha perto da porta. Sua cabeça caía de tempos em tempos.

Miss Van Schuyler, desfilando como uma monarca ao se retirar, com Cornelia e Miss Bowers no encalço, fez uma pausa à cadeira de Poirot. Ele educadamente pôs-se de pé, abafando um bocejo de dimensões colossais.

Miss Van Schuyler disse:

— Acabei de me dar conta de quem o senhor é, *monsieur* Poirot. Devo lhe dizer que conheci seu nome através de meu velho amigo Rufus van Aldin. Devia me contar sobre seus casos uma hora dessas.

Poirot, os olhos um tanto cintilantes do sono, fez uma mesura exagerada. Com um assentir gentil mas condescendente, Miss Van Schuyler seguiu adiante.

Então ele bocejou outra vez. Sentia-se pesado e tonto do sono, e mal conseguia manter os olhos abertos. Deu uma espiada nos jogadores de *bridge*, absortos na jogatina, e depois no jovem Fanthorp, enfiado em um livro. Com exceção deles, o salão estava vazio.

Passou pela porta de vaivém ao convés. Jacqueline de Bellefort, seguindo apressada pelo convés, quase colidiu com ele.

— *Pardon, mademoiselle.*

Ela respondeu:

— Parece com sono, *monsieur* Poirot.

Ele admitiu com franqueza.

— *Mais oui...* estou consumido pelo sono. Mal consigo manter os olhos abertos. Foi um dia muito abafado e sufocante.

— Realmente. — Ela ficou como se remoendo a questão. — Foi o tipo de dia em que as coisas... se rompem! Quebram! Quando não se pode ir adiante...

A voz dela era baixa e carregada de ardor.

Ela olhava não para ele, mas para a margem arenosa do rio. Suas mãos estavam apertadas, rígidas...

De repente, a tensão diminuiu.

— Boa noite, *monsieur* Poirot — disse ela.

— Boa noite, *mademoiselle.*

O olhar dele encontrou o de Miss De Bellefort por um breve instante. Repensando aquele momento no dia seguinte, Poirot chegou à conclusão de que havia um apelo naquele olhar. O detetive se lembraria dele mais tarde.

Então, Poirot se dirigiu para sua cabine, enquanto a mulher foi para o salão.

* * *

Cornelia, após lidar com as muitas necessidades e fantasias de Miss Van Schuyler, levou alguns bordados para o salão consigo. Ela não estava com sono. Pelo contrário, estava bem acordada e um tanto animada.

Os quatro jogadores de *bridge* seguiam na jogatina. Em outra poltrona, o silencioso Fanthorp lia um livro. Cornelia se sentou com seus bordados.

De repente, a porta abriu e Jacqueline de Bellefort entrou. Ficou parada no vão, a cabeça para trás. Então tocou um sino, deu leves passos até Cornelia e se acomodou.

— A senhorita desembarcou hoje? — perguntou ela.

— Sim. Achei que o templo ficou deslumbrante ao luar. Jacqueline assentiu.

— Sim, uma linda noite... Uma noite digna de lua de mel.

Os olhos dela passaram à mesa de *bridge* e pararam por um instante em Linnet Doyle.

O garçom veio atender o sino.

Jacqueline pediu um gin duplo. Ao fazer o pedido, Simon Doyle lhe dirigiu um olhar brusco. Havia uma linha de nervosismo entre suas sobrancelhas.

A esposa disse:

— Simon, estamos esperando sua jogada.

Jacqueline ficou cantarolando uma música apenas para si.

Quando a bebida chegou, ela pegou e disse:

— Bom, um brinde ao crime. — Então, ela virou o copo e pediu outra.

Mais uma vez, Simon a observou da mesa de *bridge*. Suas jogadas ficaram cada vez mais distraídas. Seu parceiro, Pennington, o repreendeu.

Jacqueline começou a cantarolar de novo, de início bem baixinho, depois alto:

— *He was her man and he did her wrong...*

— Desculpe — disse Simon a Pennington. — Foi tolice minha voltar seu naipe. Eles vão ganhar a rodada.

Linnet se colocou de pé.

— Estou com sono. Acho que vou para a cama.

— Sim, é hora de se retirar — disse o Coronel Race.

— De acordo — falou Pennington.

— Você vem, Simon?

Doyle respondeu devagar:

— Ainda não. Acho que vou beber algo antes de ir.

Linnet assentiu e saiu. Race a acompanhou. Pennington terminou a bebida e então os seguiu.

Cornelia começou a recolher seus bordados.

— Não vá para a cama ainda, Miss Robson — pediu Jacqueline. — Não vá, por favor. Quero aproveitar a noite. Não me abandone.

Cornelia se sentou de novo.

— As meninas devem se ajudar — disse Jacqueline.

Ela jogou a cabeça para trás e riu. Um riso esganiçado, sem alegria.

A segunda bebida chegou.

— Beba alguma coisa — disse Jacqueline.

— Não, obrigada — respondeu Cornelia.

Jacqueline inclinou a cadeira para trás. Voltara a cantarolar baixinho:

— *He was her man and he did her wrong...*

Mr. Fanthorp virou uma página de *Europa por dentro*.

Simon Doyle pegou uma revista.

— É sério, tenho que ir me deitar — disse Cornelia. — Está ficando tarde.

— Você ainda não vai se deitar — declarou Jacqueline. — Eu a proíbo. Fale mais de si.

— Bom... não sei... não há muito a dizer. — Cornelia hesitou. — Fico em casa e saio pouco. Esta é minha primeira viagem à Europa. Estou amando cada minuto.

Jacqueline riu.

— Você é do tipo contente, não? Nossa, queria ser como você.

— Ah, é mesmo? Mas é que... é claro que...

Cornelia se sentiu corar.

Não havia dúvida de que Miss De Bellefort estava bebendo demais. O que não era novidade para Cornelia: ela havia visto muita bebedeira durante os anos da Lei Seca. Mas havia outra coisa... Jacqueline de Bellefort conversava com ela — olhava para ela — e, ainda assim, pensava Cornelia, era como se, de algum modo, estivesse falando com outra pessoa...

Contudo, só havia mais dois indivíduos no recinto, Mr. Fanthorp e Mr. Doyle. Mr. Fanthorp parecia absorto em seu livro. Mr. Doyle estava estranho... com um olhar vigilante, afetado.

Jacqueline repetiu:

— Fale mais de si.

Sempre obediente, Cornelia tentou atender. Ela respondeu de forma intensa, entrando em detalhes desnecessários sobre o cotidiano. Não estava acostumada a ser quem falava. Seu papel era sempre o de ouvinte.

E, ainda assim, Miss De Bellefort parecia querer saber mais. Quando Cornelia hesitava e estagnava, a outra moça era rápida em estimulá-la.

— Vamos lá... conte-me mais.

E então Cornelia prosseguiu ("E sim, mamãe é bastante delicada... tem dias em que só come cereais..."), insatisfeita em saber que tudo que dizia era extremamente desinteressante, mas, ainda assim, lisonjeada pelo aparente interesse da outra parte. Mas será que a moça estava mesmo interessada? Ela não estava, de certo modo, ouvindo outra coisa — ou, quem sabe, *esperando* ouvir outra coisa? A mulher olhava para Cornelia, sim, mas não havia *outra pessoa* naquela sala...?

— E claro que temos aulas de arte incríveis, e, no inverno passado, fiz um curso de...

(Que horas eram? Muito tarde, decerto. Ela só estava falando e falando. Se ao menos alguma coisa acontecesse...)

E, na mesma hora, como se em resposta ao seu desejo, algo aconteceu. Porém, naquele momento, pareceu muito natural.

Jacqueline virou a cabeça e falou com Simon Doyle.

— Toque o sino, Simon. Quero outro drinque.

Simon Doyle tirou os olhos de sua revista e falou tranquilamente:

— Os garçons se retiraram. Já passa da meia-noite.

— Pois estou dizendo que quero outro drinque.

Simon respondeu:

— Acho já bebeu demais, Jackie.

Ela girou para ele.

— E o que você tem a ver com isso?

O homem encolheu os ombros.

— Nada.

Ela o observou por alguns instantes e, então, falou:

— Qual é o problema, Simon? Está com medo?

Simon não respondeu. Ele voltou a ler a revista.

Cornelia sussurrou:

— Ah, querida... por mais que seja... tenho... que...

Ela começou a recolher suas coisas e deixou cair um dedal...

Jacqueline disse:

— Não vá para a cama ainda. Gostaria que houvesse outra mulher aqui... para me dar apoio. — Ela começou a rir de novo. — Sabe do que Simon tem medo? Tem medo de que *eu* vá lhe contar a história de *minha* vida.

— Ah... hã... — Cornelia gaguejou um pouco.

Jacqueline falou:

— Pois saiba que nós já fomos noivos.

— É mesmo?

Cornelia se viu presa por emoções conflituosas. Estava envergonhada, mas, ao mesmo tempo, emocionada. Como... como Simon Doyle estava *sombrio*.

— Sim, uma história deveras triste — falou Jacqueline com uma voz suave, baixa e insolente. — Ele me tratou muito mal, não foi, Simon?

Simon Doyle falou com crueza:

— Vá para a cama, Jackie. Você está bêbada.

— Se está envergonhado, querido Simon, é melhor deixar o salão.

Simon Doyle olhou para ela. A mão que segurava a revista tremeu um tanto, mas o homem respondeu sem rodeios:

— Vou ficar.

Cornelia sussurrou pela terceira vez:

— Tenho mesmo que... está tarde...

— Você não pode sair — disse Jacqueline. Sua mão se estendeu e segurou a outra moça na cadeira. — Vai ficar e ouvir o que tenho a dizer.

— Jackie — falou Simon com veemência —, você está passando vergonha! Pelo amor de Deus, vá dormir.

De repente, Jacqueline se aprumou na cadeira. As palavras começaram a se derramar em uma corrente sibilante.

— Tem medo de que eu faça um papelão, não? Você é inglês demais! Sempre reticente, sempre moderado! Quer que eu tenha "decência"? Pois não me interessa se vou ser decente ou não! É bom sair logo daqui, porque vou falar. E muito.

Jim Fanthorp fechou o livro com cuidado, deu um bocejo, olhou para o relógio, levantou-se e saiu. Uma performance britânica à última potência, mas que não convenceu ninguém.

Jacqueline girou em sua cadeira e encarou Simon.

— Tolo maldito — disse ela, engrossando as palavras —, acha que pode me tratar daquele jeito e se safar?

Simon Doyle abriu os lábios e, depois, voltou a fechá-los. Ficou parado, como se esperasse que o acesso dela fosse se extinguir por conta própria se ele não falasse nada para provocá-la.

A voz de Jacqueline saiu grossa e borrada. Cornelia, que estava totalmente desacostumada a demonstrações de emoções cruas de qualquer tipo, ficou fascinada.

— Eu já lhe falei — vociferou Jacqueline — que preferiria matá-lo a vê-lo com outra... Achou que não falava sério?

Pois se enganou. Eu estava apenas... esperando! Você é *meu*! Está me ouvindo? Você é *meu*...

A outra parte daquele diálogo continuava sem responder. A mão de Jacqueline se remexeu uma ou duas vezes sobre o colo. Ela se inclinou para a frente.

— Falei que ia matá-lo e falei sério... — De repente, a mão dela se levantou com algo que brilhava. — Vou atirar em você como se atira em um cachorro... como o cão sujo que é...

Simon enfim tomou uma atitude e se colocou de pé. Mas a mulher puxou o gatilho ao mesmo tempo...

Simon girou e caiu sobre a cadeira... Cornelia gritou e correu até a porta. Jim Fanthorp estava no convés, apoiado na balaustrada. Ela o chamou.

— Mr. Fanthorp...! Mr. Fanthorp...!

Ele correu até o salão, onde Cornelia o agarrou, falando, incoerente:

— Ela atirou nele! Ah! Ela atirou nele...

Simon Doyle continuava tal como havia caído, com metade do corpo em cima da cadeira... Jacqueline estava de pé, paralisada. Tremia violentamente, e seus olhos, dilatados e assustados, fitavam a mancha escarlate que começava a encharcar devagar a perna da calça de Simon logo abaixo do joelho, onde ele apertava um guardanapo contra a ferida.

Ela falou, gaguejando:

— Eu não queria... Ah, Deus, eu não queria...

A pistola caiu de seus dedos nervosos e fez um barulho no piso. Miss De Bellefort a chutou para longe. A arma deslizou para baixo de um dos canapés.

Simon, com a voz fraca, murmurou:

— Fanthorp, pelo amor de Deus... tem alguém chegando... Diga que está tudo bem... que foi um acidente... qualquer coisa. Não podemos fazer escândalo.

Fanthorp assentiu com compreensão veloz. Ele se dirigiu à porta, onde surgiu um rosto núbio assustado. O inglês disse:

— Tudo certo... tudo certo... só brincadeira!

O rosto negro pareceu desconfiado, confuso e depois tranquilo. Os dentes do rapaz armaram um sorriso largo. Ele assentiu e partiu.

Fanthorp se virou para ele de novo.

— Está tudo bem. Creio que ninguém mais tenha ouvido. Pareceu uma rolha estourando, sabe? Agora...

Ele estava assustado. De repente, Jacqueline começou um choro histérico.

— Ah, Deus, eu quero morrer... vou me matar. É melhor morrer... Ah, o que foi que eu fiz... o que foi que eu fiz?

Cornelia correu até ela.

— Calma, querida, calma.

Simon, suando, o rosto contorcido de dor, falou apressado:

— Tire-a daqui. Pelo amor de Deus, tire-a daqui! Leve-a para a cabine, Fanthorp. Miss Robson, chame sua enfermeira. — Seus olhos apelativos corriam de um para o outro. — Não a deixe sozinha. Garanta que ela esteja segura e que a enfermeira a atenda. Depois encontre o velho Bessner e traga-o aqui. Pelo amor de Deus, não deixe nada disso chegar aos ouvidos de minha esposa.

Jim Fanthorp assentiu, compreensivo. O jovem tranquilo era frio e competente em emergências.

Unindo forças, ele e Cornelia tiraram a moça que chorava e se debatia do salão e levaram-na até a cabine pelo convés. Lá, tiveram mais dificuldades. Ela se debateu para se soltar, seus soluços se duplicaram.

— Vou me afogar... vou me afogar... Eu não quero viver... Ah, Simon! Simon!

Fanthorp disse a Cornelia:

— É melhor chamar Miss Bowers. Ficarei aqui enquanto vai chamá-la.

Cornelia assentiu e saiu apressada.

Assim que deixou a cabine, Jacqueline agarrou o braço de Fanthorp.

— A perna dele... está sangrando... quebrou... Ele vai sangrar até a morte. Tenho que ajudá-lo... Ah, Simon... Simon... como pude?

A voz dela se elevava. Fanthorp falou:

— Acalme-se... acalme-se... ele vai ficar bem.

Miss De Bellefort começou a se debater de novo.

— Deixe-me sair! Quero me jogar no rio... Quero me matar!

Fanthorp, segurando-a pelos ombros, forçou-a de volta à cama.

— A senhorita precisa ficar aqui. Não faça alvoroço. Recomponha-se. Está tudo bem, eu lhe garanto.

Para alívio dele, a moça transtornada conseguiu recobrar um pouco de controle, mas o homem ficou agradecido de verdade quando as cortinas foram empurradas e a eficiente Miss Bowers, bem vestida apesar do quimono horrendo, entrou acompanhada de Cornelia.

— Então — falou Miss Bowers, brusca —, o que temos aqui?

Ela assumiu o comando sem sinal de surpresa ou alarme.

Aliviado, Fanthorp deixou a moça extenuada nas mãos capazes da enfermeira e correu à cabine ocupada pelo Dr. Bessner.

Ele bateu à porta e entrou enquanto ainda batia.

— Dr. Bessner?

Um ronco tremendo foi interrompido e uma voz alarmada disse:

— O que é?

Fanthorp já havia até acendido a luz. O médico piscou enquanto o observava, lembrando uma grande coruja.

— É Doyle. Ele levou um tiro. Miss De Bellefort lhe deu um tiro. Está no salão. O senhor pode vir?

O médico robusto reagiu de pronto. Fez perguntas rápidas, puxou as pantufas e o robe, pegou um estojo e acompanhou Fanthorp até o vestíbulo.

Simon conseguira abrir a janela ao lado dele. Estava com a cabeça encostada ali, inalando o ar. Seu rosto tinha uma cor temível.

O Dr. Bessner veio até ele.

— *Ha!* Então? O que temos?

Um lenço encharcado de sangue estava caído no tapete, onde também se via uma mancha escura.

O exame do médico foi pontuado por resmungos e exclamações teutônicas.

— Sim, está feio... O osso, fraturado. E perdeu muito sangue. *Herr* Fanthorp, você e eu temos que levá-lo à minha cabine. Isso... assim. Ele não pode caminhar. Teremos que carregá-lo.

Enquanto o levantavam, Cornelia apareceu na porta. Ao vê-la, o médico deu um resmungo de contentamento.

— *Ach*, é você? *Ótemo*. Venha conosco. Preciso de assistência. Você será mais útil que este amigo. Ele já está um tanto pálido.

Fanthorp emitiu um sorriso fraquíssimo.

— Devo chamar Miss Bowers? — perguntou ele.

O Dr. Bessner lançou um olhar de consideração a Cornelia.

— Você servirá bem, mocinha — proclamou ele. — Não vai desmaiar nem se fazer de tola, não é?

— Faço o que for preciso — respondeu Cornelia, ávida em agradar.

Bessner assentiu, satisfeito.

A procissão avançou convés afora.

Os dez minutos seguintes foram puramente cirúrgicos, e Mr. Jim Fanthorp não os apreciou nem um pouco. No íntimo, sentia-se envergonhado com a firmeza superior que Cornelia demonstrara.

— Então, é o melhor que posso fazer — disse o Dr. Bessner, enfim. — Você foi um herói, meu amigo. — Ele deu batidinhas de aprovação no ombro de Simon. — Agora vou lhe dar algo para dormir. Sua esposa, como está?

Simon falou, debilitado:

— Ela não precisa saber antes de acordar... Eu... não culpem Jackie... Foi tudo culpa minha. Eu não a tratei propriamente... pobre criança... ela não sabia o que estava fazendo.

O Dr. Bessner assentiu.

— Sim, sim... entendo...

— Culpa minha... — falou Simon. Seus olhos foram até Cornelia. — Alguém... tem que ficar com ela. Ela pode... fazer mal... a si mesma...

O Dr. Bessner injetou a seringa. Cornelia, com competência e tranquilidade, disse:

— Está tudo bem, Mr. Doyle. Miss Bowers passará a noite com ela...

O rosto de Simon se iluminou com gratidão. Seu corpo relaxou. Os olhos se fecharam. De repente, ele os abriu de solavanco.

— Fanthorp?

— Sim, Doyle?

— A pistola... É melhor não deixá-la... solta por aí... Os meninos podem encontrá-la pela manhã...

Fanthorp assentiu.

— É verdade. Vou buscá-la de imediato.

Ele saiu da cabine e atravessou o convés. Miss Bowers apareceu na porta da cabine de Jacqueline.

— Ela vai ficar bem — declarou. — Dei-lhe uma injeção de morfina.

— Mas você a fará companhia?

— Sim, sim. A *morphia* pode deixar a pessoa animada. Passarei a noite aqui.

Fanthorp foi até o saguão.

Alguns minutos depois, ouviu-se uma batida na porta da cabine de Bessner.

— Dr. Bessner?

— Sim? — O médico robusto apareceu.

Fanthorp o chamou para o convés.

— Veja só... não achei a pistola...

— Como?

— A pistola. Ela caiu das mãos da garota, que a chutou para longe e foi parar embaixo de um canapé. *Mas não está mais lá.*

Eles se entreolharam.

— Mas quem a terá pegado?

Fanthorp encolheu os ombros.

Bessner falou:

— É curioso. Mas não sei o que podemos fazer a respeito.

Perplexos e um tanto alarmados, os dois homens tomaram caminhos divergentes.

Capítulo 12

Hercule Poirot tirava a espuma do rosto recém-barbeado quando ouviu uma batida rápida na porta. O Coronel Race entrou à última batida, sem cerimônias.

O homem fechou a porta ao passar.

— Seu instinto estava corretíssimo. Aconteceu — disse ele.

Poirot se aprumou e perguntou, abrupto:

— O quê?

— Linnet Doyle faleceu. Levou um tiro na cabeça ontem à noite.

Poirot ficou em silêncio por um minuto, com duas memórias vívidas diante de si: uma moça em um jardim de Assuã falando com a voz ríspida e esbaforida: "Gostaria de colocar minha querida pistola em sua cabeça e depois puxar o gatilho." E outra, mais recente, com a mesma voz: "Quando não se pode ir adiante... o tipo de dia em que as coisas se rompem", com aquele peculiar e momentâneo lampejo de súplica nos olhos. O que lhe acontecera para não reagir àquele apelo? Ele andava cego, surdo, imbecilizado pela falta de sono...

Race prosseguiu:

— Ainda tenho algum prestígio como oficial. Mandaram me chamar, deixaram tudo em minhas mãos. O barco deve partir em meia hora, mas ficará retido até eu liberá-lo. Há a possibilidade, é claro, de que o assassino tenha vindo de fora da embarcação.

Poirot fez que não.

Race concordou com o meneio.

— Sim. Podemos excluir esta teoria. Bem, meu caro, a decisão é sua. O espetáculo é seu.

S.S. KARNAK
TOMBADILHO

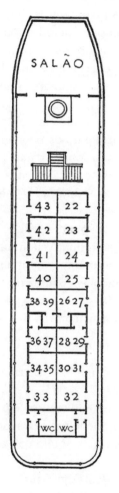

43	22 JAMES FANTHORD
42	23 TIM ALLERTON
41 CORNELIA ROBSON.	24 MRS ALLERTON
40 JACQUELINE DE BELLEFORT	25 SIMON DOYLE
38 39 ANDREW PENNINGTON	26 27 LINNET DOYLE
36 37 DR BESSNER	28 29 MISS VAN SCHUYLER
34 35 MRS E MISS OTTERBOURNE	30 31 HERCULE POIROT
33 MISS BOWERS	32 CORONEL RACE

PLANTA   CABINES

Poirot colocava as roupas com celeridade habilidosa. Disse:

— Estou à sua disposição.

Os dois passaram ao tombadilho.

Race falou:

— Bessner já deve estar lá. Mandei o camareiro chamá-lo.

O *Karnak* tinha quatro cabines de luxo com banheiro. Das duas a bombordo, uma estava ocupada pelo Dr. Bessner, a outra por Andrew Pennington. A estibordo, a primeira era ocupada por Miss Van Schuyler e a seguinte por Linnet Doyle. A cabine que seu marido usava como área de se vestir ficava ao lado.

Um camareiro de rosto pálido estava parado em frente à cabine de Linnet Doyle. Ele abriu a porta para os dois, que adentraram. O Dr. Bessner estava curvado sobre a cama. Ergueu os olhos e resmungou enquanto os homens entravam.

— O que pode nos dizer sobre o caso, doutor? — perguntou Race.

Bessner coçou o queixo não barbeado, ponderando.

— *Ach!* Ela levou um tiro... à queima-roupa. Vejam logo acima da orelha. O projétil entrou por aqui. Um projétil bem pequeno. Calibre .22, eu diria. A pistola foi encostada na cabeça. A pele está mais escura, queimada.

Em outro acesso de memórias, Poirot se lembrou das palavras pronunciadas em Assuã.

Bessner prosseguiu.

— Ela estava com sono. Não houve embate. O assassino surgiu no escuro e atirou nela, deitada.

— *Ah, non!* — exclamou Poirot. Seu entendimento de psicologia estava ultrajado. Jacqueline de Bellefort se esgueirando pela cabine, de pistola na mão... não, aquilo não encaixava na cena.

Bessner olhou para ele por trás das lentes grossas.

— Mas foi o que aconteceu, estou lhe dizendo.

— Sim, sim. Não me referi ao que pensou. Não estava contradizendo-o.

Bessner soltou um grunhido de satisfação.

Poirot veio e ficou junto ao médico. Linnet Doyle estava deitada de lado. A postura dela era natural e tranquila. Porém, acima da orelha, havia um pequeno furo com sangue seco incrustado.

Poirot balançou a cabeça, triste.

Então seu olhar recaiu sobre a parede pintada de branco logo à frente, e o homem inspirou fundo. Sua brancura estava maculada por um grande e oscilante J garatujado com algo vermelho-amarronzado.

Poirot observou a letra, depois curvou-se sobre a falecida e carinhosamente pegou sua mão direita. Um dos dedos estava manchado de vermelho-amarronzado.

— *Non d'un nom d'un nom!* — disparou Hercule Poirot.

— Hã? O que foi?

O Dr. Bessner ergueu os olhos.

— *Ach!* Veja só.

Race disse:

— Ora, que diabo. O que pensa, Poirot?

Poirot balançou-se um pouco sobre os pés.

— O senhor me pergunta o que penso. *Eh bien*, é muito simples, não? Madame Doyle está morrendo; ela deseja sugerir quem a matou, então escreve com um dedo, molhado no próprio sangue, a inicial do nome do assassino. Ah, sim, de uma simplicidade estonteante.

— *Ach*, mas...

O Dr. Bessner estava prestes a irromper, mas um gesto peremptório de Race o silenciou.

— Então é isso que lhe ocorre? — perguntou ele, demoradamente.

Poirot se voltou para o amigo, assentindo.

— Sim, sim. É, como eu disse, de uma simplicidade estonteante! Tão familiar, não? *É o que tanto se faz* nas páginas dos romances! É, de fato, um *vieux jeu*! Podemos até suspeitar de que nosso assassino segue os bons costumes!

Race respirou fundo.

— Entendo — disse ele. — A princípio, achei...

Ele parou.

Poirot falou, com leve sorriso:

— Que eu acreditava em todos os clichês do melodrama? Mas, perdão, Dr. Bessner, o senhor dizia...?

Bessner irrompeu em tom gutural:

— O que eu dizia? *Ach!* Dizia que é um absurdo! Um disparate! A pobre dama morreu de imediato! Molhar o dedo no sangue... e, como podem ver, mal há sangue... e escrever a letra J na parede. Homessa! É um disparate. Um disparate melodramático!

— *C'est l'enfantillage* — concordou Poirot.

— Mas foi feito com um propósito — sugeriu Race.

— Sim... é claro — concordou Poirot, e seu rosto ficou sério.

Race falou:

— O que significa o J?

O belga respondeu de pronto:

— Significa Jacqueline de Bellefort, uma jovem que me declarou há menos de uma semana que gostaria de... — Ele fez uma pausa e, então, citou: — "colocar minha querida pistola em sua cabeça e depois puxar o gatilho...".

— *Gott im Himmel!* — exclamou o Dr. Bessner.

Houve um instante de silêncio. Então Race puxou o ar e disse:

— Que foi justamente o que aconteceu aqui?

Bessner assentiu.

— Sim, foi o que aconteceu. Uma pistola de baixíssimo calibre. Como disse, provavelmente calibre .22. A bala terá de ser extraída, é óbvio, antes que possamos afirmar em definitivo.

Race assentiu com compreensão veloz. Então falou:

— E a hora da morte?

Bessner coçou o queixo de novo. Seu dedo fez um som de aspereza.

— Não posso ser tão preciso. São oito horas da manhã. Direi, com a devida atenção à temperatura da noite passada, que ela está morta há ao menos seis horas, provavelmente não mais que oito.

— O que situa o crime entre meia-noite e duas da manhã.

— Sim.

Houve uma pausa. Race olhou ao redor.

— E o marido? Imagino que durma na cabine ao lado.

— No momento — falou o Dr. Bessner —, está dormindo em minha cabine.

Os dois homens ficaram surpresos.

Bessner meneou a cabeça várias vezes.

— *Ach.* Então. Percebo que ainda não foram informados. Ontem, Mr. Doyle levou um tiro no salão.

— Um tiro? De quem?

— Da jovem dama Jacqueline de Bellefort.

Race perguntou, ríspido:

— Ele está ferido?

— Sim, o osso se partiu. Fiz o que podia naquele momento, mas compreendam que se faz necessário um exame de raios X assim que possível e que ele tenha o devido tratamento, algo impossível neste barco.

Poirot murmurou:

— Jacqueline de Bellefort.

Seus olhos se dirigiram mais uma vez ao J na parede.

De repente, Race disse:

— Se não há nada mais que possamos fazer aqui, vamos descer. A gerência deixou a sala de charutos à nossa disposição. Temos que conseguir detalhes do que aconteceu na noite passada.

Saíram da cabine. Race trancou a porta e levou a chave consigo.

— Podemos voltar mais tarde — falou. — A primeira coisa que precisamos fazer é compreender todos os fatos.

Desceram ao convés inferior, onde encontraram o intendente do *Karnak* aguardando, inquieto, à porta da sala de charutos.

O pobre homem estava incomodado e preocupado com a questão, além de ansioso para deixar tudo nas mãos do Coronel Race.

— Creio que não há nada melhor do que deixá-lo responsável pelo caso, dada sua posição oficial. Tive ordens para me colocar à sua disposição quanto... hã... ao outro assunto. Se o coronel assumir, tratarei para que tudo seja feito conforme deseja.

— Bom homem! Para começar, gostaria que esta sala fosse apenas minha e de *monsieur* Poirot durante a investigação.

— É claro, senhor.

— De momento, é isso. Prossiga com seu trabalho. Sei onde encontrá-lo.

Com expressão um tanto aliviada, o intendente deixou o aposento.

Race disse:

— Sente-se, Bessner, e vamos entender tudo o que aconteceu na noite passada.

Eles ficaram em silêncio, ouvindo a voz retumbante do médico.

— Está evidente — disse Race, quando o outro encerrou.

— A moça se enervou, auxiliada por um ou dois drinques, e, por fim, deu um tiro no homem com a pistola calibre .22. Então foi à cabine de Linnet Doyle e repetiu o gesto.

O Dr. Bessner, porém, negava com a cabeça.

— Não, não, acredito que não. Não creio que seja *possível*. Para começar, ela não escreveria a própria inicial na parede. Seria ridículo, *nicht wahr*?

— Ela poderia — declarou Race —, se estivesse possuída pela loucura e pelo ciúme cegos que parece ter. Talvez quisesse... bom... assinar o crime, por assim dizer.

Poirot fez que não.

— Não, não, não acho que ela seria tão... *grosseira*.

— Então só há um motivo para a letra J. Foi posta ali por outra pessoa que quis levantar suspeitas sobre ela propositalmente.

O médico falou:

— Sim, mas o criminoso não teve sorte, pois, vejam bem, não é apenas *improvável* que a jovem *Fräulein* tenha cometido o assassinato. Também creio que seja *impossível*.

— Como?

Bessner explicou a histeria de Jacqueline e as circunstâncias que haviam levado Miss Bowers a assumir seus cuidados.

— E creio, ou tenho certeza, de que Miss Bowers passou a noite com ela.

Race disse:

— Se for o caso, simplificará muito as coisas.

Poirot questionou:

— Quem descobriu o crime?

— A empregada de Mrs. Doyle, Louise Bourget. Ela foi acordar sua senhora, como sempre fazia, encontrou-a morta, saiu e caiu nos braços do camareiro, desmaiada. Ele foi até o intendente, que depois me procurou. Falei com Bessner e então fui chamar você.

Poirot assentiu.

Race disse:

— Doyle precisa saber. Disse que ele continua dormindo?

O médico respondeu:

— Sim, continua dormindo em minha cabine. Ontem à noite, administrei-lhe um opiáceo potente.

Race se virou para Poirot.

— Bem — disse ele —, creio que não precisamos mais segurar o médico, não? Obrigado, doutor.

Bessner se levantou.

— Vou tomar o café da manhã. Depois, voltarei para minha cabine e verei se Mr. Doyle já pode acordar.

— Obrigado.

Bessner saiu. Os dois homens se entreolharam.

— Bom, que tal, Poirot? — perguntou Race. — O senhor
é o encarregado. Minhas ordens virão de você. Diga-me o
que deve ser feito.

Poirot fez uma mesura.

— *Eh bien!* — disse ele. — Precisamos fazer o inquérito.
Antes de tudo, creio que tenhamos que comprovar os ocorri-
dos da noite passada. Ou seja, devemos interrogar Fanthorp
e Miss Robson, que foram as devidas testemunhas. O desaparecimento da pistola é significativo.

Race soou uma sineta e enviou uma mensagem ao camareiro.

Poirot suspirou e balançou a cabeça.

— A situação é ruim — balbuciou ele. — Muito ruim.

— Tem alguma ideia? — indagou Race, curioso.

— Meus pensamentos estão em conflito. Não estão bem
dispostos. Não estão ordenados. Há, como sabe, o fato porten-
toso de que esta moça odiava Linnet Doyle e queria matá-la.

— O senhor acha que ela seria capaz disso?

— Creio que sim. — Poirot soou duvidoso.

— Mas não deste modo? É isso que o preocupa, não? Não
se esgueirar pela cabine dela no escuro e dar-lhe um tiro enquanto dorme. É o sangue-frio que não lhe soa bem.

— Em certo sentido, sim.

— O senhor acredita que esta moça, Jacqueline de Bellefort, é incapaz de um assassinato premeditado a sangue-frio.

Poirot falou devagar:

— Veja que não estou seguro. Ela teria capacidade mental para tanto. Contudo, duvido que, fisicamente, disporia-
-se ao *ato*...

Race assentiu.

— Sim, compreendo... Bem, segundo a história de Bessner, também teria sido impossível.

— Se é verdade, facilita o caso um bocado. Vamos torcer
para que seja verdade. — Poirot fez uma pausa e depois complementou com o seguinte: — Ficarei contente se for, pois tenho muita consideração por aquela pequena.

154 · AGATHA CHRISTIE ·

A porta se abriu, e Fanthorp e Cornelia entraram. Bessner veio atrás.

Cornelia irrompeu:

— Não é um horror? Pobre, pobre Mrs. Doyle! E era tão querida. A pessoa deve ser um grande *monstro* para lhe fazer mal! E pobre Mr. Doyle. Ele perderá a cabeça quando souber! Ora, já na noite passada estava preocupadíssimo que a esposa fosse ouvir a respeito do acidente que teve.

— É isso que queremos que nos conte, Miss Robson — disse Race. — Queremos saber exatamente o que aconteceu na noite passada.

Cornelia começou a falar de forma um pouco atrapalhada, mas uma ou duas perguntas de Poirot ajudaram.

— Ah, sim, compreendo. Depois do *bridge*, madame Doyle foi para a cabine. Mas será que foi mesmo?

— Foi — disse Race. — Eu a vi. Desejei-lhe boa-noite na porta.

— E o horário?

— Misericórdia, não sei dizer — respondeu Cornelia.

— Eram 23h20 — falou Race.

— *Bien*. Então, às 23h20, madame Doyle estava viva e bem. Naquele instante estavam no salão... quem mesmo?

Fanthorp respondeu:

— Doyle estava lá. Junto a Miss De Bellefort, eu e Miss Robson.

— É verdade — concordou a moça. — Mr. Pennington tomou um drinque e depois foi para a cama.

— Isso foi quanto tempo depois?

— Ah, perto de três ou quatro minutos.

— Antes das 23h30, então?

— Sim, sim.

— Dessa forma, ficaram no salão *mademoiselle* Robson, *mademoiselle* De Bellefort, *monsieur* Doyle e *monsieur* Fanthorp. O que estavam fazendo?

— Mr. Fanthorp lia um livro. Eu bordava. Miss De Belle-fort estava... estava...

Fanthorp veio em seu resgate.

— Ela estava bebendo muito.

— Sim — concordou Cornelia. — Ela conversava sobre-tudo comigo e fazia perguntas sobre meu lar. E continuava falando... comigo, mas creio que o alvo era Mr. Doyle. Ele estava ficando um tanto furioso, mas não disse nada. Creio que pensou que, se ficasse quieto, ela poderia se acalmar.

— E isso não aconteceu?

Cornelia fez que não.

— Tentei ir embora uma ou duas vezes, mas ela me de-teve. Eu me sentia cada vez mais desconfortável. Então Mr. Fanthorp se levantou e saiu...

— Foi um tanto vergonhoso — disse ele. — Achei que con-seguiria fazer uma saída discreta. Miss De Bellefort estava claramente fazendo cena.

— Então ela puxou a pistola — disse Cornelia — e Mr. Doy-le deu um salto para tentar tirar a arma da mão dela, mas a pistola disparou, atingindo-o na perna. Nesse momento, ela começou a suspirar e a chorar... Eu fiquei morta de medo e corri atrás de Mr. Fanthorp, que voltou comigo, e Mr. Doyle disse para não fazer um estardalhaço, e um dos núbios ou-viu o barulho do tiro e apareceu, mas Mr. Fanthorp disse-lhe que estava tudo bem, e então levamos Jacqueline para a ca-bine dela e Mr. Fanthorp permaneceu com ela enquanto eu chamava Miss Bowers.

Cornelia parou por falta de fôlego.

— Que horário isso tudo aconteceu? — perguntou Race.

Cornelia repetiu:

— Misericórdia, não sei.

Fanthorp, no entanto, respondeu de pronto:

— Deve ter sido por volta de meia-noite e vinte. Sei que eram exatamente meia-noite e meia quando enfim cheguei à minha cabine.

— Então deixem-me esclarecer bem um ou dois pontos — disse Poirot. — Depois que madame Doyle saiu do salão, algum dos outros quatro saiu?

— Não.

— Têm plena certeza de que *mademoiselle* De Bellefort não deixou o salão?

Fanthorp respondeu:

— Definitiva. Nem Doyle, nem Miss De Bellefort, nem Miss Robson, nem eu saímos do salão.

— Ótimo. Assim se define que *mademoiselle* De Bellefort não poderia ter disparado contra madame Doyle antes de... digamos... meia-noite e vinte. Agora, *mademoiselle* Robson: a senhorita foi buscar *mademoiselle* Bowers. *Mademoiselle* De Bellefort ficou sozinha na cabine durante este período?

— Não. Mr. Fanthorp ficou com ela.

— Ótimo! Até o momento, *mademoiselle* De Bellefort tem um álibi perfeito. *Mademoiselle* Bowers será a próxima a ser interrogada, mas, antes que eu mande buscá-la, gostaria da opinião de vocês sobre uma ou das questões. *Monsieur* Doyle, como dizem, estava nervoso em garantir que *mademoiselle* De Bellefort não ficasse sozinha. Diriam que ele sentia medo de que ela ponderasse outro ato impensado?

— Sim, esta é minha opinião — respondeu Fanthorp.

— É certo que ele estaria com medo de que ela pudesse se voltar contra madame Doyle?

— Não. — Fanthorp balançou a cabeça. — Não creio que tenha sido isso que passou pela cabeça do sujeito. Acho que ele receava que ela... hã... cometesse um ato impensado contra si mesma.

— Suicídio?

— Sim. A moça estava perfeitamente sóbria e desolada quanto ao que havia feito. Completamente tomada de remorso. Só ficava dizendo que queria morrer.

Cornelia falou, tímida:

— Creio que ele estava bastante chateado com a situação. Ele falou... com muita calma. Disse que era tudo culpa dele... e que ele a tratara mal. Ele... foi deveras gentil.

Hercule Poirot assentiu, pensativo.

— Então, quanto a esta pistola — disse ele. — O que aconteceu?

— Ela deixou cair — respondeu Cornelia.

— E depois?

Fanthorp explicou que havia voltado para procurar a arma, mas que não conseguira encontrá-la.

— Ah! — disse Poirot. — Agora chegamos ao ponto. Tentemos, faço-lhes obséquio, ser muito precisos. Descrevam-me exatamente o que aconteceu.

— Miss De Bellefort deixou a arma cair. Depois chutou-a para o lado.

— Ela parecia ter ódio da arma — explicou Cornelia. — Sei bem o que sentiu.

— E foi parar debaixo do canapé, como disseram. Agora, muita atenção: *mademoiselle* De Bellefort não recuperou a pistola antes de deixar o salão?

Tanto Fanthorp quanto Cornelia estavam decididos naquele ponto.

— *Précisément*. Busco apenas ser exato, se me entendem. Então chegamos ao seguinte ponto. Quando *mademoiselle* De Bellefort sai do salão, a pistola está debaixo do canapé. E já que *mademoiselle* De Bellefort não fica sozinha em momento algum, dado que *monsieur* Fanthorp, *mademoiselle* Robson ou *mademoiselle* Bowers a acompanham, ela não tem oportunidade de recuperar a pistola depois de sair do salão. Que horas eram, *monsieur* Fanthorp, quando voltou para procurar?

— Deve ter sido pouco antes de meia-noite e meia.

— E quanto tempo teria passado entre o senhor e o Dr. Bessner carregarem *monsieur* Doyle do salão até voltar para pegar a pistola?

— Cinco minutos, talvez. Talvez um pouco mais.

— Então, nestes cinco minutos, *alguém remove a pistola de onde estava, caída, longe da vista, sob o canapé*. Este alguém *não foi mademoiselle* De Bellefort. Quem terá sido? Parece deveras provável que a pessoa que a removeu tenha sido o assassino de madame Doyle. Devemos presumir também que esta pessoa entreouviu ou observou algo dos fatos precedentes.

— Não entendo como chegou a esta última conclusão — objetou Fanthorp.

— Porque — respondeu Hercule Poirot — o senhor acabou de nos contar que *a pistola estava longe da vista, debaixo do canapé*. Portanto, foge à credulidade dizer que foi descoberta por *acidente*. Ela foi tomada *por alguém que sabia que estava lá*. Portanto, esta pessoa deve ter assistido à cena.

Fanthorp fez que não.

— Não vi ninguém quando saí ao convés pouco antes do disparo.

— Ah, mas o senhor saiu pela porta de estibordo.

— Sim. O mesmo lado de minha cabine.

— Então, se houvesse alguém na porta de bombordo, observando pelo vidro, o senhor teria visto?

— Não — admitiu Fanthorp.

— Alguém ouviu o disparo, com exceção do moço núbio?

— Até onde sei, não.

Fanthorp prosseguiu:

— Perceba que as janelas daqui estavam bem fechadas. Miss Van Schuyler sentiu uma corrente de ar no início da noite. A porta de vaivém também estava fechada. Duvido que o tiro pudesse ter sido ouvido com clareza. Seria o som de uma rolha estourando.

Race disse:

— Além disso, parece que ninguém ouviu o outro tiro. O que matou Mrs. Doyle.

— Tiro sobre o qual trataremos a seguir — disse Poirot. — No momento, continuaremos com nossa atenção a *mademoiselle*

De Bellefort. Temos que conversar com *mademoiselle* Bowers. Mas, primeiro, antes de irem embora — ele deteve Fanthorp e Cornelia com um gesto —, podem me dar algumas informações sobre si? Assim não será necessário que eu os chame depois. O *monsieur* primeiro: seu nome completo?

— James Lechdale Fanthorp.

— Endereço?

— Casa Glasmore, Market Donnington, Northamptonshire.

— Profissão?

— Advogado.

— E os motivos para visitar o Egito?

Houve uma pausa. Pela primeira vez, o impassível Mr. Fanthorp pareceu pego de surpresa. Ele disse, enfim, quase resmungando as palavras:

— Hã... lazer.

— Ah! — disse Poirot. — O senhor tirou férias; é isso, não é?

— Hã... sim.

— Pois bem, *monsieur* Fanthorp. Pode me fazer um breve relato de sua movimentação na noite passada, após os fatos que acabamos de narrar?

— Fui direto para a cama.

— Isto foi às...?

— Pouco após meia-noite e meia.

— Sua cabine é a de número 22, a estibordo. A mais próxima do salão.

— Sim.

— Farei-lhe uma última pergunta. Ouviu alguma coisa, qualquer que seja, após entrar em sua cabine?

Fanthorp ponderou.

— Eu me deitei logo. *Acho* que ouvi um respingo, algo caindo na água, assim que estava adormecendo. Nada mais.

— O senhor ouviu algo que pareceu um respingo? Próximo?

Fanthorp fez que não.

— Na verdade, não tenho como dizer. Eu estava quase dormindo.

— Em que horário teria sido?

— Pode ter sido por volta de uma hora da manhã. Não tenho como precisar.

— Obrigado, *monsieur* Fanthorp. É tudo.

Poirot voltou sua atenção a Cornelia.

— E agora, *mademoiselle* Robson. Seu nome completo?

— Cornelia Ruth. Meu endereço é Casa Vermelha, Bellfield, Connecticut.

— O que faz no Egito?

— A prima Marie, Miss Van Schuyler, me trouxe junto para uma viagem.

— Conhecia madame Doyle antes desta viagem?

— Não, nunca a tinha visto antes.

— E o que fez na noite passada?

— Fui direto para a cama após ajudar o Dr. Bessner com a perna de Mr. Doyle.

— Sua cabine seria...?

— A número 41 a bombordo. Bem ao lado da de Miss De Bellefort.

— E ouviu alguma coisa?

Cornelia fez que não.

— Não ouvi nada.

— Nenhum respingo?

— Não. Mas não teria como, pois o barco fica contra a margem do meu lado.

Poirot assentiu.

— Obrigado, *mademoiselle* Robson. Agora, poderia me fazer a gentileza de pedir a *mademoiselle* Bowers para vir aqui?

Fanthorp e Cornelia se retiraram.

— Isto me parece evidente — disse Race. — A não ser que as três testemunhas independentes estejam mentindo, Jacqueline de Bellefort não teria como se apoderar da pistola. Mas alguém a pegou. E alguém escutou a cena. E alguém teve a parvoíce de escrever um grande J na parede.

Ouviu-se uma batida na porta e Miss Bowers entrou. A enfermeira se sentou à sua maneira eficiente e composta. Respondendo a Poirot, ela deu nome, endereço e qualificações, e complementou:

— Cuido de Miss Van Schuyler há dois anos.

— A saúde de *mademoiselle* Van Schuyler está comprometida?

— Ora, não, eu não diria isso — respondeu Miss Bowers. — Ela só não é mais tão jovem, então fica muito nervosa e prefere ter uma enfermeira por perto. Ela gosta de receber atenção e dispõe-se a pagar para tanto.

Poirot assentiu, compreensivo. Então disse:

— Creio que *mademoiselle* Robson a chamou na noite passada?

— Ora, sim, foi mesmo.

— Pode me dizer exatamente o que aconteceu?

— Bem, Miss Robson me passou um breve esboço do que havia acontecido, então eu a acompanhei. Encontrei Miss De Bellefort em situação deveras emocionada e histérica.

— Ela proferiu alguma ameaça contra madame Doyle?

— Não, nada do tipo. A situação era de remorso. Devo dizer que Miss De Bellefort havia consumido uma grande quantidade de álcool e estava sofrendo da reação. Não quis deixá-la sozinha. Apliquei-lhe uma injeção de *morphia* e sentei-me com ela.

— Então, *mademoiselle* Bowers, gostaria que respondesse uma coisa: *mademoiselle* De Bellefort chegou a deixar a cabine?

— Não, não deixou.

— E a senhorita?

— Fiquei com ela até o início da manhã.

— Tem plena certeza?

— Absoluta.

— Obrigado, *mademoiselle* Bowers.

A enfermeira saiu. Os dois homens olharam um para o outro.

Jacqueline de Bellefort estava definitivamente inocentada do crime. Então quem havia atirado em Linnet Doyle?

Capítulo 13

Race falou:

— Alguém surrupiou a pistola. *Não foi Jacqueline de Bellefort.* Alguém sabia o bastante para entender que este crime seria atribuído a ela. Porém, esta pessoa *não* sabia que uma enfermeira lhe daria morfina e passaria a noite ao seu lado. Acrescente mais um elemento: alguém já havia tentado matar Linnet Doyle derrubando uma pedra do alto de um desfiladeiro; esta pessoa *não foi* Jacqueline de Bellefort. *Quem terá sido?*

Poirot falou:

— Seria mais simples dizer quem *não* poderia ter sido. Nem *monsieur* Doyle, nem madame Allerton, nem *monsieur* Tim Allerton, nem *mademoiselle* Van Schuyler, nem *mademoiselle* Bowers poderiam ter relação com o caso. Estavam todos à minha vista.

— Hum — disse Race —, o plantel ainda é grande. E quanto à motivação?

— É aí que espero que *monsieur* Doyle consiga nos ajudar. Houve diversos incidentes…

A porta se abriu, e Jacqueline de Bellefort entrou.

Ela estava pálida e tropeçava ao caminhar.

— Não fui eu — falou. Sua voz era de uma criança assustada. — Não fui eu. Por favor, acreditem em mim. Todos vão achar que sou a culpada, mas não sou… não sou. Que… que horror. Queria que nunca tivesse acontecido. Eu podia ter matado Simon na noite passada… estava desvairada. Mas não cometi o outro…

Ela se sentou e se debulhou em lágrimas.

Poirot lhe deu tapinhas no ombro.

— Pronto, pronto. Sabemos que a *mademoiselle* não matou madame Doyle. Está provado. Sim, provado, *mon enfant.* Não foi a senhorita.

Jackie se endireitou de repente, com o lenço úmido agarrado à mão.

— Mas quem foi?

— Esta — disse Poirot — é justamente a pergunta que estávamos nos fazendo. Pode nos ajudar, minha criança?

Jacqueline fez que não.

— Eu não sei... não consigo imaginar... Não, não tenho a mínima ideia.

Ela franziu o cenho ainda mais.

— Não — disse ela, enfim. — Não consigo pensar em ninguém que quisesse a morte dela — a voz dela hesitou um pouco —, com exceção de minha pessoa.

Race falou:

— Peço um minuto de licença... acabei de pensar em uma coisa.

Ele correu para fora da sala.

Jacqueline de Bellefort ficou sentada com a cabeça para baixo, remexendo os dedos, irrequieta.

Ela irrompeu de repente:

— A morte é uma coisa horrível. Horrível! Detesto só de pensar.

Poirot falou:

— Sim. Não é agradável pensar que agora, neste exato instante, ele ou ela esteja se rejubilando com o sucesso de seu plano.

— Não! Não! — gritou Jackie. — Do jeito que o senhor diz é horrível.

Poirot encolheu os ombros.

— É a verdade.

Jackie disse em voz mais baixa.

— Eu... queria que ela morresse... e ela *morreu*... E o pior é que... morreu exatamente como eu falei.

— Sim, *mademoiselle*. Ela levou um tiro na cabeça.

Ela bradou:

— Então eu estava certa. Naquela noite, no Hotel Catarata. *Havia* alguém nos escutando!

— Ah! — Poirot assentiu com a cabeça. — Estava me perguntando se a senhorita lembraria. Sim, de fato é uma grande coincidência: que madame Doyle tenha sido morta da maneira exata que a senhorita descreveu.

Jackie estremeceu.

— Aquele homem, aquela noite... quem pode ter sido?

Poirot ficou alguns instantes em silêncio, então disse em um tom de voz totalmente diferente:

— Tem certeza de que era um homem, *mademoiselle*?

Jackie olhou para ele com surpresa.

— Sim, é claro. Pelo menos...

— Sim?

Ela franziu o cenho, semicerrando os olhos devido ao esforço da memória. Falou devagar:

— Eu *achei* que fosse um homem...

— Mas agora não tem tanta certeza?

Jackie respondeu lentamente:

— Não, não tenho como ter certeza. Apenas supus que fosse um homem, mas, na verdade, era só uma... silhueta... uma sombra...

Ela fez uma pausa e então, como Poirot não dizia nada, complementou:

— O senhor acha que pode ter sido uma mulher? Mas não há como outra mulher neste barco ter a intenção de matar Linnet.

Poirot apenas mexeu a cabeça de um lado para o outro.

A porta se abriu, e Bessner apareceu.

— Poderia vir conversar com Mr. Doyle, por favor, *monsieur* Poirot? Ele gostaria de ter com o senhor.

Jackie se levantou de supetão. Ela pegou Bessner pelo braço.

— Como ele está? Está... tudo bem?

— Naturalmente, não está de todo bem — respondeu o Dr. Bessner, repreendendo-a. — O osso sofreu uma fratura, como bem sabe.

— Mas ele vai morrer? — perguntou Jackie.

— *Ach*, quem falou em morrer? Vamos levá-lo à civilização e lá teremos raios X e o devido tratamento.

— Ah! — As mãos da moça se uniram com uma pressão convulsiva. Ela se afundou em uma poltrona.

Poirot saiu ao convés com o médico e, naquele instante, Race se juntou a eles. Foram ao tombadilho e até a cabine de Bessner.

Simon Doyle estava deitado encostado em almofadas e travesseiros, com uma gaiola improvisada sobre a perna. Seu rosto tinha uma cor medonha, as assolações da dor somadas ao choque. Mas a expressão predominante era de pasmo. O pasmo doente de uma criança.

Ele murmurou:

— Entre, por favor. O médico me contou... me contou... sobre Linnet... Eu não acredito. Não acredito que seja verdade.

— Eu sei. É um grande abalo — disse Race.

Simon balbuciou:

— Vejam bem, não foi Jackie. Tenho certeza de que não foi Jackie! Ouso dizer que a situação não parece boa para ela, mas *Jackie não faria uma coisa dessas*. Ela... ela estava um tanto espevitada na noite passada, muito agitada, e, por isso, se voltou contra mim. Mas ela não... ela não *mataria...* não a sangue-frio...

Poirot falou com delicadeza:

— Não se perturbe, *monsieur* Doyle. Seja lá quem matou sua esposa, não foi *mademoiselle* De Bellefort.

Simon olhou para ele, em dúvida.

— O senhor fala sério?

— Mas como não foi *mademoiselle* De Bellefort — disse Poirot —, pode nos dar uma ideia de quem teria sido?

Simon fez que não com a cabeça. A expressão de pasmo se intensificou.

— É uma loucura... impossível. Fora Jackie, ninguém ia querer dar cabo dela.

— Pondere, *monsieur* Doyle. Ela não tinha inimigos? Alguém que guardava rancor dela?

Simon fez que não mais uma vez, com o mesmo gesto desolado.

— É de uma fantasia absoluta. Claro, temos Windlesham. De certa forma, ela o dispensou para casar comigo... mas não vejo um janota cortês como Windlesham cometendo assassinato e, de qualquer modo, ele está a quilômetros daqui. O mesmo pode ser dito do velho Sir George Wode. Ele teve um desentendimento com Linnet em relação à mansão. Não gostou do jeito como ela a remodelava; mas ele está em Londres, a centenas de quilômetros, e pensar em um assassinato com tal conexão pediria uma enorme imaginação.

— Ouça, *monsieur* Doyle — falou Poirot com seriedade. — No dia em que embarcamos no *Karnak*, fiquei impressionado com uma breve conversa que tive com sua esposa. Ela estava muito triste e angustiada. Disse, veja bem, que *todos* a odiavam. Disse que sentia medo, insegurança... como se *todos* ao seu redor fossem inimigos.

— Ela ficou chateada por encontrar Jackie a bordo. Assim como eu — respondeu Simon.

— É verdade, mas não chega a explicar estas palavras. Quando falou que estava cercada de inimigos, é quase certo que estava exagerando. Mas, do mesmo modo, ela quis dizer *mais de uma pessoa*.

— Nisso o senhor pode ter razão — admitiu Simon. — Acho que consigo explicar. Foi um nome na lista de passageiros que a deixou incomodada.

— Um nome na lista de passageiros? Qual?

— Pois veja, ela não me contou. Aliás, eu nem estava ouvindo com atenção. Estava preocupado com a questão de Jacqueline. Até onde lembro, Linnet falou alguma coisa sobre passar pessoas para trás nos negócios e que ela não ficava à vontade ao encontrar alguém que tinha rancor de sua família. Embora eu não conheça seu histórico familiar completo, sei que a mãe de Linnet era filha de um milionário. O pai dela era apenas um homem comum, de posses, mas, depois do casamento, começou a apostar em ações ou seja lá como se diz. E, por conta disso, é claro, várias pessoas levaram a pior. Como sabem: bonança em um dia, sarjeta no outro. Bom, entendo que havia alguém a bordo cujo pai tentou se impor contra o pai de Linnet e levou um baque. Lembro-me de Linnet dizer: "É horrível quando as pessoas lhe sentem ódio sem nem conhecer você."

— Sim — falou Poirot, pensativo. — Explicaria o que ela me disse. Era a primeira vez em que ela sentia o fardo de sua herança, e não as vantagens. Tem plena certeza, *monsieur* Doyle, de que ela não disse o nome do homem?

Simon sacudiu a cabeça, sentido.

— Não prestei atenção. Só falei: "Ah, hoje em dia ninguém se importa com o que aconteceu entre os pais. A vida passa rápido demais." Algo assim.

Bessner falou, áspero:

— *Ach*, mas posso arriscar. Há um moço a bordo que carrega algum ressentimento.

— Está falando de Ferguson? — perguntou Poirot.

— Sim. Ele reclamou de Mrs. Doyle uma ou duas vezes. Eu mesmo ouvi.

— O que podemos fazer para descobrir? — indagou Simon.

Poirot respondeu:

— O Coronel Race e eu precisamos interrogar todos a bordo. Até que tenhamos as histórias de cada um dos passageiros, seria imprudente formular teorias. Depois temos a criada. Devemos interrogá-la antes de todos. Seria, quem sabe, melhor se fizéssemos aqui. A presença de *monsieur* Doyle pode ajudar.

— Sim, é uma boa ideia — disse Simon.

— Ela está há muito tempo com Mrs. Doyle?

— Alguns meses, só.

— Apenas alguns meses! — exclamou Poirot.

— Ora, o senhor não acha que...

— A madame tinha alguma joia de valor?

— As pérolas — disse Simon. — Certa vez ela me disse que valiam 40 ou 50 mil.

Ele estremeceu.

— Meu Deus, os senhores diriam que essas malditas pérolas...?

— Roubo é uma motivação possível — disse Poirot. — Ainda assim, não me parece crível... Bem, veremos. Tragam a criada aqui.

Louise Bourget era a mesma morena latina de vivacidade que Poirot notara outro dia.

Agora ela estava tudo, menos vivaz. Chorava e parecia assustada. Mas havia uma astúcia aguçada aparente em seu rosto, o que não predispunha nenhum dos dois homens favoravelmente a ela.

— A senhorita é Louise Bourget?

— Sim, *monsieur.*

— Quando foi a última vez que viu madame Doyle viva?

— Na noite passada, *monsieur.* Estive na cabine dela para ajudá-la a se trocar.

— Que horas foi?

— Pouco depois das 23 horas, *monsieur.* Não sei dizer exatamente. Despi madame e a deixei na cama, depois saí.

— Quanto tempo isso levou?

— Dez minutos, *monsieur.* Madame estava cansada. Ela me pediu para apagar as luzes quando saí.

— E, depois que a deixou, o que fez?

— Fui para minha cabine, *monsieur*, no convés inferior.

— E ouviu ou viu algo mais que possa nos ajudar?

— Como poderia, *monsieur*?

— Isso é a *mademoiselle* que precisa dizer, não nós — retrucou Hercule Poirot.

Ela lhe dirigiu um olhar de soslaio.

— Mas, *monsieur*, nem cheguei perto... O que eu teria visto ou ouvido? Eu estava no convés inferior. Minha cabine fica do outro lado do barco, inclusive. Seria impossível ouvir alguma coisa. Naturalmente, se não tivesse conseguido dormir, se tivesse subido as escadas, *assim*, quem sabe, eu teria visto o assassino, este monstro, entrando ou saindo da cabine de madame. Mas, do modo como se deu...

Ela lançou as mãos em apelo a Simon.

— *Monsieur*, eu lhe imploro... entende o que se passa? O que posso dizer?

— Mocinha — falou Simon, áspero —, não seja tola. Ninguém acha que viu ou ouviu algo. Você vai ficar bem. Cuidarei de você. Ninguém a acusou de coisa alguma.

Louise murmurou:

— O *monsieur* é muito gentil. — E, recatada, deixou as sobrancelhas caírem.

— Aceitamos, então, que não viu nem ouviu nada? — perguntou Race, impaciente.

— Foi o que eu disse, *monsieur*.

— E não sabe de alguém que tenha rancor contra sua senhora?

Para surpresa dos que ouviam, Louise assentiu vigorosamente.

— Sim. Isso eu sei. A esta pergunta posso responder um enfático "sim".

Poirot perguntou:

— Está falando de *mademoiselle* De Bellefort?

— Ela, sim, com certeza. Mas não é dela que estou falando. Há outra pessoa neste barco que desgostava de madame, que estava muito aborrecida por conta da maneira como madame lhe tratara.

— Meu bom Senhor! — exclamou Simon. — O que é isso?

Louise prosseguiu, ainda assentindo com vigor extremo.

— Sim, sim, sim, é o que digo! Tem a ver com a antiga criada de madame... minha predecessora. Havia um homem, um dos maquinistas, que queria que ela se casasse com ele. E minha predecessora, Marie era seu nome, ela ia se casar com ele. Mas madame Doyle fez questionamentos e descobriu que este tal Fleetwood já tinha uma esposa: uma esposa de cor, se me entendem, uma esposa deste país. Ela havia voltado para seu povo, mas ele continuava casado com ela. E assim, a madame, ela contou tudo a Marie, e Marie, ela ficou muito descontente e não quis mais ver Fleetwood. E este Fleetwood, ele ficou com raiva, e quando descobriu que madame Doyle era *mademoiselle* Linnet Ridgeway antes, ele me disse que queria matá-la! Disse que a interferência dela arruinou a vida dele.

Louise fez uma pausa, triunfal.

— Isso é interessante — disse Race.

Poirot se virou para Simon.

— Fazia ideia disso?

— Absolutamente nenhuma — respondeu Simon, com sinceridade patente. — Duvido que Linnet sequer soubesse que o homem estava a bordo. Ela provavelmente havia se esquecido desse incidente.

Ele se voltou afiado para a criada.

— Disse algo a Mrs. Doyle a respeito disso?

— Não, *monsieur*, claro que não.

Poirot falou:

— Sabe alguma coisa a respeito das pérolas de sua senhora?

— As pérolas? — Os olhos de Louise se arregalaram. — Ela estava usando o colar na noite passada.

— A senhorita viu, então, quando ela foi para a cama?

— Sim, *monsieur*.

— Onde ela as colocou?

— Na mesa do lado, como sempre.

— Foi o último lugar onde as viu?

— Sim, *monsieur.*

— Viu-as esta manhã?

Um olhar de susto assentou-se no rosto da moça.

— *Mon Dieu!* Nem procurei. Eu fui para a cama, entende? Vi madame, gritei, saí correndo porta afora e desmaiei.

Hercule Poirot assentiu.

— A senhorita não olhou. Mas eu, eu tenho olhos que percebem. E, esta manhã, *não havia pérolas na mesa de cabeceira.*

Capítulo 14

A observação de Hercule Poirot não faltara aos fatos. Não havia pérolas na mesa de cabeceira de Linnet Doyle.

Louise Bourget se encarregou de fazer uma busca entre os pertences de Linnet.

Segundo ela, estava tudo em ordem. Apenas as pérolas haviam sumido.

Ao saírem da cabine, um camareiro os aguardava para avisar que o café da manhã fora servido na sala de charutos.

Enquanto caminhavam pelo convés, Race fez uma pausa para olhar por cima da balaustrada.

— Ah! Vi que teve uma ideia, meu amigo — disse Poirot.

— Sim. De repente me ocorreu, quando Fanthorp comentou que ouvira algo caindo na água, que, em algum momento da noite passada, também fui despertado por um respingo. É perfeitamente possível que, depois do homicídio, o assassino tenha jogado a pistola no rio.

Poirot falou devagar:

— Acha mesmo, meu amigo?

Race encolheu os ombros.

— É uma sugestão. Afinal de contas, a pistola não foi encontrada. Foi a primeira coisa que procurei.

— De qualquer modo — disse Poirot —, é inacreditável que tenha sido jogada no rio.

Race perguntou:

— Então onde está?

Poirot, pensativo, respondeu:

— Se não está na cabine de madame Doyle, então, logicamente, só há um lugar em que pode estar.

— E onde seria?

— Na cabine de *mademoiselle* De Bellefort.

Race falou, pensativo:

— Sim. Entendo...

Ele parou de repente.

— Ela não está na cabine. Podemos olhar agora?

Poirot fez que não.

— Não, meu amigo, pois seria precipitado. *Talvez ainda não tenha sido colocada lá.*

— E que tal uma revista imediata em todo o barco?

— Assim entregaríamos o jogo. Precisamos trabalhar com resguardo. No momento, nossa posição é deveras delicada. Vamos discutir a situação enquanto comemos.

Race concordou. Os dois entraram na sala de charutos.

— Então? — disse Race, enquanto se servia de uma xícara de café. — Temos duas pistas definitivas. Temos o desaparecimento das pérolas. E temos o homem, Fleetwood. Em relação às pérolas, tudo indica que tenha sido um roubo, mas... não sei se concordará comigo...

Poirot se pronunciou depressa:

— Pensa que foi uma hora estranha para se cometer um roubo?

— Exato. Roubar as pérolas em um momento desses conduz a uma *revista minuciosa de todos a bordo.* Dessa maneira, como o ladrão fugiria com o butim?

— Pode ter deixado as pérolas em terra.

— A empresa sempre tem um vigia na margem.

— Então é inviável. Será que o assassinato foi cometido para tirar atenção do roubo? Não, não faz sentido... e é totalmente insatisfatório. Mas e se madame Doyle acordou e pegou o ladrão em flagrante?

— E por isso o ladrão lhe deu um tiro? Além disso, ela levou o tiro enquanto dormia.

— Então também não faz sentido... Veja, tenho uma ideia sobre estas pérolas... e ainda assim... não é impossível. Pois, se minha teoria estiver correta, as pérolas não teriam desaparecido. Diga-me: o que pensa da criada?

— Penso — falou Race, devagar — que ela sabe mais do que nos contou.

— Ah, também teve esta impressão?

— Definitivamente não é uma moça comportada — falou Race.

Hercule Poirot assentiu.

— Sim, eu não confiaria naquela mulher.

— Acha que ela teve algo a ver com o assassinato?

— Não, diria que não.

— Com o roubo das pérolas, então?

— É mais provável. Ela trabalhava para madame Doyle havia pouco tempo. Pode fazer parte de uma gangue especializada em roubos de joias. Neste caso, é frequente encontrar uma criada com ótimas referências. Infelizmente, não estamos em condições de buscar informação sobre estes pontos. Ainda assim, esta explicação não me satisfaz... Estas pérolas... ah, *sacré*, minha ideia *tem* que estar correta. E ainda assim, ninguém seria imbecil de... — Ele interrompeu a frase.

— E o homem, Fleetwood?

— Devemos interrogá-lo. Pode ser que a solução esteja ali. Se a história de Louise Bourget for real, ele teve motivação para vingança. Poderia ter entreouvido a cena entre Jacqueline e *monsieur* Doyle e, quando todos saíram do salão, poderia ter entrado depressa para pegar a arma. Sim, tudo perfeitamente possível. E a letra J riscada com sangue. Isto também harmonizaria com uma conduta simplória e um tanto bruta.

— Pois não é ele o indivíduo que procuramos?

— Sim... no entanto...

Poirot coçou o nariz. Falou com um leve sorriso:

— Veja, reconheço minhas fraquezas. Já foi dito que dificulto os casos. Esta solução que você me coloca... é muito simples, muito fácil. Não consigo sentir que aconteceu de fato. Ainda assim, pode ser puro preconceito de minha parte.

— Bem, é melhor trazer esse camarada aqui.

Race soou o sino e deu a ordem. Depois perguntou:

— Há alguma outra... possibilidade?

— Muitas, meu caro. Temos, por exemplo, o advogado americano.

— Pennington?

— Sim, Pennington. Outro dia, presenciei uma cena curiosa.

Ele narrou o acontecimento a Race.

— Perceba como é significativo. A madame queria ler todos os documentos antes de assiná-los. Então, o advogado dá a desculpa de que é possível fazer aquilo outro dia. E então o marido faz um comentário digno de nota.

— Que seria?

— Ele diz: "*Jamais li um documento jurídico na vida. Assino onde me mandam assinar.*" Veja a importância disso. *Pois Pennington percebeu.* Vi nos olhos dele. O americano olhou para Doyle como se uma ideia se formasse em sua mente. Imagine, meu amigo, que você é o procurador da filha de um homem de imensa riqueza. Você usa, quem sabe, este dinheiro para especulação. Sei que isso acontece em todos os romances de detetive, mas também é possível ler a respeito nos jornais. Acontece, meu querido, *acontece*.

— Não discordo — disse Race.

— Ainda há tempo, quem sabe, de lucrar com especulação desvairada. Sua tutelada, afinal, não é nem maior de idade. E então... ela se casa! De uma hora para outra, o controle passa de suas mãos às dela! Um desastre! Mas ainda há uma chance. Ela está em lua de mel. Talvez seja negligente nos negócios. Um documento a esmo misturado aos outros, que ela assine sem ler. Contudo, Linnet Doyle não é deste tipo. Em lua de mel ou não, é uma mulher de negócios. Então o marido tece um comentário, e uma nova ideia surge naquele homem desesperado que busca escapar de sua ruína. Se Linnet Doyle morresse, sua fortuna passaria ao marido. E, com ele, seria fácil lidar; o rapaz seria uma criança nas mãos de um advogado astuto como Andrew Pennington. *Mon cher* coronel: digo-lhe que *vi* essa ideia passar pela cabeça de Andrew Pennington. "Ah, se eu tivesse que lidar apenas com *Doyle...*" Era o que ele pensava.

— Deveras possível, ouso dizer — falou Race, áspero —, mas você não tem provas.

— Infelizmente, não.

— Então, temos o jovem Ferguson — disse Race. — Ele fala com amargura. Não que eu me paute pelo que falam. Ainda assim, ele *pode* ser o camarada cujo pai foi arruinado pelo velho Ridgeway. É um pouco forçado, mas *possível*. Há pessoas que, às vezes, remoem injustiças do passado.

Ele pausou por um minuto, depois acrescentou:

— E ainda temos o meu sujeito.

— Sim, temos "o seu sujeito", como diz.

— Ele é um assassino — disse Race. — Disso sabemos. Por outro lado, não vejo como poderia se colocar contra Linnet Doyle. As órbitas deles não se tocam.

Poirot falou devagar:

— A não ser que, acidentalmente, ela tenha tomado posse de evidência que mostre sua verdadeira identidade.

— Possível, mas também bastante improvável. — Alguém bateu na porta. — Ah, aqui está o suposto bígamo.

Fleetwood era parrudo e de aparência truculenta. Olhou desconfiado de um homem para o outro enquanto entrava na sala. Poirot o reconheceu como o sujeito que vira conversando com Louise Bourget.

Com ar de desconfiança, Fleetwood perguntou:

— Os senhores queriam me ver?

— Sim — confirmou Race. — Provavelmente sabe que, na noite passada, foi cometido um assassinato neste barco, certo?

Fleetwood fez que sim.

— E creio que seja verdade que o senhor tinha motivos para desavença com a falecida.

Uma expressão de alarme surgiu nos olhos de Fleetwood.

— Quem lhe falou isso?

— O senhor considerava que Mrs. Doyle havia se interposto entre o senhor e uma moça.

— Sei quem lhe falou... aquela francesinha sem-vergonha. É uma mentirosa do pior tipo.

— Mas esta história específica seria verdade.

— É uma mentira deslavada!

— O senhor diz isso mesmo sem saber a que história estamos nos referindo.

Na mosca. O homem enrubesceu e engoliu em seco.

— É fato ou não que o senhor ia se casar com esta Marie e que ela rompeu o noivado ao descobrir que já era casado?

— O que ela tinha a ver com isso?

— O senhor pergunta o que Mrs. Doyle tinha a ver com o caso? Bem, como sabe, bigamia é bigamia.

— Não foi assim. Casei com uma das moradoras daqui. Não deu certo. Ela voltou para o povo dela. Faz meia dúzia de anos que não a vejo.

— Ainda assim, o senhor é casado com ela.

O homem ficou em silêncio. Race prosseguiu.

— Mrs. Doyle, ou Miss Ridgeway, como se chamava então, descobriu tudo?

— Sim, descobriu, aquela maldita! Fuxicando onde ninguém mandou. Eu ia tratar Marie muito bem. Faria tudo por ela. E ela nunca ia saber da outra, se não fosse a mocinha enxerida. Sim, eu *tinha* ressentimentos com aquela senhora e fiquei com raiva quando a vi no barco, vestida de pérolas e diamantes e se sentindo superior sem nem considerar que havia acabado com a vida de um homem! Sim, fiquei com raiva. Mas se os senhores acham que sou um assassino... se acham que fui lá e dei um tiro nela, ora, estão redondamente enganados! Nunca cheguei perto dela. Deus bem sabe.

Ele parou. O suor escorria por seu rosto.

— Onde o senhor estava na noite passada, entre a meia-noite e as duas da manhã?

— Dormindo em meu beliche. Meu colega pode confirmar.

— Veremos — disse Race. Ele o dispensou com um aceno rápido. — É o suficiente.

— *Eh bien?* — inquiriu Poirot após Fleetwood passar pela porta e fechá-la.

Race encolheu os ombros.

— A história é fiável. Não há dúvida de que está enervado, mas nada indevido. Teremos que investigar o álibi, embora não creia que venha a ser decisivo. Seu colega de cabine estava provavelmente dormindo, e o camarada poderia ter entrado e saído a seu bel-prazer. Depende se alguém o viu.

— Sim, devemos inquirir a respeito.

— O próximo passo, creio — disse Race —, é descobrir se alguém ouviu algo que possa nos dar uma pista quanto ao horário do crime. Bessner situa o ocorrido entre a meia-noite e as duas horas. Parece sensato esperar que alguém entre os passageiros tenha ouvido o tiro, mesmo que não tenha identificado como tal. Eu mesmo não ouvi nada parecido. E você?

Poirot fez que não.

— Dormi feito pedra. Não ouvi nada, nada mesmo. Poderia estar até dopado de tão bem que dormi.

— Que pena — disse Race. — Bom, vamos torcer que tenhamos mais sorte com as pessoas com cabine a estibordo. Já tratamos com Fanthorp. Os Allerton são os próximos. Vou mandar o camareiro chamá-los.

Mrs. Allerton veio em seguida. Trajava um vestido de seda cinza listrado. Seu rosto parecia angustiado.

— É tão terrível — disse a senhora enquanto aceitava a cadeira que Poirot posicionara para ela. — Mal consigo acreditar. Aquela moça encantadora, com toda a vida pela frente... morta. Mal consigo acreditar.

— Sei como se sente, madame — falou Poirot, solidário.

— Fico contente que o *senhor* esteja a bordo — disse Mrs. Allerton, sem mudar de tom. — O senhor descobrirá quem foi. Fico feliz que não tenha sido a mocinha dramática.

— A senhora se refere a *mademoiselle* De Bellefort. Quem lhe disse que não foi ela?

— Cornelia Robson — respondeu Mrs. Allerton, com um leve sorriso. — Pois vejam que ela está encantada com o ocorrido. Talvez seja a única coisa emocionante que já lhe aconteceu na vida e provavelmente será a única que vá acontecer. Mas a moça é tão adorável que está envergonhadíssima de tirar proveito da situação. Pensa que seria um horror de sua parte.

Mrs. Allerton deu uma olhada para Poirot e depois complementou:

— Mas não posso ficar de conversas. O senhor queria me questionar.

— Se me permite. A madame foi para a cama em que horário?

— Pouco depois das 22h30.

— E dormiu logo?

— Sim. Estava com sono.

— Ouviu alguma coisa, qualquer som que seja, ao longo da noite?

Mrs. Allerton franziu o cenho.

— Sim, creio que ouvi um respingo na água e alguém correndo... ou seria o contrário? Estou confusa. Tive uma vaga ideia de que alguém havia caído ao mar... um sonho, se me entende... então acordei e fiquei escutando, mas tudo estava em silêncio.

— Viu que horas eram?

— Não, infelizmente, não. Mas creio que não tenha sido muito depois de eu dormir. Talvez por volta da primeira hora de sono.

— Infelizmente, madame, isso não confirma nada.

— Não, sei que não. Mas não ajudaria eu tentar adivinhar, não é, se não tenho a mais vaga ideia?

— E é tudo que pode nos contar?

— Infelizmente, sim.

— A senhora conhecia madame Doyle antes da viagem?

— Não. Tim a conhecia. Eu já tinha ouvido muito a respeito dela, através de uma prima nossa, Joanna Southwood, mas nunca havíamos conversado até nos conhecermos em Assuã.

— Tenho outra pergunta, madame, se me permite.

Mrs. Allerton murmurou com um leve sorriso:

— Eu adoraria responder a uma pergunta indiscreta.

— É o caso. *A senhora ou sua família já sofreu algum revés financeiro por conta das atividades de Melhuish Ridgeway, pai de madame Doyle?*

Mrs. Allerton ficou com expressão apavorada.

— Não, não! As finanças da família nunca sofreram, com exceção da míngua nos... bom, os senhores sabem, o ágio não é mais como era. Não há nada de melodramático quanto à nossa míngua. Meu marido me deixou pouquíssimo dinheiro, mas o que deixou ainda é meu, embora não renda tanto quanto costumava.

— Agradeço, madame. Poderia pedir ao seu filho para vir até nós?

Tim falou baixo quando sua mãe o encontrou:

— A provação acabou? Agora é minha vez! Que tipo de coisas lhe perguntaram?

— Apenas se ouvi algo na noite passada — disse Mrs. Allerton. — E, para meu azar, não ouvi nada. Não consigo pensar por que não. Afinal de contas, a cabine de Linnet fica a apenas uma da minha. É de se pensar que eu deveria ter ouvido o tiro. Vá lá, Tim; eles o aguardam.

A Tim Allerton, Poirot repetiu as perguntas.

Tim respondeu:

— Fui cedo para a cama, por volta das 22h30. Li um pouco. Apaguei a luz alguns minutos depois das 23 horas.

— Ouviu alguma coisa depois?

— Uma voz masculina dizer "boa-noite", acho, não muito distante.

— Era eu me despedindo de Mrs. Doyle — informou Race.

— Sim. Depois daquilo, fui dormir. Então, ouvi alguma algazarra, alguém chamando Fanthorp.

— *Mademoiselle* Robson, quando saiu correndo do salão de observação.

— Sim, creio que tenha sido. Após isso, várias vozes. Depois, alguém correndo pelo convés. E aí um respingo na água. Depois, ouvi a voz estrondosa do velho Bessner dizendo algo como "Com cuidado" e "Não tão rápido".

— O senhor ouviu algo caindo na água.

— Bom, algo parecido.

— Tem certeza de que não ouviu um *tiro*?

— Creio que podia ter sido... ouvi algo como uma rolha saltando. Pode ter sido o disparo. Talvez eu tenha imaginado o respingo ao ligar a ideia da rolha com líquido saindo da garrafa... em minha mente nebulosa, alguma festa estava acontecendo. Eu só queria que todos fossem para a cama e calassem a boca.

— Algo mais?

Tim refletiu.

— Apenas Fanthorp andando para lá e para cá na cabine ao lado. Achei que o homem não iria para a cama nunca.

— E depois?

Tim encolheu os ombros.

— Depois disso... apagado.

— Não ouviu mais nada?

— Nada.

— Obrigado, *monsieur* Allerton.

Tim se levantou e saiu da cabine.

Capítulo 15

Race se debruçou sobre a planta do tombadilho do *Karnak*, pensativo.

— Fanthorp, o jovem Allerton, Mrs. Allerton. Então, uma cabine vazia: a de Simon Doyle. Agora, quem estava na cabine contígua a de Mrs. Doyle, do outro lado? A idosa americana. Se alguém pode ter ouvido algo, é ela. Se estiver acordada, é bom que a tenhamos aqui.

Miss Van Schuyler adentrou a sala. Parecia ainda mais velha e amarelada do que o normal. Seus pequenos olhos escuros tinham um ar de desprezo peçonhento.

Race se levantou e fez uma mesura.

— Sentimos muito em incomodá-la, Miss Van Schuyler. É bom revê-la. Por favor, sente-se.

Miss Van Schuyler falou, ríspida:

— Não gosto de ser envolvida neste assunto. Fico bastante ofendida. Não quero ser vinculada de modo algum a este… hã… a esta desagradável questão.

— Deveras… deveras. Estava comentando com *monsieur* Poirot que quanto antes tivermos seu depoimento, tanto melhor. Assim, não precisaremos mais incomodá-la.

Miss Van Schuyler olhou para Poirot com um semblante que beirava a disposição.

— Fico contente que ambos levem meus sentimentos em consideração. Não estou acostumada a nada deste feitio.

Poirot falou em tom tranquilizador:

— Precisamente, *mademoiselle*. É por isso que desejamos liberá-la dos desagrados da forma mais breve possível. A senhorita foi para a cama ontem à noite… em que horário?

— Vinte e duas horas é meu horário usual. Na noite passada, fui bem mais tarde, pois Cornelia Robson, de maneira um tanto indelicada, me deixou esperando.

— *Très bien, mademoiselle.* E o que ouviu depois que se retirou?

Miss Van Schuyler respondeu:

— Meu sono é muito leve.

— Uma *merveille*! Isso nos é muito propício.

— Fui despertada por uma mulher deveras excessiva, a criada de Mrs. Doyle, que disse "*Bonne nuit, madame*" com uma voz que só posso considerar de volume desnecessário.

— E depois?

— Voltei a dormir. Acordei pensando que alguém estava em minha cabine, mas percebi que era na cabine ao lado.

— Na cabine de madame Doyle?

— Sim. Depois ouvi alguém do lado de fora, no convés, e então algo caindo na água.

— Tem ideia do horário?

— Posso lhe dizer o horário exato. Foi à 1h10 da manhã.

— Tem certeza?

— Sim. Conferi no relógio que fica ao lado da cama.

— A *mademoiselle* ouviu um tiro?

— Não, nada desse tipo.

— Mas seria possível que o tiro a tenha despertado?

Miss Van Schuyler refletiu sobre a pergunta, com sua cabeça lagartesca caída para o lado.

— É possível — admitiu a contragosto.

— E faz ideia do que causou o respingo na água?

— Sei perfeitamente o que foi.

O Coronel Race se aprumou, alerta.

— Sabe?

— Claro. Não gostei do barulho de alguém se esgueirando. Levantei-me e fui até a porta da cabine. Miss Otterbourne estava inclinada sobre a balaustrada. Ela havia acabado de deixar algo cair no rio.

— Miss Otterbourne?

Race pareceu surpreso.

— Sim.

— Tem plena certeza de que era ela?

— Vi claramente seu rosto.

— Ela não viu a senhorita?

— Creio que não.

Poirot se inclinou à frente.

— E como estava o rosto dela, *mademoiselle*?

— Acometido de muita emoção.

Race e Poirot trocaram um olhar.

— E então?

— Miss Otterbourne deu a volta pela popa, e voltei para a cama.

Ouviu-se uma batida na porta, e o intendente entrou.

Ele trazia um fardo nas mãos, pingando.

— Conseguimos, coronel.

Race pegou o pacote. Desenrolou dobra após dobra de veludo molhado. Dele caiu um lenço áspero, manchado de rosa, que cobria uma pistola de cabo perolado.

Race lançou um olhar de triunfo levemente malicioso a Poirot.

— Veja — disse ele —, minha ideia se sustenta. A arma *foi* jogada no rio.

Ele apresentou a pistola na palma da mão.

— O que me diz, *monsieur* Poirot? É a pistola que viu no Hotel Catarata naquela noite?

Poirot a examinou com cuidado, depois falou em tom baixo:

— Sim, ela mesma. Com o adorno ornamental… e as iniciais J.B. É um *article de luxe*… um artefato bastante feminino… mas, ainda assim, uma arma letal.

— Calibre .22 — balbuciou Race. Retirou o pente. — Duas balas disparadas. Sim, acho que não há dúvida.

Miss Van Schuyler deu uma tossida significativa.

— E quanto à minha estola? — perguntou ela.

— Sua estola, *mademoiselle*?

— Sim, esta estola de veludo é minha.

Race pegou as dobras encharcadas do tecido.

— Sua, Miss Van Schuyler?

— Claro que é! — retrucou a idosa. — Dei falta dela na noite passada. Perguntei a todo mundo se havia visto.

Poirot interrogou Race com um olhar e o segundo assentiu de leve.

— Onde a viu pela última vez, Miss Van Schuyler?

— Estava com ela no salão ontem à noite. Quando vim para a cama, não a encontrei em lugar algum.

Race falou depressa:

— Percebe para o que foi utilizada?

Ele esticou o tecido, indicando com um dedo uma parte queimada e vários buraquinhos.

— O assassino a usou para enrolar a pistola e abafar o barulho do tiro.

— Que insolência! — vociferou Miss Van Schuyler.

O rubor subiu às suas bochechas enrugadas.

Race disse:

— Gostaria, Miss Van Schuyler, que me informasse o grau de sua relação com Mrs. Doyle.

— Não havia relação nenhuma.

— Mas a *mademoiselle* a conhecia?

— Sabia quem ela era.

— Suas famílias não eram próximas?

— Como família, sempre nos orgulhamos de ser reservados, Coronel Race. Minha caríssima mãe nunca sonharia em ter contato com alguém da família Hartz, que, tirando a riqueza, eram zés-ninguém.

— É tudo que tem a dizer, Miss Van Schuyler?

— Não tenho nada a acrescentar. Linnet Ridgeway foi criada na Inglaterra e só a vi quando embarquei neste barco.

Ela se levantou.

Poirot abriu a porta, e a idosa saiu em marcha.

O olhar dos dois homens se encontrou.

— Isso é o que ela conta — disse Race. — E vai sustentar a história! Pode ser verdade, no entanto. Não sei. Mas... Rosalie Otterbourne? Por essa eu não esperava.

Poirot negou com a cabeça, desconcertado. Então levou a mão à mesa para um baque repentino.

— Mas não faz sentido! — exclamou ele. — *Nom d'un nom d'um nom!* Não faz sentido.

Race olhou para ele.

— O que quer dizer?

— Quero dizer que, até certo ponto, temos um percurso com céu de brigadeiro. Alguém queria matar Linnet Doyle. Alguém entreouviu a cena ocorrida no salão na noite passada. Alguém se esgueirou por lá e recuperou a pistola... a pistola de Jacqueline de Bellefort, devemos lembrar. Alguém atirou em Linnet Doyle com esta pistola e escreveu a letra J na parede... Tudo claríssimo, não? Tudo aponta para Jacqueline de Bellefort como assassina. E então, o que o homicida faz? Deixa a pistola, a maldita pistola, a pistola de Jacqueline de Bellefort, para qualquer pessoa encontrar? Não, ele... ou ela... joga a pistola, a *prova condenatória*, na água. Por quê, meu amigo, por quê?

Race balançou a cabeça.

— É estranho.

— É mais que estranho. É *impossível!*

— Não é impossível, pois aconteceu!

— Não quis dizer isso. Digo que *a sequência dos fatos é impossível*. Há algo de errado.

Capítulo 16

O Coronel Race olhou para o colega com curiosidade. Ele respeitava — tinha motivos para respeitar — o cérebro de Hercule Poirot. Porém, naquele momento, não conseguia acompanhar o raciocínio do amigo. Não fez nenhuma pergunta, contudo, pois quase nunca as fazia. Ele prosseguiu com a questão em pauta.

— Qual é o próximo ponto? Interrogamos a jovem Otterbourne?

— Sim, talvez nos ajude a avançar.

Rosalie Otterbourne entrou sem cortesias. Ela não parecia nervosa ou assustada, apenas indisposta e amuada.

— Então? — disse ela. — O que é?

Race foi o porta-voz.

— Estamos investigando a morte de Mrs. Doyle — explicou.

Rosalie assentiu.

— Pode me contar o que a senhorita fez na noite passada?

Rosalie refletiu por um instante.

— Minha mãe e eu fomos para a cama cedo, antes das 23 horas. Não ouvimos nada de específico, fora algum alvoroço em frente à cabine do Dr. Bessner. Escutei a voz ribombante do velho alemão. Evidente que só fui saber do que se tratava esta manhã.

— Não ouviu um tiro?

— Não.

— Chegou a sair de sua cabine ontem à noite?

— Não.

— Tem certeza?

Rosalie o encarou.

— O que quer dizer com isso? Claro que tenho certeza.

— A senhorita, por acaso, não deu a volta no barco e jogou algo na água?

O rubor subiu ao rosto dela.

— Existe alguma regra contra jogar coisas na água?

— Não, claro que não. Então jogou?

— Não, não joguei. Não saí de minha cabine, como falei.

— Então, caso alguém diga que a viu...?

Ela o interrompeu.

— Quem disse que me viu?

— Miss Van Schuyler.

— Miss Van Schuyler? — Ela pareceu espantada.

— Sim. Miss Van Schuyler afirma que olhou para fora da cabine e viu a senhorita jogar algo por cima da balaustrada.

Rosalie falou com toda a clareza:

— É uma mentira deslavada.

Então, como se acometida por uma ideia repentina, perguntou:

— A que horas foi isso?

Quem respondeu foi Poirot.

— À 1h10, *mademoiselle*.

Ela assentiu com a cabeça, pensativa.

— Miss Van Schuyler viu algo mais?

Poirot observou a moça com curiosidade. Coçou o queixo.

— Ver... não — respondeu ele —, mas ouviu.

— O quê?

— Alguém se movimentando na cabine de madame Doyle.

— Entendo — balbuciou Rosalie.

Agora Miss Otterbourne estava pálida. De uma palidez mortal.

— E a senhorita insiste em dizer que não jogou nada na água?

— Por que diabo eu sairia por aí jogando coisas no rio no meio da madrugada?

— Pode haver um motivo... um motivo inocente.

— Inocente? — repetiu a moça, ríspida.

— Foi o que eu disse. Pois veja, *mademoiselle*, algo *foi* jogado do barco na noite passada. Algo que não era inocente.

Race, em silêncio, estendeu o emaranhado de veludo manchado, abrindo-o para revelar o conteúdo.

Rosalie Otterbourne se encolheu.

— Foi com isso... que ela... que ela foi morta?

— Sim, *mademoiselle*.

— E vocês acham que... que fui eu? Absurdo! Por que eu mataria Linnet Doyle? Nem a conheço!

Ela riu e se levantou, cheia de desprezo.

— É tudo tão ridículo.

— Lembre-se, Miss Otterbourne — disse Race —, de que Miss Van Schuyler está disposta a jurar que viu seu rosto com clareza ao luar.

Rosalie riu de novo.

— Aquela velha? Ela deve ser até meio cega. Não fui eu quem ela viu.

A moça fez uma pausa.

— Posso ir agora?

Race assentiu, e Rosalie Otterbourne saiu da sala.

Os homens se entreolharam. Race acendeu um cigarro.

— Bom, então é isso. Pura contradição. Em qual das duas acredita?

Poirot fez que não com a cabeça.

— Sou da opinião de que nenhuma delas foi de todo sincera.

— No nosso ramo, esse é o pior cenário — disse Race, desolado. — Tanta gente esconde a verdade por motivos fúteis. Qual será nossa próxima atitude? Continuamos interrogando os passageiros?

— Acho que sim. É sempre bom agir com ordem e método.

Race assentiu.

Mrs. Otterbourne, vestindo um batique esvoaçante, sucedeu a filha.

A mulher corroborou a afirmação de Rosalie de que ambas haviam ido para a cama antes das 23 horas. Ela em si não escutara nada de interessante durante a noite. Não sabia dizer se Rosalie saíra da cabine ou não. Quanto ao tópico do crime, ela se dispunha a expor o seguinte:

— O *crime passionel*! — exclamou. — O instinto primitivo: matar! Tão próximo do instinto sexual. Esta moça, Jacqueline, meio latina, de sangue quente, obedecendo aos instintos mais profundos do ser, avança, com o revólver na mão...

— Mas Jacqueline de Bellefort não atirou na madame Doyle. Disto já temos certeza. Está provado — explicou Poirot.

— Então o marido! — falou Mrs. Otterbourne, mobilizando-se contra o ataque. — A sede de sangue e o instinto sexual. Um crime passional. Há exemplos bastante conhecidos.

— Mr. Doyle levou um tiro na perna e estava incapacitado de se movimentar. O osso ficou fraturado — explicou o Coronel Race. — Ele passou a noite com o Dr. Bessner.

Mrs. Otterbourne ficou ainda mais decepcionada. Ela procurou respostas na mente.

— É claro! — disse ela. — Que tolice a minha! Miss Bowers!

— Miss Bowers?

— Sim. Naturalmente. É tão *claro*, em termos psicológicos. Repressão! A virgem reprimida! Enfurecida ao ver os dois... um marido e uma esposa jovens, envolvidos pelo amor ardente. É óbvio que foi ela! Faz o tipo: baixa atração sexual, respeitabilidade inata. No meu livro, *A vinha infértil*...

O Coronel Race interpôs-se com tato:

— Suas sugestões ajudaram muito, Mrs. Otterbourne. Agora temos que seguir com nosso trabalho. Muito obrigado.

Ele a escoltou até a porta e voltou secando a testa.

— Que mulher venenosa! Ufa! Por que ninguém matou *ela*?

— Ainda pode acontecer — disse Poirot.

— Talvez seja recomendável. Quem nos resta? Pennington... este deixaremos para o final, creio. Richetti... e Ferguson.

O *signor* Richetti estava muito volúvel e agitado.

— Mas que horror, que infâmia! Uma mulher tão jovem, tão bela... de fato, um crime desumano...

As mãos do *signor* Richetti subiam ao ar expressivamente. Suas respostas foram imediatas. Ele fora dormir cedo, bem cedo. Aliás, logo após o jantar. Havia passado algum tempo lendo — um panfleto muito interessante, de publicação recente, *Prähistorische Forschung in Kleinasien* — que lançava novas luzes sobre as cerâmicas pintadas nos contrafortes anatolianos.

Ele havia desligado a luz pouco antes das 23 horas. Não, não ouvira tiro algum. Nem um som que lembrasse o estouro de uma rolha. A única coisa que escutara, mas depois, no meio da noite, foi um respingo, algo caindo na água, perto de sua portinhola.

— Sua cabine fica no convés inferior a estibordo, não fica?

— Sim, sim, é isso mesmo. E ouvi o barulho na água. — Seus braços subiram mais uma vez para descrever o volume do respingo.

— Pode me dizer em que horário foi?

O *signor* Richetti parou para ponderar.

— Foi uma, duas, três horas depois que fui dormir. Quem sabe duas horas.

— Por volta de 1h10, seria?

— Pode ser. Ah, mas que crime horrível... desumano... uma mulher tão charmosa...

Então, o *signor* Richetti é dispensado e sai, ainda gesticulando.

Race olhou para Poirot, que ergueu as sobrancelhas expressivamente. Depois, encolheu os ombros. Passaram a Mr. Ferguson.

Ferguson foi difícil. Ele se esparramou na poltrona, em tom de insolência.

— Que tanto rebuliço com esse negócio! — falou com desprezo. — De que importa? Há tanta mulher supérflua no mundo!

Race perguntou com frieza:

— Podemos ter um relato de sua movimentação durante a noite passada, Mr. Ferguson?

— Não vejo por que devo fazê-lo, mas não me importo. Fiquei à toa por um bom tempo. Desembarquei com Miss Robson. Quando ela voltou ao barco, fiquei sozinho novamente. Voltei e me retirei por volta da meia-noite.

— Sua cabine fica no convés inferior, a estibordo?

— Sim. Tinha subido para os nobres.

— O senhor ouviu um tiro? Pode ter soado apenas como o estouro de uma rolha.

Ferguson parou para pensar.

— Sim, creio que ouvi um som que lembrava algo parecido... Não lembro quando... antes de ir dormir. Mas ainda havia muita gente em volta. Um alvoroço no convés acima.

— Provavelmente por conta do tiro que Miss De Bellefort disparou. O senhor ouviu outro?

Ferguson fez que não.

— Nem um respingo?

— Um respingo? Sim, acho que escutei um barulho na água. Mas havia tanta coisa acontecendo que não tenho certeza.

— O senhor saiu de sua cabine durante a noite?

Ferguson se arreganhou.

— Não, não saí. E não tive parte naquela boa ação, para meu azar.

— Ora, Mr. Ferguson, não seja infantil.

O jovem reagiu com raiva.

— Por que não dizer o que penso? Acredito na violência.

— Mas pratica o que prega? — balbuciou Poirot. — É o que me pergunto.

Ele se inclinou para a frente.

— Foi aquele homem, Fleetwood, não foi, quem lhe disse que Linnet Doyle era uma das mulheres mais ricas da Inglaterra? — perguntou o belga a Mr. Ferguson.

— O que Fleetwood tem a ver com o assunto?

— Fleetwood, meu amigo, tinha um excelente motivo para matar Linnet Doyle. O ressentimento que sentia pela moça era especial.

Mr. Ferguson se levantou do assento com a velocidade de um boneco saindo de uma caixa.

— Então esse é o joguinho sujo de vocês? — perguntou ele, furioso. — É só botar tudo nas costas de um pobre-diabo como Fleetwood, que não pode se defender, que não tem como pagar um advogado. Mas digo o seguinte: se tentarem incriminar Fleetwood, terão que se ver comigo.

— E quem é o senhor, exatamente? — indagou Poirot com toda doçura.

Mr. Ferguson ficou avermelhado.

— Eu defendo meus amigos — retrucou ele, em tom grosseiro.

— Bem, Mr. Ferguson, creio que seja tudo de que precisamos no momento — disse Race.

Enquanto a porta fechava após Ferguson passar, o coronel comentou, inesperadamente:

— Que fedelho agradável, não é mesmo?

— Não será o homem que *você* procura? — perguntou Poirot.

— Dificilmente. Imagino que ele esteja a bordo. A informação foi bastante precisa. Mas, enfim, um serviço de cada vez. Vamos ter com Pennington.

Capítulo 17

Andrew Pennington demonstrou todas as reações convencionais de pesar e choque. Estava, como sempre, vestido a rigor. Usava uma gravata preta. Seu rosto bem barbeado tinha uma expressão de pasmo.

— Senhores — falou ele, triste —, esta situação me deixou abalado demais! A pequena Linnet... ora, lembro-me dela como a coisinha mais linda que podem imaginar. E como Melhuish Ridgeway tinha orgulho dela! Bom, não há sentido em entrar nestes assuntos. Apenas me digam o que posso fazer. É tudo que peço.

Race falou:

— Para começar, Mr. Pennington, o senhor ouviu alguma coisa na noite passada?

— Não, não tenho como dizer que ouvi. Minha cabine é contígua à do Dr. Bessner, a número 38-39, e ouvi movimentação nela por volta da meia-noite. Claro que, naquele momento, não sabia o que era.

— Não ouviu mais nada? Nenhum tiro?

Andrew Pennington fez que não.

— Nada do tipo.

— E quando foi para a cama?

— Deve ter sido um pouco depois das 23 horas.

Ele se inclinou para a frente.

— Creio que não seja novidade para os senhores que há vários rumores circulando pelo barco. Aquela moça afrancesada, Jacqueline de Bellefort... havia algo de suspeito ali. Linnet não me contou nada, mas não sou cego nem surdo. Houve algo entre ela e Simon há algum tempo, não? *Cherchez la femme*. É uma regra boa e sólida, e diria que não haveria necessidade de *cherchez* muito.

Poirot disse:

— O senhor diz que acredita que Jacqueline de Bellefort atirou em madame Doyle?

— É o que me parece. Mas é evidente que não *sei* de nada...

— Para nossa infelicidade, nós *sabemos*!

— Hã? — Mr. Pennington pareceu assustado.

— Sabemos que é impossível que *mademoiselle* De Bellefort tenha atirado em madame Doyle.

Ele explicou as circunstâncias com cuidado. Pennington parecia relutante em aceitá-las.

— Concordo que parece certo à primeira vista. Mas esta tal enfermeira, aposto que não passou a noite em claro. Ela cochilou, e a moça saiu e entrou de novo.

— Muito improvável, *monsieur* Pennington. Lembre-se de que a enfermeira havia lhe administrado um opiáceo forte. E, de qualquer modo, toda enfermeira tem por hábito um sono leve e acorda quando o paciente desperta.

— Ainda assim, me soa muito suspeito — declarou Pennington.

Race falou de modo levemente autoritário.

— Acho que deve acreditar em mim, Mr. Pennington, quando digo que exploramos todas as possibilidades. O resultado é definitivo: Jacqueline de Bellefort não atirou em Mrs. Doyle. Assim, somos obrigados a buscar outras alternativas. É aí que acreditamos que o senhor pode nos ajudar.

— Eu?

Pennington teve um acesso de nervosismo.

— Sim. O senhor foi amigo íntimo da falecida. Conhece as circunstâncias da vida dela, com toda probabilidade, muito melhor do que o marido, já que eles só tiveram contato por poucos meses. O senhor saberia, por exemplo, de alguém que guarda algum rancor dela. Saberia se havia alguém com motivação para desejar sua morte.

Andrew Pennington passou a língua pelos lábios secos.

— Eu lhes garanto que não tenho ideia... Entendam que Linnet foi criada na Inglaterra. Sei muito pouco sobre que círculos frequentava e de suas relações.

— Ainda assim — comentou Poirot —, havia alguém a bordo interessado na eliminação de madame Doyle. Ela escapou da morte por um triz, se o senhor se recorda, neste exato local, quando aquela pedra desabou. Ah! Mas o senhor não estava presente, não é?

— Não. Naquele momento estava dentro do templo. Ouvi falar depois, é claro. Uma fuga por pouco. Mas pode ter sido um acidente, não?

Poirot encolheu os ombros.

— Assim se pensou no momento. Agora... é de se questionar.

— Sim... sim, é claro. — Pennington limpou o rosto com um lenço de seda fina.

O Coronel Race prosseguiu:

— Mr. Doyle comentou que haveria alguém a bordo que guarda ressentimento... não pessoalmente contra ela, mas contra a família. Tem ideia de quem poderia ser?

Pennington estava espantado.

— Não, não faço ideia.

— Ela não comentou o assunto com o senhor?

— Não.

— O senhor era amigo íntimo do pai de Mrs. Doyle... não se lembra de nenhuma tratativa comercial dele que pode ter levado algum concorrente no mundo dos negócios à bancarrota?

Pennington fez que não, sem saber o que dizer.

— Nenhum caso de nota. Estas operações eram frequentes, claro, mas não consigo me lembrar de alguém que tenha proferido ameaças... nada do tipo.

— Em resumo, Mr. Pennington, o senhor não pode nos ajudar.

— Assim parece. Lamento minha insuficiência, cavalheiros.

Race trocou um olhar com Poirot, depois disse:

— Também lamento. Tínhamos esperanças.

Ele se levantou, com um sinal de que o depoimento havia encerrado.

Andrew Pennington falou:

— Como Doyle está acamado, imagino que ele gostaria que eu tratasse dos procedimentos. Perdão, coronel, mas quais serão, exatamente?

— Quando partirmos daqui, faremos um trajeto sem paradas até Shellal, onde chegaremos amanhã de manhã.

— E o corpo?

— Será removido para uma das unidades de armazenagem a frio.

Andrew Pennington deixou a cabeça pender. Então saiu da sala.

Poirot e Race voltaram a trocar olhares.

— Mr. Pennington — falou Race, acendendo um cigarro — não estava à vontade.

Poirot assentiu.

— E — disse o belga — Mr. Pennington estava perturbado o bastante para contar uma mentira deveras tola. Ele *não* estava no templo de Abu Simbel quando aquela pedra caiu. Eu, *moi qui vous parle*, deponho que não. Tinha acabado de sair de lá.

— Uma mentira muito tola — comentou Race — e reveladora.

Poirot assentiu de novo.

— Mas, no momento — falou ele, sorrindo —, vamos tratar com luvas de pelica, não é mesmo?

— É a ideia — concordou Race.

— Meu amigo, você e eu nos entendemos com requinte.

Houve um leve som de motores, um remexer sob os pés. O *Karnak* havia iniciado sua jornada de volta a Shellal.

— As pérolas — disse Race. — O outro assunto a ser resolvido.

— Tem um plano?

— Tenho. — Ele olhou para o relógio. — O almoço acontecerá em trinta minutos. Ao fim da refeição, proponho dar um aviso: apenas afirmar que as pérolas foram roubadas e solicitar a todos para ficarem no salão de jantar enquanto uma revista é feita.

Poirot assentiu com aprovação.

— Bem pensado. *Quem pegou as pérolas ainda está com elas.* Sem dar sobreaviso, não haverá como alguém jogá-las para fora do barco, em pânico.

Race puxou algumas folhas de papel para si. Ele balbuciou, em tom apologético:

— Gostaria de fazer um breve *précis* do caso antes de prosseguir. Ajuda a clarear a mente.

— Faz bem. Método e ordem são tudo — respondeu Poirot.

Race escreveu durante alguns minutos em sua letra minúscula e exata. Por fim, apresentou os resultados a Poirot.

— Algo com que não concorda?

Poirot pegou as folhas. O cabeçalho dizia:

ASSASSINATO DE MRS. LINNET DOYLE

Mrs. Doyle foi vista com vida pela última vez por sua criada, Louise Bourget. Horário: 23h30 (aprox.).

Das 23h30 à meia-noite e vinte, os seguintes possuem álibis: Cornelia Robson, James Fanthorp, Simon Doyle, Jacqueline de Bellefort — *e ninguém mais* —, mas é quase certo que o crime foi cometido *após* este horário, já que é bem possível que a pistola usada foi a de Jacqueline de Bellefort, que estava em sua bolsa de mão. Não há como ter *absoluta* certeza de que foi esta a pistola utilizada antes da autópsia e perícia do projétil. Mas pode-se tomar como esmagadoramente provável.

Rumo provável dos acontecimentos: X (assassino) foi testemunha da cena entre Jacqueline e Simon Doyle no salão de observação e notou onde a pistola havia ficado, sob o canapé. Depois que o salão ficou vazio, X recuperou a pistola, tendo a ideia de que Jacqueline de Bellefort seria culpada pelo crime. Desta teoria, algumas pessoas ficam automaticamente inocentadas:

Cornelia Robson, já que não teve oportunidade de pegar a pistola antes de James Fanthorp voltar para procurá-la.

Miss Bowers: o mesmo.

Dr. Bessner: o mesmo.

Atenção: Fanthorp não fica definitivamente excluído de suspeita, já que poderia ter embolsado a pistola mesmo que tenha se declarado incapaz de achá-la.

Qualquer outra pessoa poderia ter tomado a pistola durante este intervalo de dez minutos.

Possíveis motivos para o assassinato:

Andrew Pennington. Supondo que ele seria culpado de práticas fraudulentas. Há certa quantidade de provas a favor desta suposição, mas não suficientes para justificar um caso contra ele. Se foi ele que derrubou a rocha, é um homem que sabe aproveitar qualquer chance quando se apresenta. O crime, claramente, não foi premeditado, fora no sentido *generalista*. A cena do tiro na noite passada provou-se a oportunidade ideal.

Objeções quanto à teoria da culpa de Pennington: *Por que jogou a pistola na água já que esta constituía uma pista valiosa contra J.B.?*

Fleetwood. Motivação: vingança. Fleetwood se considera lesado por Linnet Doyle. Pode ter entreouvido a cena e percebeu posição da pistola. Pode ter pegado a arma porque estava à disposição, em vez de jogar a culpa em Jacqueline. Encaixaria na ideia de jogá-la na água. *Mas, se for este o caso, por que escreveu J com sangue na parede?*

Atenção: Lenço barato encontrado com a pistola provavelmente pertenceu a Fleetwood e não a um dos passageiros abastados.

Rosalie Otterbourne. Temos como aceitar a evidência de Miss Van Schuyler quanto à negação de Rosalie? Algo *foi* jogado no rio na hora, e este algo presumivelmente foi a pistola enrolada na estola de veludo.

Pontos a se considerar. Rosalie tinha alguma motivação? Ela pode desgostar de Linnet Doyle ou ter inveja — mas, como motivação para assassinato, parece extremamente impróprio. As provas contra ela são convincentes apenas se encontrarmos *motivação* adequada. Até onde sabemos, não há conhecimento ou vínculo prévio entre Rosalie Otterbourne e Linnet Doyle.

Miss Van Schuyler. A estola de veludo na qual a pistola estava enrolada pertencia a Miss Van Schuyler. Segundo declaração da própria, ela a viu pela última vez no salão de observação. Ela chamou atenção que a havia perdido durante a noite, e fez-se uma busca para encontrá-la, sem sucesso.

Como a estola veio à posse de X? X a surrupiou em algum momento da noite, mais cedo? Se foi o caso, por quê? Ninguém poderia dizer *antecipadamente* que haveria uma cena entre Jacqueline e Simon. Teria X encontrado a estola no salão quando foi buscar a pistola debaixo do canapé? Em caso positivo, por que não foi encontrada quando se fez a busca? *Será que a estola nunca saiu das mãos de Miss Van Schuyler?*

O que nos leva a:

Terá Miss Van Schuyler assassinado Linnet Doyle? Sua acusação contra Rosalie Otterbourne será uma mentira proposital? Se ela a assassinou, qual seria a *motivação*?

Outras possibilidades:

Latrocínio. Possível, dado que as pérolas desapareceram e é certo que Linnet Doyle as usava na noite passada.

Alguém com rancor da família Ridgeway. Possível, mas faltam provas.

Sabemos que há um homem perigoso a bordo — um assassino. Aqui temos um assassino e uma morte. Estariam os dois vinculados? Contudo, teríamos que demonstrar que Linnet Doyle possuía conhecimento perigoso sobre este homem.

Conclusões: Podemos agrupar as pessoas a bordo em duas categorias — as que tinham motivação possível ou contra quem há provas definitivas, e aquelas que, até onde sabemos, estão acima de qualquer suspeita.

Grupo I	*Grupo II*
Andrew Pennington	Mrs. Allerton
Fleetwood	Tim Allerton
Rosalie Otterbourne	Cornelia Robson
Miss Van Schuyler	Miss Bowers
Louise Bourget (Latrocínio?)	Dr. Bessner
Ferguson (Política?)	*Signor* Richetti
	Mrs. Otterbourne
	James Fanthorp

Poirot lhe devolveu o papel.

— Muito justo e preciso o que o senhor escreveu.

— Está de acordo?

— Sim.

— E qual é sua contribuição?

Poirot se empertigou.

— Eu me pergunto por que a pistola foi jogada na água.

— Só isso?

— No momento, sim. Até chegar a uma resposta satisfatória à pergunta, não há sentido algum. Este é, *tem* que ser, o ponto de partida. Você vai notar, meu amigo, que no sumário da situação, não tentou responder a este ponto.

Race encolheu os ombros.

— Pânico.

Poirot sacudiu a cabeça, perplexo.

Ele pegou o embrulho de veludo encharcado e o esticou, molhado e flácido, sobre a mesa. Seus dedos passaram pelas marcas de queimado e os buracos.

— Diga-me — falou ele, de repente —, você é mais versado em pistolas do que eu. Uma coisa como esta, enrolada em uma pistola, faria diferença para abafar o som?

— Não, não faria. Não tanto quanto um silenciador, no caso.

Poirot assentiu e foi em frente:

— Um homem, decerto um homem que tivesse manuseio de armas de fogo, saberia disso. Mas uma mulher... uma mulher, *não*.

Race olhou para ele, intrigado.

— Provavelmente não.

— Não. Ela teria lido histórias de detetive que não são muito precisas quanto a estes detalhes.

Race, com o dedo, ficou mexendo na pequena pistola com cabo de pérola.

— Esta amiguinha não faria muito barulho, de qualquer maneira — disse ele. — Um estalo, mais nada. Se houvesse outro barulho, aposto dez para um que você mesmo não notaria.

— Sim, ponderei o mesmo.

Poirot pegou o lenço e o examinou.

— Um lenço masculino... mas não um lenço de cavalheiro. *Ce cher* Woolworth, imagino eu. Três *pence*, no máximo.

— O tipo de lenço que um homem como Fleetwood teria.

— Sim. Andrew Pennington, notei, tem um belo lenço de seda.

— Ferguson? — sugeriu Race.

— É possível. Para se exibir. Mas, se fosse, seria uma bandana.

— Utilizada em vez de uma luva, imagino eu, para segurar a pistola e evitar impressões digitais. — Race complementou, com leve jocosidade: — "A pista do lenço rosa."

— Ah, sim. Uma cor muito *jeune fille*, não? — Ele o soltou e voltou à estola, mais uma vez examinando as marcas de pólvora. — De qualquer maneira — balbuciou o detetive —, é estranho...

— O quê?

Poirot falou com suavidade:

— *Cette pauvre* madame Doyle. Lá deitada, em paz... com um buraco na cabeça. Lembra-se da aparência dela?

Race olhou para ele, intrigado.

— Fico com a impressão de que você está tentando me dizer algo... mas não tenho a menor ideia do que seja.

Capítulo 18

Ouviu-se uma batida na porta.

— Entre — disse Race.

Um camareiro adentrou o recinto.

— Com licença, senhor — disse ele a Poirot. — Mr. Doyle requisita sua presença.

— Estou a caminho.

Poirot se levantou. Saiu do salão e subiu a escada até o tombadilho, atravessando-o para chegar à cabine do Dr. Bessner. Simon, de rosto vermelho e febril, estava escorado em travesseiros.

Parecia envergonhado.

— Grande gentileza de sua parte ter vindo, *monsieur* Poirot. Veja bem, quero lhe fazer uma pergunta.

— Sim?

Simon ficou com o rosto ainda mais rubro.

— Sobre... sobre Jackie. Quero vê-la. O senhor acha... se importaria... ela se importaria, o senhor diria... se o senhor a convidasse para vir a esta cabine? O senhor sabe que estou aqui deitado, pensando... aquela menina desgraçada... afinal, é só uma menina... e eu a tratei mal... e...

Ele gaguejou até ficar em silêncio.

Poirot olhou para ele, curioso.

— Deseja ver *mademoiselle* Jacqueline? Vou buscá-la.

— Obrigado. É uma enorme gentileza de sua parte.

Poirot saiu à procura dela. Encontrou Jacqueline de Bellefort sentada em um canto do salão de observação. Havia um livro aberto em seu colo, mas a moça não estava lendo.

Poirot falou com delicadeza:

— Pode vir comigo, *mademoiselle*? *Monsieur* Doyle deseja vê-la.

Ela se assustou. Seu rosto corou e depois ficou branco. Parecia perplexa.

— Simon? Ele quer me ver? A *mim*?

Poirot considerou a incredulidade da moça comovente.

— Pode vir, *mademoiselle*?

Ela foi com ele de modo dócil, como uma criança, ainda que uma criança confusa.

— Eu... sim, claro que vou.

Poirot entrou na cabine.

— Aqui está a *mademoiselle*.

Ela entrou depois dele, ficou parada... uma surda-muda, o olhar fixo no rosto de Simon.

— Olá, Jackie.

Ele também estava envergonhado. Prosseguiu:

— Grande gentileza sua ter vindo. Eu... quer dizer... o que quero lhe falar é...

Ela o interrompeu ali mesmo. As palavras dela saíram de um sopro... um fôlego só, acelerado...

— Simon... não matei Linnet. Você sabe que eu não... eu... estava enlouquecida na noite passada. Poderia me perdoar?

Agora as palavras ocorriam mais fácil a Simon.

— É claro. Está tudo bem! Não há problema algum! É o que eu queria dizer. Embora você possa estar um pouco preocupada...

— *Preocupada? Um pouco? Ah! Simon!*

— Era por isso que eu a queria vê-la. Está tudo bem, viu, mocinha? Você só ficou um pouco agitada na noite passada... foi um pileque. É natural.

— Simon! Eu podia ter matado você...

— Você, não. Não com aquela pistolinha de brinquedo...

— E sua perna! Pode ser que você nunca mais ande...

— Ora, Jackie, não seja piegas. Assim que chegarmos a Assuã, vão ligar os raios X, tirar esse chumbinho e tudo vai ficar novo em folha.

Jacqueline engoliu em seco duas vezes, depois correu à frente e ajoelhou-se perto da cama de Simon, enterrando o rosto nele aos soluços. O homem lhe deu tapinhas desajeitados na cabeça. O olhar dele encontrou o de Poirot e, com um suspiro de relutância, o belga deixou a cabine.

Ele ouviu um burburinho entrecortado enquanto saía:

— Como pude ser tão maldosa? Ah, Simon!... Me perdoe, me perdoe...

Do lado de fora, Cornelia Robson estava encostada na balaustrada.

Ela se virou para ele.

— Ah, é o senhor, *monsieur* Poirot. É terrível que um dia destes esteja tão belo.

Poirot olhou para o céu.

— Quando o sol brilha, não se enxerga a lua — disse ele. — Mas quando o sol se esconde... ah, quando o sol se oculta.

O queixo de Cornelia caiu.

— Perdão?

— Estava dizendo, *mademoiselle*, que, quando o sol se esconde, podemos ver a lua. É o que sempre acontece, não?

— Ora... sim... com certeza.

Ela olhou para ele, em dúvida.

Poirot sorriu, delicado.

— Estou falando imbecilidades — disse ele. — Não me dê atenção.

Com calma, ele foi até a popa. Ao passar pela cabine seguinte, fez uma pausa. Captou fragmentos do que se falava ali dentro.

— Sua ingrata... depois de tudo que fiz por você... nenhuma consideração por sua mãe desgraçada... não faz ideia do quanto sofri...

Os lábios de Poirot enrijeceram quando ele os apertou. Ele ergueu a mão e bateu.

Houve um silêncio repentino quando a voz de Mrs. Otterbourne chamou:

— Quem é?

— *Mademoiselle* Rosalie se encontra?

Rosalie apareceu na porta. Poirot estava chocado com a aparência dela. Tinha olheiras profundas e linhas fortes em torno da boca.

— O que foi? — perguntou ela, insolente. — O que o senhor quer?

— O prazer de alguns minutos de conversa com a senhorita, *mademoiselle*. Poderia me acompanhar?

A boca de Rosalie assumiu uma expressão emburrada de imediato. Ela lhe lançou um olhar desconfiado.

— Por que eu deveria?

— Eu lhe rogo, *mademoiselle*.

— Ah, imagino que...

Ela saiu da cabine, fechando a porta ao passar.

— Então?

Poirot a pegou delicadamente pelo braço e puxou-a pelo convés, ainda na direção da popa. Passaram pelos banheiros e fizeram uma curva. Ficaram com a parte da popa do convés para si. O Nilo fluía atrás deles.

Poirot deixou os olhos na balaustrada. Rosalie se levantou, reta e rígida.

— Então? — repetiu ela, e sua voz saiu com o mesmo tom agressivo.

Poirot falou devagar, escolhendo as palavras.

— Eu poderia lhe fazer algumas perguntas, *mademoiselle*, mas nem por um instante penso que consentiria em respondê-las.

— De forma que me trazer até aqui parece ter sido um grande desperdício.

Poirot passou o dedo pela balaustrada, devagar.

— A *mademoiselle* está acostumada a carregar seus fardos... mas só é possível fazer isso até certo ponto. O esforço se torna grande. O fardo está pesado demais.

— Não sei do que está falando — disse Rosalie.

— Estou falando dos fatos, *mademoiselle*. Dos simples e tristes fatos. Vamos dar nome aos bois e colocar em uma frase só: sua mãe bebe.

Rosalie não respondeu. A boca se abriu para se fechar logo depois. Ela parecia perdida.

— Não há necessidade de falar coisa alguma, *mademoiselle*. Eu falo. Em Assuã, fiquei interessado nas tratativas entre vocês. De imediato, percebi que, apesar de seus comentários desnaturados e meticulosamente preparados, a senhorita protegia sua mãe de algo. Logo soube o que seria. Soube até mesmo antes de encontrar sua mãe, certa manhã, em inconfundível estado de inebriamento. No mais, o caso dela, como pude ver, foi de arroubos de bebida às escondidas. De longe o tipo de caso mais difícil com que se lidar. A *mademoiselle* soube fazer isso com coragem. Mesmo assim, ela tinha a astúcia de todo alcoólatra que bebe às escondidas. Sua mãe obteve um estoque secreto de destilados e conseguiu mantê-lo escondido da senhorita. Não me surpreendo caso tenha descoberto o esconderijo apenas ontem. Por conseguinte, na noite passada, assim que sua mãe caiu em um sono pesado, a senhorita recolheu o conteúdo das provisões ocultas, deu a volta no barco, já que seu lado dava para terra, e despejou-o no Nilo.

Ele fez uma pausa.

— Estou certo, não estou?

— Sim... sim, está certo. — Rosalie falou com ardor repentino. — Imagino que tenha sido tolice não lhe contar! Mas não queria que todos soubessem. Ecoaria pelo barco inteiro. E pareceu tão... tão bobo... digo... eu...

Poirot encerrou a frase por ela.

— Tão bobo a senhorita ser suspeita de cometer um assassinato?

Rosalie assentiu, depois voltou a irromper:

— Eu me esforcei tanto para... não deixar que outros soubessem... Não é culpa dela. Minha mãe ficou desalentada. Os livros não vendiam mais. As pessoas estão cansadas do sexo

barato... Ela ficou magoada... magoadíssima. Então começou...
a beber. Por muito tempo não soube por que minha mãe agia
de forma tão estranha. Então, quando descobri, tentei... impedir. Ela ficava bem por um tempo e, de repente, retomava
e tinha discussões e brigas terríveis com os outros. Era horrível. — Ela sentiu um calafrio. — Precisava ficar sempre de
olho... para ela ficar longe...

"E então... ela começou a ficar desgostosa comigo. Ela...
se voltou contra mim. Creio que, às vezes, até me odeie."

— *Pauvre petite* — disse Poirot.

Ela se virou para o belga.

— Não sinta pena de mim. Não seja gentil. É mais fácil
assim. — Ela deu um suspiro... um suspiro comprido e de
partir o coração. — Estou tão cansada. Morta de cansaço.

— Eu sei — falou Poirot.

— As pessoas me acham tenebrosa. Arrogante, zangada, mal-humorada. Não tenho o que fazer. Esqueci como é...
como é ser gentil.

— Foi o que eu lhe disse. A senhorita carrega este fardo
por muito tempo.

Rosalie respondeu devagar:

— É um alívio... poder falar. O senhor... o senhor sempre foi gentil comigo, *monsieur* Poirot. Temo que tenha sido
grosseira com o senhor.

— *La politesse* é desnecessária entre amigos.

De repente, a desconfiança voltou ao rosto dela.

— O senhor... o senhor vai contar aos outros? Imagino
que deva, já que joguei aquelas garrafas no rio.

— Não, não. É desnecessário. Apenas me diga o que quero saber. A que horas foi? À 1h10 da manhã?

— Por volta deste horário, imagino. Não lembro com exatidão.

— Então me diga: *mademoiselle* Van Schuyler a viu. A senhorita viu *ela*?

Rosalie balançou a cabeça.

— Não, não vi.

— Ela disse que olhou pela porta da cabine.

— Não creio que a teria visto, de qualquer forma. Apenas espiei ao longo do convés e depois para o rio.

Poirot assentiu.

— E viu alguém quando espiou o convés?

Houve uma pausa... uma pausa longa. Rosalie franzia o cenho. Parecia estar pensando seriamente.

Por fim, ela sacudiu a cabeça, decidida.

— Não — disse ela. — Não vi ninguém.

Hercule Poirot assentiu devagar. Mas seus olhos estavam sérios.

Capítulo 19

As pessoas chegavam ao salão de refeições sozinhas ou em duplas, todas de modo muito modesto. A sensação geral era de que se sentar para comer com avidez demonstraria descaso. Foi com ar praticamente penitente que um passageiro após o outro apareceu e se sentou à mesa.

Tim Allerton chegou alguns minutos depois da mãe e tomou seu lugar. Parecia estar de humor tenebroso.

— Como queria que não tivéssemos vindo nesta maldita viagem — grunhiu ele.

Mrs. Allerton sacudiu a cabeça, triste.

— Ah, querido, eu também. Aquela moça tão bonita! Para mim, um *desperdício*. Só de pensar que alguém poderia atirar nela a sangue-frio... me parece horrível que alguém faria algo assim. E aquela outra pobre criança.

— Jacqueline?

— Sim. Meu coração sangra por ela. Ela parece tão, tão infeliz.

— Pelo menos, isso vai ensiná-la a não perder arminhas de brinquedo por aí — disse Tim, sem tato, enquanto se servia de manteiga.

— Imagino que não tenha tido boa criação.

— Ah, mãe, pelo amor de Deus, não vá ficar maternal agora.

— Que humor terrível o seu, Tim.

— Sim, é mesmo. Mas quem não estaria assim nessa situação?

— Não vejo motivo para estar tão zangado. É de uma tristeza enorme.

Tim falou, aborrecido:

— Vai ver tudo pelo lado romântico? O que a senhora não percebe é que se envolver em um caso de assassinato não é piada.

Mrs. Allerton pareceu um pouco assustada.

— Mas é claro que...

— É exatamente isso. Não tem "Mas é claro que". Todo mundo neste maldito barco está sob suspeita: a senhora, eu e os demais.

Mrs. Allerton hesitou.

— Tecnicamente, sim, imagino. Mas isso, na verdade, é uma coisa ridícula!

— Não há nada de ridículo quando tratamos de assassinato! A senhora pode estar sentada em sua cadeira, minha querida, emanando virtude e retidão, mas um policial desagradável em Shellal ou Assuã não a julgará pelas aparências.

— Talvez a verdade venha à tona antes.

— E como isso aconteceria?

— *Monsieur* Poirot pode descobri-la.

— Aquele velho charlatão? Ele não vai descobrir coisa alguma. Ele é só papo e bigode.

— Bem, Tim — disse Mrs. Allerton. — Ouso dizer que tudo que você diz é verdade, mas, de qualquer maneira, temos que seguir adiante. Então deveríamos tomar a decisão de enfrentar a questão do modo mais animador possível.

Porém, o filho não demonstrou suavização em seu pessimismo.

— E ainda tem a coisa das pérolas que desapareceram.

— As pérolas de Linnet?

— Sim. Parece que alguém as surrupiou.

— Imagino que tenha sido a motivação do crime — disse Mrs. Allerton.

— Por que seria? A senhora está misturando duas coisas diferentes.

— Quem lhe disse que elas sumiram?

— Ferguson. Ele ouviu do amigo durão da sala de máquinas, que ouviu da criada.

— Eram pérolas lindas — comentou Mrs. Allerton.

Poirot se sentou à mesa, fazendo uma mesura a Mrs. Allerton.

— Perdoem meu atraso — disse ele.

— O senhor deve ter andado ocupado — respondeu Mrs. Allerton.

— Sim, é verdade.

Ele pediu uma nova garrafa de vinho ao garçom.

— Somos muito fiéis aos nossos gostos — disse Mrs. Allerton. — O senhor sempre bebe vinho, Tim bebe uísque e soda, e eu provo todas as marcas de água mineral.

— *Tiens!* — disse Poirot. Ele olhou para a mulher por um instante. Balbuciou consigo: — É uma ideia, mas...

Então, com um encolher impaciente dos ombros, dispensou a preocupação repentina que o havia distraído e engatou um diálogo ameno sobre outros assuntos.

— Mr. Doyle está muito mal? — perguntou Mrs. Allerton.

— Sim, teve um ferimento sério. O Dr. Bessner está ansioso para chegar a Assuã, fazer um exame de raios X da perna e retirar o projétil. Mas ele acha que não haverá aleijamento permanente.

— Pobre Simon — disse Mrs. Allerton. — Ainda ontem era um rapaz feliz, com tudo no mundo. Agora, a linda esposa foi morta e ele próprio está acamado, desamparado. Espero, porém...

— O que espera, madame? — perguntou Poirot quando Mrs. Allerton fez uma pausa.

— Espero que ele não esteja muito irritado com a pobre garota.

— Com *mademoiselle* Jacqueline? Pelo contrário! Estava ansioso para vê-la.

Ele se virou para Tim.

— Veja, é uma questão psicológica. Durante todo o tempo que *mademoiselle* Jacqueline os seguia, de parada em parada, ele ficara absolutamente furioso. Mas agora que ela lhe deu um tiro, que lhe deu um ferimento grave, quem sabe coxo pelo resto da vida, parece que toda a raiva se evaporou. É possível entender?

— Sim — falou Tim, pensativo. — Creio que sim. A primeira coisa o fez se sentir tolo...

Poirot assentiu.

— O senhor tem razão. Ofendeu a dignidade masculina dele.

— Mas agora... se olhar de certa forma, foi *ela* quem se fez de imbecil. Estão todos contra ela, e, nesse caso...

— Ele pode ser generoso e perdoar — falou Mrs. Allerton.

— Como os homens são infantis!

— Uma declaração irreal que toda mulher faz — murmurou Tim.

Poirot sorriu. Depois disse a Tim:

— Digam-me: a prima de madame Doyle, Miss Joanna Southwood, ela se parece com madame Doyle?

— O senhor entendeu errado, *monsieur* Poirot. Ela é nossa prima e era amiga de Linnet.

— Ah, *pardon*. Fiz confusão. É uma jovem que está sempre nos jornais. Interesso-me por ela há algum tempo.

— Por quê? — questionou Tim, ríspido.

Poirot se ergueu rapidamente para fazer uma mesura a Jacqueline de Bellefort, que havia acabado de entrar e passado pela mesa deles a caminho da dela. As bochechas estavam vermelhas, os olhos cintilavam e a respiração saía irregular. Ao retornar ao seu assento, Poirot parecia ter esquecido a pergunta de Tim. Ele balbuciou, vagamente:

— Será que todas as jovens com joias de valor são tão descuidadas quanto madame Doyle?

— Então é verdade que foram roubadas? — perguntou Mrs. Allerton.

— Quem lhe disse isso, madame?

— Ferguson — disse Tim.

Poirot assentiu, sério.

— É a mais pura verdade.

— Imagino — falou Mrs. Allerton, nervosa — que isso significará um enorme desagrado para todos nós. É a opinião de Tim.

O filho dela fechou a cara. Mas Poirot se virara para ele.

— Ah! Por acaso, já teve experiências prévias? Já esteve em uma casa onde houve um assalto?

— Nunca — respondeu Tim.

— Esteve, sim, querido. Você estava nos Portarlington naquela vez... quando roubaram os diamantes daquela mulher tenebrosa.

— A senhora sempre entende tudo errado, mãe. Eu estava lá quando descobriram que os diamantes que ela usava em volta de seu pescoço obeso não passavam de goma! A substituição provavelmente tinha sido feita meses antes. Aliás, muita gente disse que ela mesma armou tudo!

— Foi Joanna quem disse isso, imagino.

— Joanna não estava lá.

— Mas ela as conhecia bem. E é do feitio dela dar esse tipo de sugestão.

— A senhora sempre fica contra Joanna, mãe.

Poirot logo mudou de assunto. Ele pensava em fazer uma grande compra em uma das lojas de Assuã. Algo atraente, roxo e dourado, com um dos comerciantes indianos. É evidente que haveria a questão das taxas alfandegárias, mas...

— Eles disseram que podem... como se diz?... despachar para mim. E que os custos não serão muito altos. O que acham, será que o material vai chegar bem?

Mrs. Allerton disse que muita gente, assim ouvira falar, mandara entregar compras na Inglaterra das lojas em questão e que tudo chegara com segurança.

— *Bien.* Então é o que farei. Mas o incômodo que é quando se está no exterior e uma encomenda vem da Inglaterra! Já tiveram essa experiência? Já receberam encomendas durante uma viagem?

— Creio que não. Já, Tim? Às vezes, você recebe livros, mas, no caso, não há percalços.

— Ah, não, com livros é diferente.

A sobremesa foi servida. Sem qualquer preliminar, o Coronel Race se levantou e começou a discursar.

Ele comentou as circunstâncias do crime e anunciou o roubo das pérolas. Estavam prestes a instituir uma revista no barco e ele ficaria agradecido se todos permanecessem no salão até a busca ser finalizada. Então, depois, se os passageiros concordassem, e ele tinha certeza de que concordariam, eles mesmos fariam a gentileza de submeter-se a uma revista.

Poirot saiu sorrateiro para o lado do coronel. Havia certo burburinho em volta deles. Vozes duvidosas, indignadas, animadas...

O belga chegou ao lado de Race e comentou algo em seu ouvido quando o coronel estava prestes a sair do salão de jantar.

Race ouviu, assentiu e chamou um atendente. Disse-lhe algumas poucas palavras; depois, junto a Poirot, passou ao convés e fechou a porta atrás de si.

Eles pararam um ou dois minutos na balaustrada. Race acendeu um cigarro.

— Não é má ideia — disse ele. — Logo veremos se há algo de relevante. Eu lhes darei três minutos.

A porta do salão de jantar se abriu e o mesmo camareiro com quem haviam falado saiu. Ele fez uma saudação a Race e disse:

— Isso mesmo, senhor. Tem uma moça que diz que é urgente que ela fale com o senhor, sem demora.

— Ah! — O rosto de Race demonstrava satisfação. — E quem é?

— Miss Bowers, senhor, a enfermeira.

Um leve tom de surpresa se acendeu no rosto de Race. Ele falou:

— Por favor, acompanhem-na à sala de charutos. Não deixe mais ninguém sair.

— Não, senhor. O outro camareiro cuidará disso.

Ele voltou ao salão de jantar. Poirot e Race foram até a sala de charutos.

— Bowers, hein? — murmurou Race.

Eles mal haviam adentrado a sala e o camareiro ressurgiu com Miss Bowers. Ele a conduziu para dentro e saiu, fechando a porta ao passar.

— Então, Miss Bowers? — Coronel Race olhou para ela em dúvida. — Qual o motivo disso?

Miss Bowers estava com sua compostura usual, sem pressa. Não demonstrava nenhuma emoção em especial.

— O senhor há de me desculpar, Coronel Race — disse ela —, mas, dadas as circunstâncias, achei que o melhor a ser feito era ter imediatamente com o senhor — ela abriu a bela bolsa negra — e lhe devolver isso.

Ela tirou um colar de pérolas e o colocou sobre a mesa.

Capítulo 20

Se Miss Bowers fosse o tipo de mulher que gostava de causar sensação, teria sido muito bem recompensada pelo resultado de sua atitude.

Uma expressão de pasmo cruzou o rosto do Coronel Race ao recolher as pérolas.

— Que extraordinário — disse ele. — Poderia fazer a gentileza de nos explicar, Miss Bowers?

— É claro. É o que vim fazer. — Miss Bowers se acomodou na cadeira. — Naturalmente, foi um tanto difícil decidir o que seria o melhor a fazer. A família seria avessa a qualquer tipo de escândalo e confiou em minha discrição, mas as circunstâncias são tão incomuns que não tenho outra opção. É evidente que, como não encontrariam nada nas cabines, a próxima atitude seria uma revista dos passageiros. Se as pérolas fossem encontradas comigo, teríamos uma situação desagradável e a verdade viria à tona do mesmo modo.

— E qual é, no caso, a verdade? A senhorita pegou estas pérolas na cabine de Mrs. Doyle?

— Ah, não, Coronel Race, é claro que não. Foi Miss Van Schuyler.

— Miss Van Schuyler?

— Sim. Não é uma coisa que ela controle, ela... hã... pega coisas. Sobretudo joias. É por isso que estou sempre com ela, por sinal. Não é por questão de saúde, é por esta idiossincrasia. Fico sempre alerta e, felizmente, não tivemos problemas desde que comecei a acompanhá-la. Basta ser atenta, se me entendem. E ela sempre esconde as coisas que pega no mesmo lugar: enrola em um par de meias, para que fique elementar. Vasculho toda manhã. Tenho sono leve, é evidente, e sempre durmo no quarto ao lado, portanto costumo ouvir. Então falo com Miss Van Schuyler e a convenço a voltar para a cama. Tem sido mais difícil em um barco, é verdade. Mas ela não costuma fazer essas coisas à noite. É mais uma questão de pegar o que vê à solta. Pérolas sempre a atraíram muito, é claro.

Miss Bowers parou de falar.

Race perguntou:

— Como descobriu que tinham sido pegas?

— Estavam nas meias hoje de manhã. É claro que eu sabia de quem eram. Notei várias vezes. Fui colocá-las de volta no lugar, torcendo para que Mrs. Doyle ainda não tivesse acordado e descoberto a perda. No entanto, havia um camareiro parado na porta, que me contou sobre o assassinato e me informou que ninguém poderia entrar. Vejam, então, que eu estava com um proverbial dilema. Mas ainda esperava poder devolvê-las sorrateiramente à cabine mais tarde, antes que alguém notasse sua ausência. Posso lhes garantir que passei uma manhã bastante desagradável pensando em qual seria a melhor atitude. A família Van Schuyler é *muito* rígida e fechada. Não seria de bom-tom que isto chegasse aos jornais. Mas não será necessário, não é?

Miss Bowers parecia mesmo preocupada.

— Depende das circunstâncias — disse o Coronel Race, com cautela. — Mas faremos o melhor pela senhorita, é claro. O que Miss Van Schuyler diz a respeito?

— Ah, ela vai negar. Sempre nega. Vai falar que uma pessoa malvada colocou ali. Ela nunca admite. É por isso que, quando é descoberta a tempo, volta para a cama como um carneirinho. Disse que só saiu para olhar a lua. Uma coisa assim.

— Miss Robson sabe dessa... hã... fraqueza?

— Não, não sabe. A mãe dela sabe, mas, como Miss Robson é uma moça muito simplória, sua mãe achou melhor que a filha não fosse informada. Eu estava à altura para lidar com Miss Van Schuyler — disse a competente Miss Bowers.

— Só temos a agradecê-la, Miss Bowers, por ter vindo a nós com tamanha prontidão — disse Poirot.

Miss Bowers se levantou.

— Espero que minha atitude tenha sido pelo bem maior.

— Tenha certeza de que sim.

— Como também temos um assassinato...

O Coronel Race a interrompeu. A voz dele saiu séria.

— Miss Bowers, vou lhe fazer uma pergunta e quero que fique claro que ela precisa ser respondida de forma sincera. Miss Van Schuyler é mentalmente desequilibrada, a ponto da cleptomania. Ela também tem tendência à mania homicida?

A resposta de Miss Bowers saiu de chofre.

— Ah, bom Deus, não! Nada disso. Podem aceitar minha palavra. Aquela senhora não faria mal a uma mosca.

A resposta veio com segurança tão positiva que aparentemente não havia mais nada a se ser dito. Mesmo assim, Poirot intercalou uma pequena indagação.

— Miss Van Schuyler por acaso sofre de surdez?

— Na verdade, sim, *monsieur* Poirot. Não de um modo que seria possível notar, digo, quando se conversa com ela. Mas é comum que ela não o escute quando entra em uma sala. Esse tipo de coisa.

— Acha que ela teria ouvido alguém passar pela cabine de Mrs. Doyle, que fica ao lado da cabine dela?

— Ah, diria que não... Vejam que o catre fica na parede oposta da cabine e nem fica rente à partição. Não, creio que Miss Van Schuyler não teria ouvido nada.

— Obrigado, Miss Bowers.

Race falou:

— A senhorita poderia voltar ao salão de jantar e aguardar com os demais?

Ele abriu a porta para ela, observou-a descer a escada e entrar no salão. Então fechou a porta e voltou à mesa. Poirot havia recolhido as pérolas.

— Bem — falou Race, sério —, esta reação foi rápida. Que mulher tranquila e astuta. Perfeitamente apta de nos esconder o que for, ainda mais se achar que lhe convém. E então, o que faremos com Miss Marie van Schuyler? Creio que não possamos eliminá-la da lista de possíveis suspeitos. Ela *pode* ter cometido um assassinato para pegar estas joias. Não temos como aceitar a palavra da enfermeira. A mulher só vai servir aos interesses da família.

Poirot assentiu, concordando. Estava ocupado com as pérolas, repassando-as pelos dedos, levando-as aos olhos.

Ele disse:

— Podemos tomar, creio eu, uma parte da história que a idosa nos contou como verdade. Ela *espiou* de sua cabine e *viu* Rosalie Otterbourne. Mas creio que não *ouviu* nada nem ninguém na cabine de Linnet Doyle. Creio que estava só espiando da cabine *dela* antes de sair para furtar as pérolas.

— A jovem Otterbourne estava lá, então?

— Sim. Despejando no rio o estoque secreto de bebidas da mãe.

O Coronel Race balançou a cabeça em solidariedade.

— Então é isso! Que dificuldade para uma jovem.

— Sim, a vida dela não tem sido alegre, *cette pauvre petite* Rosalie.

— Bom, ainda bem que esta questão está resolvida. *Ela* não viu nem ouviu nada?

— Eu a questionei. Ela respondeu... após um lapso de bons vinte segundos... que não viu ninguém.

— É mesmo? — Race ficou alerta.

— Sim, é sugestivo.

Race falou devagar:

— Se Linnet Doyle levou o tiro por volta da 1h10 ou a qualquer momento depois que o barco se aquietou, até agora me parece incrível que ninguém tenha escutado o disparo. Aceito que uma pistolinha como aquela não teria feito muito barulho, mas, de qualquer maneira, o barco estava silencioso demais e qualquer barulho, até um leve estouro, deveria ter sido ouvido. Mas agora comecei a entender melhor. A cabine no lado frontal de Linnet Doyle não estava ocupada... já que o marido estava na cabine do Dr. Bessner. A cabine anterior estava ocupada por Van Schuyler, que é surda. O que nos resta...

Ele fez uma pausa e olhou com expectativa para Poirot, que assentiu.

— A cabine contígua do outro lado do barco. Em outras palavras... Pennington. Parece que sempre voltamos a Pennington.

— Voltaremos a ele de imediato e sem luvas de pelica! Ah, sim, vou me permitir este prazer.

— Até lá, é bom prosseguirmos com nossa busca pelo barco. As pérolas ainda são uma desculpa conveniente, mesmo que tenham sido devolvidas, mas é improvável que Miss Bowers propagandeie o fato.

— Ah, as pérolas! — Poirot as mostrou à luz de novo. Ele esticou a língua e as lambeu. Chegou a testar uma delas, cautelosamente, entre os dentes. Então deu um suspiro e jogou-as na mesa. — Temos outras complicações, meu amigo — disse ele. — Não sou perito em pedras preciosas, mas já lidei com elas muitas vezes na vida e tenho grande certeza no que digo. *Estas pérolas não passam de imitações.*

Capítulo 21

O Coronel Race praguejou:

— Esse caso maldito fica cada vez mais convoluto. — Ele pegou as pérolas. — Você não está enganado? Para mim parecem normais.

— São ótimas falsificações.

— Então, como ficamos? Imagino que Linnet Doyle não tenha feito uma imitação de propósito e trazido consigo para o exterior por segurança. É o que muitas mulheres fazem.

— Creio que, se fosse o caso, seu marido saberia.

— Talvez ela não tenha contado.

Poirot fez um não com a cabeça, como se estivesse insatisfeito.

— Não, não acho que seja o caso. Eu admirei as pérolas de madame Doyle na primeira noite no barco, de brilho e reflexo perfeitos. Tenho certeza de que estava usando as joias genuínas na ocasião.

— Isso levanta duas possibilidades. A primeira é que Miss Van Schuyler só roubou o colar de imitação depois que o real foi surrupiado por outra pessoa. A segunda é que toda a história da cleptomania é invenção. Ou Miss Bowers é uma ladra, inventou essa ladainha apressadamente e dirimiu suspeitas entregando as pérolas falsas, ou todo aquele grupo está envolvido nesse ardil. Ou seja: são uma gangue de ladrões de joias espertos mascarando-se como uma família norte-americana reclusa.

— Sim — balbuciou Poirot. — Difícil dizer. Mas ressalto um aspecto: para criar uma cópia perfeita e exata das pérolas, com fecho e tudo, uma réplica bem-feita o suficiente para enganar madame Doyle, faz-se necessária uma performance técnica deveras hábil. Não poderia ser feita às pressas. Quem copiou estas pérolas deve ter tido ampla oportunidade de estudar as originais.

Race pôs-se de pé.

— É inútil especular sobre isso agora. Vamos dar prosseguimento a nosso trabalho. Temos que achar as pérolas reais. E ao mesmo tempo ficaremos de olhos abertos.

Eles se dirigiram às cabines ocupadas no convés inferior.

A do *signor* Richetti continha várias obras sobre arqueologia em diversos idiomas, uma variedade de roupas, loções capilares de alta fragrância e duas cartas: uma sobre uma expedição arqueológica à Síria e outra aparentemente de uma irmã em Roma. Seus lenços eram todos de seda colorida.

Passaram à cabine de Ferguson.

Havia uma seleção de literatura comunista, várias fotografias, o *Erewhon*, de Samuel Butler, e uma edição barata do *Diário*, de Samuel Pepys. Não eram muitas suas posses particulares. A maior parte das roupas de cima que havia estavam rasgadas ou sujas; as roupas de baixo, por outro lado, eram de ótima qualidade. Os lenços eram do estilo caro, de linho.

— Discrepâncias curiosas — murmurou Poirot.

Race assentiu.

— Muito estranho que não se veja documentos pessoais, cartas etc.

— Sim; provoca reflexão. Um homem estranho, este *monsieur* Ferguson. — Ele olhou pensativo para um anel de formatura que recolheu antes de devolvê-lo à gaveta onde o havia encontrado.

Passaram à cabine ocupada por Louise Bourget. A criada fazia as refeições depois dos outros passageiros, mas Race havia mandado avisar que ela deveria acompanhar os demais. Um camareiro de cabine os encontrou.

— Sinto muito, senhor — disse ele —, mas não consegui encontrar a jovem em lugar algum. Não consigo imaginar onde terá ido.

Race observou dentro da cabine. Estava vazia.

Eles subiram ao tombadilho e começaram por estibordo. A primeira cabine era ocupada por James Fanthorp. Ali, tudo estava em meticulosa ordem. Mr. Fanthorp viajava com pouco, mas tudo que tinha era de boa qualidade.

— Nenhuma carta — falou Poirot, pensativo. — Nosso Mr. Fanthorp é diligente na eliminação da correspondência.

Passaram à cabine de Tim Allerton, ao lado.

Ali havia evidências de uma tendência anglocatólica: um tríptico pequeno e requintado e um grande rosário de madeira entalhada. Além de roupas pessoais, havia um manuscrito semiacabado, com várias anotações e rabiscos, e uma coleção considerável de livros, a maioria de publicação recente. Havia também um bom número de cartas jogadas dentro de uma gaveta, sem critério algum. Poirot, que nunca teve escrúpulos quanto a ler a correspondência alheia, apenas passou os olhos. Percebeu que, entre as missivas, não havia cartas de Joanna Southwood. Pegou um tubo de cola Seccotine, passou os dedos distraidamente por alguns instantes, depois disse:

— Vamos adiante.

— Nenhum lenço da Woolworth — informou Race, logo devolvendo o conteúdo às gavetas.

A cabine de Mrs. Allerton foi a seguinte. Estava organizada com requinte, pairando um leve e antiquado odor de lavanda.

A busca acabou rápido. Race comentou ao saírem:

— Uma mulher agradável.

A cabine seguinte era a que havia sido usada como área de vestir por Simon Doyle. Suas necessidades imediatas — pijama, artigos de higiene etc. — haviam ido para a cabine de Bessner, mas o restante de suas posses continuava ali: duas malas de couro de bom tamanho e uma bolsa de viagem. Também havia algumas peças no guarda-roupa.

— Precisamos vasculhar esta cabine com atenção, meu amigo — disse Poirot —, pois é possível que o ladrão tenha escondido as pérolas aqui.

— Você acha provável?

— Mas é claro. Pondere! O ladrão ou a ladra, seja quem for, devia saber que mais cedo ou mais tarde aconteceria uma revista e que, portanto, escondê-las em sua cabine seria de extrema imprudência. Os aposentos públicos apresentam outras dificuldades. Mas aqui temos uma cabine que pertence a um homem *que não tem como comparecer*. Então, caso as pérolas sejam encontradas aqui, não nos dirão absolutamente nada.

No entanto, a busca meticulosíssima não localizou vestígios nenhum do colar desaparecido.

Poirot murmurou "*Zut!*" para si e eles emergiram de novo no convés.

A cabine de Linnet Doyle havia sido trancada depois que o corpo foi retirado, mas Race tinha a chave. Ele destravou a porta e ambos entraram.

Fora a retirada do corpo da menina, a cabine estava exatamente como antes naquela manhã.

— Poirot — disse Race —, se tem algo a ser encontrado aqui, pelo amor de Deus, vá e encontre. Sei que, se há alguém capaz disso, é você.

— Não está falando das pérolas desta vez, *mon ami*?

— Não. O assassinato é o principal. Pode haver algo que deixei passar pela manhã.

Em silêncio e com habilidade, Poirot seguiu em sua busca. Ficou de joelhos e esquadrinhou o piso, centímetro a centímetro. Examinou a cama. Revistou o guarda-roupa e o gaveteiro. Reviu o baú do guarda-roupa e duas valises caras. Repassou o biombo folheado a ouro. Por fim, voltou sua atenção ao lavabo. Havia diversos cremes, pós e loções faciais. Mas a única coisa que parecia interessar ao detetive eram dois frascos com a etiqueta onde se lia Nailex. Enfim, recolheu-os e trouxe-os à penteadeira. Um, que trazia a inscrição Nailex Rose, continha apenas uma ou duas gotas de fluido vermelho-escuro no fundo. O outro, do mesmo tamanho, mas com a etiqueta Nailex Cardinal, estava quase cheio. Poirot desarrolhou primeiro o frasco mais vazio, depois o cheio, e cheirou ambos delicadamente.

Um odor de gotas de pera surgiu no quarto. Com leve expressão de desgosto, ele os tapou novamente.

— Conseguiu algo? — indagou Race.

Poirot respondeu com um provérbio francês:

— *On ne prend pas les mouches avec le vinaigre.*

Então falou, com um suspiro:

— Meu amigo, não tivemos sorte. O assassino não foi prestativo. Ele não nos deixou a abotoadura, a bagana de cigarro, a cinza do charuto... ou, no caso de uma mulher, o lenço, o batom, a travessa de cabelo.

— Apenas o frasco de esmalte?

Poirot encolheu os ombros.

— Tenho que perguntar à criada. Tem algo... sim... tem algo de curioso aqui.

— Queria saber onde diabo ela está — disse Race.

Eles saíram da cabine, trancaram a porta e passaram à cabine de Miss Van Schuyler.

Viram ali de novo todos os acessórios da riqueza, os produtos de toalete caros, as malas de qualidade, um bom número de cartas particulares e documentos perfeitamente em ordem.

A cabine seguinte era a dupla, ocupada por Poirot e, a seguir, a de Race.

— Dificilmente esconderiam em uma destas — disse o coronel.

Poirot discordou.

— É possível. Certa vez, no Expresso do Oriente, investiguei um assassinato. Havia uma questão com um quimono escarlate. O quimono desaparecera e, ainda assim, devia estar no trem. Eu o encontrei... adivinhe onde? *Em minha própria valise!* Ah! Aquilo, sim, foi uma impertinência!

— Bom, veremos se alguém foi impertinente com você ou comigo desta vez.

Porém, o ladrão de pérolas não havia sido impertinente com eles.

Dando a volta na popa, os dois fizeram uma busca cuidadosa na cabine de Miss Bowers, mas não encontraram nada de natureza suspeita. Seus lenços eram de linho simples com suas iniciais.

A cabine das Otterbourne foi a seguinte. Aqui, mais uma vez, Poirot fez uma busca muito meticulosa... mas sem resultado.

A cabine seguinte era a de Bessner. Simon Doyle estava deitado com uma bandeja de comida intocada ao seu lado.

— Não tenho apetite — disse ele, em tom de desculpas.

O homem estava com aparência febril e bem pior do que no início do dia. Poirot entendeu o nervosismo de Bessner em querer levá-lo o mais rápido possível ao hospital com a devida aparelhagem.

O pequeno belga explicou o que os dois estavam fazendo, e Simon assentiu. Ao saber que as pérolas haviam sido restabelecidas por Miss Bowers, mas que se provaram mera imitação, ele expressou uma surpresa das mais completas.

— Tem certeza, *monsieur* Doyle, de que sua esposa não tinha um colar de imitação que trouxe a bordo consigo em vez do real?

Simon balançou a cabeça decididamente.

— Ah, não. Certeza absoluta. Linnet amava essas pérolas e usava o colar todos os dias. Elas eram seguradas contra todo risco possível, e acho que isso a deixava um tanto descuidada.

— Temos que continuar nossa busca, então.

Ele começou a abrir gavetas. Race se engalfinhou com uma maleta.

Simon ficou olhando.

— Vejam, não creio que suspeitem que o velho Bessner tenha afanado o colar, suspeitam?

Poirot encolheu os ombros.

— É uma possibilidade. Afinal de contas, o que sabemos sobre o Dr. Bessner? Apenas o que ele próprio revela.

— Mas ele não poderia ter escondido as pérolas sem que eu visse.

— Ele não poderia ter escondido nada *hoje* sem que o senhor tivesse visto. Porém, não sabemos quando a substituição se deu. Ele pode ter efetuado a troca há alguns dias.

— Nunca pensei nisso.

Contudo, a busca foi infrutífera.

A cabine seguinte foi a de Pennington. Os dois homens dedicaram algum tempo à revista. Poirot e Race exploraram em particular um estojo tomado de documentos jurídicos e comerciais, a maioria dos quais dependia da assinatura de Linnet.

Poirot fez um não desconsolado.

— Todos parecem corretos e nos conformes. Concorda?

— Certamente. Ainda assim, o homem não é tolo. Se *houvesse* aqui um documento comprometedor, como uma procuração de plenos poderes ou algo similar, ele teria tido o cuidado de destruí-lo de imediato.

— É verdade.

Poirot tirou um revólver Colt pesado da gaveta superior do gaveteiro, olhou para a arma e devolveu-a ao lugar.

— Há pessoas que ainda viajam com revólveres — murmurou ele.

— Sim, um tanto sugestivo, quem sabe. Mesmo assim, Linnet Doyle não foi alvejada com uma coisa deste tamanho. — Race fez uma pausa e falou: — Pensei em um motivo possível para sua indagação quanto à pistola ter sido jogada no rio. E se considerarmos que o assassino *deixou* a pistola na cabine de Linnet Doyle e que outra pessoa, uma segunda, a pegou e a jogou no rio?

— Sim, é possível. A possibilidade me passou pela cabeça também. Mas isto encadeia uma nova série de perguntas. Quem seria essa segunda pessoa? Que interesse teria no empenho para acobertar Jacqueline de Bellefort, ao remover a pistola? O que a segunda pessoa estaria fazendo lá? A única outra pessoa que sabemos que entrou naquela cabine foi *mademoiselle* Van Schuyler. Pode-se conceber que *mademoiselle* Van Schuyler a teria removido? Por que *ela* desejaria acobertar Jacqueline de Bellefort? E ainda assim... que outra razão haveria para a remoção da pistola?

Race sugeriu:

— Ela pode ter identificado a estola como sua, assustou-se e, por conta disso, jogou tudo fora.

— A estola, talvez, mas ela também teria se livrado da pistola? Ainda assim, concordo que seja uma solução possível. Mas é sempre... *bon Dieu*, é um desastre. E você ainda não avaliou uma questão a respeito da estola...

Enquanto saíam da cabine de Pennington, Poirot sugeriu que Race deveria vasculhar as cabines remanescentes, as ocupadas por Jacqueline, Cornelia e duas desocupadas na ponta, enquanto ele mesmo trocava algumas palavrinhas com Simon Doyle.

Assim, o homenzinho refez o trajeto pelo convés e voltou À cabine de Bessner.

Simon disse:

— Estive pensando. Tenho certeza de eram as pérolas reais que foram usadas ontem.

— Por quê, *monsieur* Doyle?

— Porque Linnet — ele estremeceu ao proferir o nome da esposa — estava mexendo nelas pouco antes do jantar, falando delas. Ela entendia de pérolas. Sinto-me seguro em dizer que perceberia se fossem falsas.

— Mas eram uma boa imitação. Diga-me: madame Doyle tinha o hábito de soltar estas pérolas? Ela chegou a emprestá-las a uma amiga, por exemplo?

Simon corou com leve vergonha.

— Veja bem, *monsieur* Poirot, é difícil a mim dizer... E-eu... bom, veja bem, eu não conhecia Linnet há muito tempo.

— Ah, não, o romance de vocês foi breve.

Simon prosseguiu:

— E assim, de fato, não teria como saber de algo assim. Mas Linnet era generosíssima com o que tinha. Acredito que ela o faria.

— Ela nunca, por exemplo — a voz de Poirot saiu muito suave —, emprestou-as a *mademoiselle* De Bellefort?

— O que o senhor quer dizer? — Simon ficou de rosto vermelho, tentou se sentar e, estremecendo, caiu para trás. — Onde quer chegar? Que Jackie teria roubado as pérolas? Não foi ela. Asseguro que não. Jackie é pura integridade. A mera ideia de ela ser uma ladra é ridícula. Absolutamente ridícula.

Poirot o observou com olhos cintilantes.

— *Oh là là!* — falou ele, inesperadamente. — Pois esta sugestão agitou o vespeiro.

Simon repetiu decidido, sem se comover com o comentário de Poirot:

— Jackie tem integridade!

Poirot lembrou a voz de uma menina no Nilo em Assuã dizendo: "Eu amo Simon... c clc mc ama..."

Ele já se perguntara qual das três frases que havia ouvido naquela noite seria a mais honesta. A Poirot, aparentava que era Jacqueline quem chegava mais perto da verdade.

A porta se abriu e Race entrou.

— Nada — disse ele, irritado. — Bem, não esperávamos mesmo. Vejo que o camareiro está vindo com seu relatório quanto às revistas dos passageiros.

Um camareiro e uma camareira surgiram na entrada. O primeiro falou.

— Nada, senhor.

— Algum dos cavalheiros se alvoroçou?

— Apenas o italiano, senhor. Falou sem parar. Disse que era uma desonra, algo assim. E também tinha uma arma de fogo consigo.

— Que tipo de arma?

— Uma Mauser automática calibre .25, senhor.

— Italianos têm gênio forte — disse Simon. — Richetti ficou possesso em Wadi Halfa por causa de um erro quanto a um telegrama. Foi de uma estupidez tamanha com Linnet por conta do ocorrido.

Race se voltou para a camareira. Era uma mulher grande e bonita.

— Nada com as mulheres, senhor. Elas fizeram um alvoroço... com exceção de Mrs. Allerton, que foi o mais gentil possível. Nem sinal das pérolas. A propósito, Miss Rosalie Otterbourne tinha uma pequena pistola na bolsa de mão.

— De que tipo?

— Uma muito pequena, senhor, com cabo de pérola. Quase um brinquedo.

Race a encarou.

— O diabo que fique com este caso — resmungou ele. — Achei que *ela* estava livre de suspeita, e agora... Será que toda moça neste barco maldito anda com pistolas de brinquedo com cabo de pérola?

Ele disparou uma pergunta à camareira.

— Ela demonstrou alguma emoção quando a senhorita encontrou?

A mulher fez que não.

— Não creio que tenha notado. Estava de costas enquanto eu mexia em sua bolsa.

— Ainda assim, deveria saber que a senhorita a encontraria lá. Enfim, não compreendo. E quanto à criada?

— Procuramos por todo o barco, senhor. Não a encontramos em lugar algum.

— O que houve? — perguntou Simon.

— A criada de Mrs. Doyle, Louise Bourget. Ela desapareceu.

— *Desapareceu?*

Race, pensativo, disse:

— Ela pode ter roubado as pérolas. É a única pessoa que teve amplas oportunidades para mandar fazer uma réplica.

— E então, quando descobriu que se instituía uma revista, jogou-se no rio? — sugeriu Simon.

— Absurdo — respondeu Race, irritadiço. — Uma mulher não pode se jogar no rio à luz do dia, de um barco como este, sem que alguém perceba. Ela deve estar em algum lugar a bordo.

Ele se dirigiu à camareira novamente.

— Quando ela foi vista pela última vez?

— Por volta de meia hora antes de soarmos o sino do almoço, senhor.

— Faremos uma busca na cabine dela, de qualquer modo — disse Race. — Pode nos revelar algo.

Ele tomou à frente no convés inferior. Poirot o seguiu. Destrancaram a porta da cabine e passaram para dentro.

Louise Bourget, cuja função era manter os pertences dos outros organizados, havia dispensado a atenção no que dizia respeito às próprias posses. Havia várias bugigangas cobrindo o tampo do gavctciro, uma maleta aberta com roupas penduradas de lado que impedia que ela se fechasse e roupas íntimas penduradas sobre as laterais das cadeiras.

Enquanto Poirot, com dedos rápidos e firmes, abria as gavetas da cômoda, Race examinou a maleta.

Os sapatos de Louise estavam alinhados ao lado da cama. Um deles, de couro negro encerado, parecia ter ficado em ângulo extraordinário, quase caindo. A aparência daquele sapato era tão estranha que atraiu a atenção do coronel.

Ele fechou a maleta e se curvou sobre a fileira de sapatos.

Então emitiu uma exclamação afiada.

Poirot deu um giro.

— *Qu'est-ce qu'il y a?*

Race falou sério:

— Ela não desapareceu. *Ela está aqui... debaixo da cama...*

Capítulo 22

O corpo da mulher que, em vida, fora Louise Bourget, jazia no chão da cabine. Os dois homens se agacharam para ver. Race foi o primeiro a se levantar.

— Eu diria que está morta há mais ou menos uma hora. Vamos chamar Bessner para dar uma olhada. Apunhalada no coração. Morte praticamente instantânea, imagino. Nem um pouco bonito, não?

— Não.

Poirot balançou a cabeça com um leve estremecer.

O rosto escuro e felino estava convulsionado, como se tivesse passado por surpresa e fúria, os lábios repuxados dos dentes.

Poirot se abaixou de novo, com cuidado, e pegou a mão direita. Havia alguma coisa entre os dedos. Ele tirou e mostrou para Race: um pedaço de papel em um tom rosado de lilás.

— Vê o que é?

— Dinheiro — respondeu Race.

— O canto de uma nota de mil francos, acredito.

— Bom, está claro o que aconteceu — disse Race. — Ela sabia de algo e estava chantageando o assassino com o que sabia. Tínhamos achado mesmo que ela não fora de todo sincera hoje de manhã.

Poirot exclamou:

— Fomos feitos de idiotas! Tolos! Devíamos ter percebido antes. O que ela disse? "O que eu teria visto ou ouvido? Eu estava no convés inferior. Naturalmente, se não tivesse conseguido dormir, se tivesse subido as escadas, *assim*, quem sabe, eu teria visto o assassino, este monstro, entrando ou

saindo da cabine de madame. Mas, do modo como se deu..."
É óbvio que foi *isso* que aconteceu! Ela subiu. Ela *viu* alguém
entrando ou saindo sorrateiramente na cabine de Linnet Doyle. E, por conta de sua ganância, da insensatez de sua ganância, agora jaz aqui...

— E não estamos mais próximos de descobrir quem a matou — disse Race, com desgosto.

Poirot fez que não.

— Discordo. Agora sabemos muito mais. Sabemos... sabemos de quase tudo. Embora o que saibamos pareça inacreditável... Ainda assim, deve ser. Embora eu não veja... Ah!
Como fui imbecil esta manhã! Sentimos, nós dois, que ela es-
condia algo, e não percebemos a conclusão lógica: chantagem.

— Ela deve ter exigido dinheiro para ficar calada na mesma hora — disse Race. — Decerto fez ameaças. O assassino
foi obrigado a consentir com a solicitação e a pagou em moeda francesa. Acha que há algo nisto?

Poirot, pensativo, balançou a cabeça.

— Diria que não. Muitas pessoas levam uma reserva de
dinheiro consigo quando viajam. Às vezes, notas de cinco libras, às vezes, dólares, mas, vez por outra, são notas france-
sas. É possível que o assassino a tenha pago com um misto
de divisas. Prossigamos em nossa reconstrução.

— O assassino chega à cabine dela, entrega-lhe o dinheiro e então...

— E então — disse Poirot — ela conta. Ah, sim, conheço
a laia. Ela contaria o dinheiro e, enquanto estivesse fazen-
do-o, ficaria desprevenida. O assassino ataca. Com sucesso,
recolheu o dinheiro e fugiu... sem notar que deixara rasgar
um pedaço de uma das notas.

— Talvez seja assim que o capturaremos — sugeriu Race,
em dúvida.

— Duvido — disse Poirot. — Ele vai analisar as notas e
provavelmente notará o rasgo. É claro que, se fosse de disposição parcimoniosa, não conseguiria se convencer a eliminar

uma nota de *mille*. Mas temo que seu temperamento seja exatamente o contrário.

— Por que conclui isso?

— Tanto este crime quanto o assassinato de madame Doyle exigiram certas qualidades: coragem, audácia, execução audaz, atitude diligente; tais qualidades não se coadunam com uma disposição poupadora e prudente.

Race balançou a cabeça, triste.

— É melhor chamar Bessner — disse ele.

O exame do robusto médico não demorou. Acompanhado de muitos "*Achs*" e "*Entãos*", ele pôs-se a trabalhar.

— Está morta há não mais que uma hora — falou. — Morte que foi muito rápida. De uma vez.

— E qual arma o senhor acha que foi usada?

— *Ach*, isso é interessante. Foi algo muito afiado, fino e delicado. Posso lhe mostrar que tipo de coisa.

De volta à sua cabine, ele abriu um estojo e retirou uma lâmina cirúrgica comprida e delicada.

— Foi algo assim, meu amigo. Não uma faca de mesa comum.

— Creio — sugeriu Race, com suavidade — que nenhum de seus bisturis tenha... hã... desaparecido, não, doutor?

Bessner olhou para ele, depois seu rosto ficou vermelho de indignação.

— De que está falando? Acha que eu, Carl Bessner, de grande reputação em toda a Áustria, com toda a minha clientela, meus pacientes de berço de ouro, que *eu* matei uma miserável *femme de chambre*? Ora, mas é ridículo. É absurdo! Nenhum de meus bisturis desapareceu. Nenhum, repito. Estão todos aqui, corretos, em seus lugares. Podem ver por conta própria. E não esquecerei este insulto à minha profissão.

O Dr. Bessner fechou a maleta com força, pegou-a e saiu a passos firmes para o convés.

— Deus! — disse Simon. — O senhor tirou o velhote do sério.

Poirot encolheu os ombros.

— É lamentável.

— O senhor está na pista errada. O velho Bessner é dos bons, mesmo que seja como os boches.

O Dr. Bessner ressurgiu de repente.

— Fariam a gentileza de deixar minha cabine? Tenho que trocar os curativos na perna de meu paciente.

Miss Bowers havia entrado com ele e ficou parada, veloz e profissional, esperando os outros saírem.

Race e Poirot saíram se arrastando, acabrunhados. Race resmungou alguma coisa e partiu. Poirot virou para a esquerda. Ele ouviu partes de uma conversa efeminada e uma risada. Jacqueline e Rosalie estavam juntas na cabine desta. A porta estava aberta e as duas moças estavam próximas. Quando a sombra do detetive se fez vista, ambas ergueram o olhar. Ele viu Rosalie Otterbourne sorrir para ele pela primeira vez, um sorriso receptivo e acanhado, ainda que um tanto incerto, como alguém que faz algo novo e pouco familiar.

— Estão conversando sobre o escândalo, *mademoiselles*? — perguntou ele.

— Não — disse Rosalie. — Na verdade, estávamos apenas comparando batons.

Poirot sorriu.

— *Les chiffons d'aujourd'hui* — balbuciou.

Contudo, havia algo de mecânico em seu sorriso, e Jacqueline de Bellefort, mais veloz e observadora que Rosalie, percebeu. Ela soltou o batom que estava segurando e saiu para o convés.

— Alguma coisa... aconteceu alguma coisa?

— Como adivinhou, *mademoiselle*, sim, aconteceu uma coisa.

— O quê? — Rosalie também veio.

— Outra morte — respondeu Poirot.

Rosalie prendeu a respiração. Poirot a observava diretamente. Percebeu um alerta e algo mais — consternação — surgir por instantes nos olhos dela.

— A criada de madame Doyle foi assassinada — declarou ele.

— Assassinada? — falou Jacqueline. — *Assassinada*, o senhor disse?

— Sim, foi o que eu disse. — Embora a resposta dele fosse nominalmente para Jacqueline, era Rosalie que Poirot observava. Foi com Rosalie que ele falou ao prosseguir. — No caso, esta criada viu algo que não deveria ter visto. E, assim, foi silenciada para não dar com a língua nos dentes.

— O que foi que ela viu?

Foi Jacqueline quem perguntou, e, mais uma vez, a resposta de Poirot foi para Rosalie. Formou-se um triângulo curioso.

— Creio que reste pouca dúvida em relação ao que a mulher viu: alguém entrando ou saindo da cabine de Linnet Doyle na noite fatal — respondeu Poirot.

Seus ouvidos foram rápidos. O belga escutou a inalação profunda e viu as pálpebras tremularem. Rosalie Otterbourne reagira exatamente como ele queria que reagisse.

— Ela disse quem foi que viu? — indagou Rosalie.

Delicada e pesarosamente, Poirot fez que não.

Passos tamborilaram pelo convés. Era Cornelia Robson, de olhos arregalados e assustados.

— Ah, Jacqueline — gritou ela —, aconteceu uma coisa terrível. Outra coisa terrível!

Jacqueline se virou para ela. As duas se aproximaram. Quase sem pensar, Poirot e Rosalie Otterbourne foram na direção contrária.

Rosalie falou ríspida:

— Por que está olhando para mim? O que tem em mente?

— A senhorita está me fazendo duas perguntas. Eu lhe responderei com outra. *Por que não me conta toda a verdade*, mademoiselle?

— Não sei do que está falando. Eu lhe contei *tudo* hoje de manhã.

— Não, há coisas que não me contou. Não me contou que leva na bolsa de mão uma pistola de baixo calibre com cabo de pérola. Não me contou o que viu na noite passada.

Ela corou. Então respondeu com rispidez:

— Isso é uma inverdade. Não tenho revólver.

— Não mencionei um revólver. Mencionei uma pequena pistola que carrega em sua bolsa de mão.

Ela girou, entrou na própria cabine, saiu e lançou a bolsa de couro cinza nas mãos dele.

— O que o senhor diz é absurdo. Pode procurar por conta própria.

Poirot abriu a bolsa. Não havia pistola alguma ali.

Ele devolveu a bolsa a ela, reparando seu olhar triunfal e desdenhoso.

— Não — disse ele, querendo ser agradável. — Não está aí.

— Pois veja. Não é sempre que o senhor está certo, *monsieur* Poirot. E está errado quanto a este absurdo.

— Não, não creio que esteja.

— O senhor consegue tirar qualquer um do sério! — Ela saiu a passos furiosos. — Coloca uma ideia na cabeça e insiste, insiste, insiste.

— Pois quero que me conte a verdade.

— Qual é a verdade? Parece que o senhor sabe melhor do que eu.

Poirot disse:

— Quer que eu diga o que a senhorita viu? Se eu tiver razão, admitirá? Contarei-lhe o que penso. Entendo que, quando a senhorita deu a volta na popa, parou porque viu um homem sair da cabine a mais ou menos meio caminho do convés: a cabine de Linnet Doyle, como *mademoiselle* percebeu no dia seguinte. A senhorita o viu sair, fechar a porta e passar pelo convés e, quem sabe, entrar em *uma das duas cabines da ponta.* Então, estou certo?

Ela não respondeu.

Poirot disse:

— Talvez a senhorita pense que seja mais prudente permanecer calada. Talvez tenha medo de que, se falar, também será morta.

Por um instante, Poirot achou que ela havia mordido a isca fácil, que a acusação contra sua coragem teria sucesso onde argumentos mais sutis fracassariam.

Os lábios dela se abriram, tremeram, e então:

— Não vi ninguém — disse Rosalie Otterbourne.

Capítulo 23

Miss Bowers saiu da cabine do Dr. Bessner ajeitando as mangas sobre os punhos.

Jacqueline deixou Cornelia de repente e abordou a enfermeira.

— Como ele está? — perguntou.

Poirot chegou a tempo de ouvir a resposta. Miss Bowers tinha uma aparência deveras preocupada.

— As coisas não vão de todo mal — respondeu ela.

Jacqueline disse:

— Quer dizer que ele piorou?

— Bom, devo dizer que vou ficar aliviada quando chegarmos ao nosso destino e pudermos fazer o devido exame de raios X e tudo for resolvido com um anestésico. Quando diria que chegaremos a Shellal, *monsieur* Poirot?

— Amanhã pela manhã.

Miss Bowers franziu os lábios e balançou a cabeça.

— Que infelicidade. Estamos fazendo o possível, mas sempre há o risco de septicemia.

Jacqueline pegou o braço de Miss Bowers e sacudiu.

— Ele vai morrer? Ele vai morrer?

— Ai de mim, Miss De Bellefort, não. Quer dizer, espero que não. O ferimento em si não é perigoso, mas não há dúvida de que se faz necessário o exame de raios X assim que possível. Portanto, é evidente que o pobre Mr. Doyle precisa descansar por hoje. Ele já se excedeu em preocupações e emoções. Não é à toa que sua temperatura sobe. Com o choque da morte da esposa, além de uma coisa e outra...

Jacqueline largou o braço da enfermeira e deu meia-volta. Ficou inclinada sobre a lateral, de costas para as outras duas.

— O que quero dizer é que devemos torcer sempre pelo melhor — disse Miss Bowers. — É claro que Mr. Doyle tem uma constituição forte, pode-se ver que sim. Provavelmente nunca passou um dia doente na vida. Tem isto ao seu favor. Mas não há como negar que a elevação na temperatura é um sinal grave e que...

Ela fez que não, ajustou as mangas de novo e partiu com pressa.

Jacqueline se virou e caminhou tateante, cega pelas lágrimas, em direção à sua cabine. Ela sentiu a mão de alguém sob seu cotovelo, guiando-a. Ergueu o olhar em meio às lágrimas e encontrou Poirot ao seu lado. Miss De Bellefort se apoiou levemente nele, e o detetive a levou até a cabine dela.

Jacqueline afundou na cama e as lágrimas saíram mais copiosas, pontuadas por soluços de tremer o corpo.

— Ele vai morrer! Vai morrer! Sei que vai ... E eu serei sua assassina. Sim, serei...

Poirot encolheu os ombros. Fez uma negativa com a cabeça, pesaroso.

— *Mademoiselle*, o que está feito está feito. Não se pode voltar atrás em atitude tomada. É tarde demais para lamentar.

Ela gritou, veemente:

— Eu serei sua assassina! E eu o amo tanto... Eu o amo tanto.

Poirot suspirou.

— Demais...

Era o que ele havia pensado muito tempo antes, no restaurante de M. Blondin. E era o que pensava agora.

Ele disse, hesitando um pouco:

— Não se afie, de modo algum, ao que Miss Bowers falou. Enfermeiras hospitalares... de minha parte, sempre as considerei sombrias! A enfermeira do turno da noite se surpreende ao encontrar o paciente vivo no fim do dia; por sua vez, a enfermeira do turno do dia se surpreende ao encontrá-lo vivo pela manhã! Perceba que elas entendem muito sobre as possibilidades que podem surgir. Quando se está dirigindo, podemos facilmente pensar: "Se um carro surgisse naquele cruzamento, ou se aquele caminhão desse ré de repente, ou se caísse a roda de um carro em nossa direção, ou se um cão pulasse por cima da cerca viva e caísse em meu colo ao volante... *eh bien*, provavelmente eu estaria morto!" Porém, se supõe, e, em geral, da maneira devida, que nenhuma destas coisas *vai* acontecer e que se chegará ao fim da jornada sem percalços. Porém, caso a pessoa já tenha se envolvido em um acidente ou tenha visto um ou mais acidentes, ela tem a tendência a pensar o oposto.

Jacqueline perguntou, com um meio sorriso entre as lágrimas:

— Está tentando me consolar, *monsieur* Poirot?

— O *bon Dieu* sabe o que estou tentando fazer! A senhorita não devia ter vindo nesta viagem.

— Não. Bem gostaria de não ter vindo. Está sendo... horrível. Mas... em breve acabará.

— *Mais oui... mais oui.*

— E Simon vai para o hospital, vão lhe dar o tratamento devido e tudo vai ficar bem.

— A senhorita fala como uma criança! *E viveram felizes para sempre.* É isso, não é?

De repente, seu rosto ficou escarlate.

— *Monsieur* Poirot, eu nunca quis... nunca...

— É cedo demais para pensar nessas coisas! Ou ao menos é o que diz o hipócrita, não? Mas a senhorita tem sangue latino, *mademoiselle* Jacqueline. E deveria ser capaz de admitir fatos mesmo que não soem decorosos. *Le roi est mort, vive le roi!* O sol sumiu e a lua surgiu. Foi o que aconteceu, não?

— O senhor não entende. Ele está com pena de mim, com muita pena de mim, porque sabe como é terrível saber que eu o magoei tanto.

— Ah, pois bem — disse Poirot. — A piedade pura é um sentimento muito altivo.

Ele lhe dirigiu um olhar meio zombeteiro, meio com outra emoção. E balbuciou palavras suaves em francês:

La vie est vaine.
Un peu d'amour,
Un peu de haine,
Et puis bonjour.

La vie est brève.
Un peu d'espoir,
Un peu de rêve,
Et puis bonsoir.

Ele voltou ao tombadilho. O Coronel Race andava a passos largos pelo convés e sinalizou para o amigo de imediato.

— Poirot. Meu bom homem! Preciso falar com você. Tive uma ideia.

De braços dados com Poirot, ele o encaminhou convés à frente.

— Apenas um comentário fortuito sobre Doyle. Na hora, mal notei. Algo sobre um telegrama.

— *Tiens! C'est vrai.*

— Pode não ser nada, mas não se pode deixar uma via não explorada. Maldição, homem, dois assassinatos e seguimos no escuro.

Poirot fez que não.

— Não, não estamos no escuro. Estamos à luz.

Race olhou para ele, indagativo.

— Tem alguma ideia?

— Agora é mais do que uma ideia. *É uma certeza.*

— Desde... quando?

— Desde a morte da criada, Louise Bourget.

— Mas não vejo coisa alguma, maldição!

— Meu amigo, está deveras claro. Claríssimo. Porém... há dificuldades! Constrangimentos! Impedimentos! Veja você que, em torno de uma pessoa como Linnet Doyle, acontece muito: conflitos entre ódios, e ciúmes, e invejas, e torpezas. É como uma nuvem de moscas... zumbindo, zumbindo...

— Mas acha que sabe? — O outro olhou para ele, curioso.

— Não diria se não tivesse certeza. De minha parte, não posso dizer que vejo a luz. Tenho minhas desconfianças, claro...

Poirot parou. Deixou a mão imponente sobre o braço de Race.

— O senhor é um grande homem, *mon colonel*... O senhor não pede: "Diga-me: o que tem em mente?" O senhor sabe que, se eu pudesse falar agora, falaria. Mas há muito a ser resolvido antes. Primeiro, pense por um instante conforme as linhas que indicarei. Há certos pontos... Temos a declaração de *mademoiselle* De Bellefort de que alguém entreouviu nossa conversa naquela noite no jardim de Assuã. Há a declaração de *monsieur* Tim Allerton em relação ao que ouviu e fez na noite do crime. Temos as respostas significativas de Louise Bourget em relação às nossas perguntas hoje de manhã. Temos o fato de que madame Allerton bebe água, de que o filho dela bebe uísque com soda e que eu bebo vinho. Acrescente o fato dos dois frascos de esmalte e o provérbio que citei. Por fim, chegamos ao cerne do assunto como um todo, o fato de que a pistola estava enrolada em um lenço barato e em uma estola de veludo, e que foi jogada no rio...

Race ficou em silêncio alguns instantes, depois sacudiu a cabeça.

— Não — disse ele. — Não entendo. Tenho uma leve ideia de onde quer chegar. Mas, até onde consigo ver, não funciona.

— Sim... sim... você está vendo apenas metade da verdade. E lembre-se do seguinte: devemos começar de novo do início, já que nossa primeira concepção estava errada.

Race deu um sorriso torto.

— Estou acostumado a isso. Em geral, parece que todo trabalho de detetive é este: apagar as falsas partidas e retomar.

— Sim, é uma grande verdade. E é justamente o que muitas pessoas não aceitam. Elas concebem certa teoria e tudo tem que se encaixar nela. Se um fato mínimo não se encaixa, deixam-no de lado. No entanto, são os fatos *que não se encaixam* que são sempre os significativos. Ao longo do tempo percebi *a significância daquela pistola ser retirada da cena do crime.* Eu sabia que tinha algum significado, mas só o entendi há meia hora.

— E eu ainda não captei!

— Mas vai! Basta refletir conforme as linhas que tracei. Agora, vamos resolver a questão do telegrama. No caso, se *Herr Doktor* nos permitir.

O Dr. Bessner ainda estava de péssimo humor. Ao atender a porta, revelou uma expressão carrancuda.

— O que foi? Querem ver o paciente de novo? Pois digo-lhes que não é bom. Ele tem febre. O dia foi agitado demais para ele.

— Apenas uma pergunta — disse Race. — Nada mais, eu lhe asseguro.

Com um grunhido relutante, o médico deu licença e os dois homens adentraram a cabine.

O Dr. Bessner, resmungando consigo, passou por eles.

— Retorno em três minutos — avisou. — E depois, decididamente, vocês saem!

Eles o ouviram caminhar em fúria pelo convés.

Simon Doyle olhou de um ao outro, inquisidor.

— Sim — disse ele —, o que foi?

— Uma coisa mínima — respondeu Race. — Agora mesmo, quando os camareiros estavam me informando, comentaram que o *signor* Richetti ficara particularmente incomodado durante a revista. O senhor disse que isso não o surpreendia, pois sabia que ele tinha péssimo gênio e que fora grosseiro com sua esposa por conta de um telegrama. Pode me contar sobre esse incidente?

— É claro. Foi em Wadi Halfa. Havíamos acabado de retornar da Segunda Catarata. Linnet pensou ter visto um telegrama para ela em cima do balcão. Percebam que ela havia se esquecido de que não se chamava mais Ridgeway, e Richetti e Ridgeway podem ficar parecidos quando escritos à mão com letra atroz. Então ela abriu o telegrama, mas não entendeu patavinas. Estava tentando desvendar o que era aquilo quando o camarada Richetti apareceu, arrancou o telegrama de sua mão e algaraviou-se de fúria. Ela foi atrás para pedir desculpas, e ele foi de extrema grosseria.

Race inspirou fundo.

— O senhor sabe o que havia no telegrama, Mr. Doyle?

— Sim. Linnet leu parte dele em voz alta. Dizia...

Ele fez uma pausa. Havia uma movimentação do lado de fora. Uma voz aguda se aproximava com velocidade.

— Onde estão *monsieur* Poirot e o Coronel Race? Preciso vê-los *neste instante*! É de suma importância. Tenho informações vitais. Eu... eles estão com Mr. Doyle?

Bessner não havia fechado a porta. Apenas a cortina pendia sobre a entrada aberta. Mrs. Otterbourne a puxou de lado e entrou como um furacão. O rosto dela estava impregnado de cor, o porte levemente oscilante, o domínio das palavras não exatamente sob seu controle.

— Mr. Doyle — disse ela, dramática —, sei quem matou sua esposa!

— O quê?

Simon a encarou. Os outros dois também.

Mrs. Otterbourne passou os olhos por todos os três com expressão de triunfo. Ela estava feliz — muito feliz.

— Sim — disse a mulher. — Minhas teorias estão plenamente vingadas. As ânsias profundas, primevas, primordiais! Pode parecer impossível, até fantástico, mas é a verdade!

Race falou, ríspido:

— Devo entender que a senhora está em posse de provas que mostram quem matou Mrs. Doyle?

Mrs. Otterbourne se sentou na cadeira e curvou-se para a frente, assentindo sem parar.

— Tenho, decerto. Os senhores hão de concordar que *quem matou Louise Bourget também matou Linnet Doyle*, que os dois crimes foram cometidos pelas mesmas mãos?

— Sim, sim — falou Simon, impaciente. — É claro. É uma afirmação sensata. Prossiga.

— Então minha afirmação se sustenta. Sei quem matou Louise Bourget; portanto, sei quem matou Linnet Doyle.

— Quer dizer que a senhora tem uma teoria a respeito de quem matou Louise Bourget — sugeriu Race, cético.

Mrs. Otterbourne voltou-se contra ele como um tigre.

— Não, tenho a informação precisa. *Vi* a pessoa com meus próprios olhos.

Simon, febril, exclamou:

— Pelo amor de Deus, comece do início, mulher! Se sabe quem matou Louise Bourget, diga.

Mrs. Otterbourne assentiu.

— Eu lhes contarei exatamente o que se passou.

Sim, ela estava muito contente, disso não havia dúvida! Era o momento dela, seu triunfo! E daí que seus livros não vendiam, que o público imbecil que antes era voraz em com-prá-los e devorá-los agora se voltava a novos favoritos? Salome Otterbourne teria notoriedade novamente. Seu nome sairia em todos os jornais. Ela seria testemunha principal da acusação durante o julgamento.

Ela respirou fundo e abriu a boca.

— Foi quando saí para almoçar. Estava sem apetite, com tanto horror da tragédia recente... Bom, não preciso entrar neste assunto.

"A meio caminho lembrei que havia... hã... deixado uma coisa na cabine. Disse a Rosalie para seguir sem mim. Ela foi em frente."

Mrs. Otterbourne parou por um instante.

A cortina na porta se mexeu de leve, como se erguida pelo vento, mas nenhum dos três homens notou.

— Eu... hum... — Mrs. Otterbourne fez uma pausa. Estava patinando sobre gelo fino, mas não podia evitar. — Eu... tinha um acordo com um dos, hã, efetivos do navio. Ele ia... buscar uma coisa para mim, mas eu não queria que minha filha soubesse. Ela fica incomodada com certos aspectos.

Isso não saiu muito bem, mas Mrs. Otterbourne não conseguia pensar em algo que soasse melhor antes de chegar a contar a história no tribunal.

As sobrancelhas de Race se ergueram quando seus olhos lançaram uma dúvida a Poirot.

O belga fez um aceno infinitésimo com a cabeça. Seus lábios formaram a palavra: "Álcool."

A cortina que cruzava a porta se mexeu de novo. Entre ela e a porta algo surgiu com um leve brilho azul-prateado.

Mrs. Otterbourne prosseguiu.

— O acordo era de que eu desse a volta na popa no convés inferior a este, e lá encontraria o homem à minha espera. Enquanto andava pelo convés, a porta de uma cabine se abriu e alguém foi espiar. Era esta garota: Louise Bourget, ou seja lá como é seu nome. Ela parecia estar esperando alguém. Quando viu que era eu, ficou desapontada e voltou para dentro. Não dei atenção no momento, é claro. Segui como disse que seguiria e peguei com o homem as... coisas. Paguei-o e, hã, tive uma palavrinha com ele. Então comecei a voltar. Assim que estava dobrando a esquina, vi alguém bater na porta da criada e entrar na cabine.

Race disse:

— E essa pessoa seria...?

Bang!

O barulho da explosão tomou a cabine. Sentiu-se um cheiro acre e amargo de fumaça. Mrs. Otterbourne se virou devagar de lado, como se fosse uma indagação suprema, então seu corpo se curvou para a frente e ela caiu no chão com um estrondo. Logo atrás da orelha, o sangue fluiu de um furo redondo.

Houve um instante de silêncio estupefato.

Então ambos os homens de físico apto se puseram de pé. O corpo da mulher dificultou a movimentação deles. Race curvou-se enquanto Poirot deu um salto felino para a porta e dali ao convés. O lugar estava vazio. No chão, logo à frente do parapeito, havia um grande revólver Colt.

Poirot olhou em ambas direções. Não viu ninguém. Então correu na direção da popa. Ao dobrar, deu um encontrão com Tim Allerton, que estava vindo a todo pano na direção oposta.

— Que diabo foi aquilo? — berrou Tim, sem fôlego.

Poirot falou ríspido:

— Viu alguém no caminho para cá?

— Se vi alguém? Não.

— Então venha comigo. — Ele pegou o jovem pelo braço e refez os passos. Uma pequena multidão havia se formado. Rosalie, Jacqueline e Cornelia correram de suas cabines. Mais pessoas vinham do salão para o convés: Ferguson, Jim Fanthorp e Mrs. Allerton.

Race estava parado ao lado do revólver. Poirot virou a cabeça e falou com o jovem Allerton:

— Tem luvas no bolso?

Tim remexeu.

— Sim, tenho.

Poirot as pegou dele, vestiu-as e se curvou para analisar a arma. Race fez o mesmo. Os outros ficaram assistindo, sem fôlego.

O coronel disse:

— Ele não foi pelo outro lado. Fanthorp e Ferguson estavam sentados no salão; teriam visto.

Poirot respondeu:

— E Mr. Allerton teria encontrado-o se houvesse ido para a popa.

Race, apontando para o revólver, falou:

— É curioso que tenhamos visto isto há tão pouco tempo. Mas precisamos ter certeza.

Ele bateu na porta de Pennington. Não houve resposta. Estava vazia. Race entrou e correu até a gaveta à direita do gaveteiro. O revólver havia sumido.

— Resolvido — disse Race. — Então, onde está Pennington?

Voltaram ao convés. Mrs. Allerton havia se juntado ao grupo. Poirot passou rápido a ela.

— Madame, leve Miss Otterbourne consigo e cuide dela. A mãe dela foi — ele consultou Race com um olhar e o outro assentiu — morta.

O Dr. Bessner chegou alvoroçado.

— *Gott im Himmel!* O que aconteceu agora?

Abriram espaço para o médico. Race apontou a cabine. Bessner entrou.

— *Encontre Pennington* — falou Race. — Alguma digital no revólver?

— Nenhuma — respondeu Poirot.

Encontraram Pennington no convés inferior. Ele estava sentado na pequena saleta escrevendo cartas. Ergueu o rosto belo e recém-barbeado.

— Alguma novidade? — perguntou ele.

— Não ouviu o tiro?

— Ora... agora que comentou... creio que ouvi um estalo. Mas nunca imaginei que... Quem levou o tiro?

— Mrs. Otterbourne.

— *Mrs. Otterbourne?* — Pennington soou pasmo. — Ora, mas isso muito me surpreende. Mrs. Otterbourne. — Ele balançou a cabeça. — Eu não imaginava. — Baixou a voz. — Penso, cavalheiros, que temos um maníaco homicida a bordo. Precisamos organizar um protocolo de defesa.

— Mr. Pennington — disse Race —, há quanto tempo está nesta sala?

— Ora, deixe-me ver. — Mr. Pennington coçou o queixo. — Diria que por volta de vinte minutos.

— E não saiu daqui?

— Ora, não... com certeza que não.

Ele olhou para os outros dois, inquisitivo.

— Veja bem, Mr. Pennington — disse Race —, Mrs. Otter-bourne levou um tiro de revólver.

Capítulo 24

O advogado ficou chocado. Mr. Pennington mal podia acreditar.

— Ora, cavalheiros — disse ele —, esta questão é muito séria.

— Deveras séria para o senhor, Mr. Pennington.

— Para mim? — Suas sobrancelhas se ergueram, perplexas. — Mas, meu caro, eu estava aqui sentado, tranquilo, quando o tiro foi disparado.

— Por acaso teria uma testemunha para provar o que diz?

Pennington fez que não.

— Ora, não... não posso dizer que tenho. Mas seria uma impossibilidade eu subir ao convés superior, atirar naquela pobre mulher... e, além disso, por que motivo atiraria?... e descer sem que ninguém me visse. Sempre há gente no salão a esta hora.

— Como responde ao uso da pistola?

— Bom... temo que, neste caso, tenho culpa. Pouco após embarcar, lembro-me bem de uma noite em que tivemos uma conversa no salão sobre armas de fogo e comentei que sempre viajava com um revólver.

— Quem estava presente?

— Não tenho certeza. A maioria dos passageiros, creio. Um bom contingente.

Ele sacudiu a cabeça.

— Sim — disse ele. — Disso sou culpado.

E prosseguiu:

— Primeiro Linnet, depois a criada dela e, agora, Mrs. Otterbourne. Parece que não há lógica!

— *Pois há* — falou Race.

— É mesmo?

— Sim. Mrs. Otterbourne estava a ponto de nos contar que vira certa pessoa entrar na cabine de Louise. Antes que pudesse dar nome aos bois, foi alvejada e morta.

Andrew Pennington passou um lenço de seda fina sobre o cenho.

— Que coisa terrível — murmurou.

Poirot disse:

— *Monsieur* Pennington, gostaria de discutir alguns aspectos do caso com o senhor. Pode comparecer à minha cabine em meia hora?

— Será um prazer.

O tom de Pennington indicava o contrário. Sua expressão também não parecia aprazerada. Race e Poirot trocaram olhares e saíram da sala.

— Demônio astuto — disse Race. — Mas está com medo, não é?

Poirot assentiu.

— Sim, não está contente, este nosso *monsieur* Pennington.

Quando voltaram ao tombadilho, Mrs. Allerton saiu de sua cabine e, ao ver Poirot, fez sinal imperioso para ele vir.

— Madame?

— Pobre criança! Diga-me, *monsieur* Poirot, há uma cabine dupla que eu possa dividir com ela? A moça não poderia voltar à que dividia com a mãe, e a minha é para uma única pessoa.

— Podemos providenciar, madame. Muito gentil de sua parte.

— Mero decoro. Além disso, sinto grande apreço pela moça. Sempre gostei dela.

— Ela está muito... triste?

— Terrivelmente. Parece que tinha dedicação plena àquela mulher odiosa. É isso que é tão patético. Tim diz que ela bebia. É verdade?

Poirot assentiu.

— Ah, enfim, pobre mulher... creio que não se pode julgá-la, mas a moça deve ter tido uma vida terrível.

— Sim, madame. É muito orgulhosa, mas também era fiel.

— Gosto disso. De lealdade, no caso. Hoje em dia não está em voga. É uma figura estranha, aquela moça: orgulhosa, reservada e teimosa. Mas creio que, no fundo, tem grande coração.

— Vejo que a deixei em ótimas mãos, madame.

— Sim, não se preocupe. Cuidarei dela. Chega a ser digna de pena a forma como ela se agarra a mim.

Mrs. Allerton voltou para sua cabine. Poirot retornou à cena da tragédia.

Cornelia ainda estava parada no deque, de olhos arregalados. Falou:

— Não entendo, *monsieur* Poirot. Como a pessoa que atirou nela pode ter fugido sem que a víssemos?

— Pois é. Como? — perguntou Jacqueline.

— Ah — disse Poirot —, não foi um truque de mágica como imagina, *mademoiselle*. Havia três maneiras de o assassino fugir.

Jacqueline pareceu confusa.

— *Três?*

— Ele poderia ir para a direita ou para a esquerda, mas não vejo outra saída — disse Cornelia, intrigada.

Jacqueline também franziu o cenho. Então sua testa relaxou. Ela disse:

— É claro. Ele poderia ir em duas direções no mesmo plano... *mas também poderia fazer ângulos retos.* Ou seja, no caso, não teria como *subir*, mas teria como *descer*.

Poirot sorriu.

— Grande intelecto, *mademoiselle*.

Cornelia disse:

— Sei que sou tola, mas ainda não entendi.

Jacqueline falou:

— *Monsieur* Poirot quer dizer, querida, que a pessoa poderia pular pela balaustrada e descer até o convés inferior.

— Nossa! — Cornelia suspirou. — Nunca pensaria em uma
coisa dessas. Ele teria que ser ligeiro, porém. Teria feito isso
logo em seguida?

— Poderia ser feito com facilidade — disse Tim Allerton.

— Lembrem-se de que sempre há um momento de choque
após um acontecimento como esse. Ouve-se um tiro e todos
ficam sem ação por alguns instantes.

— Foi a experiência que passou, *monsieur* Allerton?

— Sim. Fiquei parado como um bobo durante cinco segundos. Então corri pelo convés.

Race saiu da cabine de Bessner e falou com autoridade:

— Importam-se de abrir caminho? Queremos retirar o corpo.

Todos saíram da frente, obedientes. Poirot os acompanhou. Cornelia falou com ele com sincera tristeza.

— Nunca vou me esquecer desta viagem enquanto for
viva. Três mortes... É como viver em um pesadelo.

Ferguson a ouviu. Falou com agressividade:

— É porque é civilizada demais! Deveria pensar na morte
como faz um oriental. Um mero incidente, que mal se percebe.

Cornelia respondeu:

— Mas para eles não há problema... aquelas pobres criaturas não têm instrução.

— Não, e isso é bom. A educação tirou a vitalidade da
raça branca. Veja só a América: imersa em uma orgia cultu-
ral. É revoltante.

— Acho que está falando bobagens — disse Cornelia, corada. — Todo inverno faço aulas de arte grega e renascentista,
e já frequentei palestras sobre grandes mulheres da História.

Mr. Ferguson grunhiu de agonia.

— Arte grega! Renascentista! Grandes mulheres! Passo
mal só de ouvir. O que importa é o *futuro*, não o passado. Há
três mulheres mortas neste barco... e o que podemos dizer?

Não significam perda alguma! Linnet Doyle e seu dinheiro! A criada francesa: uma parasita doméstica. Mrs. Otterbourne: uma tola inútil. Pensa que alguém se importa de elas estarem mortas? *Eu* não me importo. Aliás, acho que isso fez um bem danado!

— Então o senhor está errado! — esbravejou Cornelia. — E fico enojada de ouvi-lo falar, falar, falar, como se ninguém mais importasse além de *você*. Eu podia não gostar muito de Mrs. Otterbourne, mas a filha dela era afetuosa e ficou arrasada com a morte da mãe. Não sei muito sobre a criada francesa, mas espero que alguém lhe sentisse afeto. E quanto a Linnet Doyle... bom, afora tudo mais, ela era muito querida! Tão bela quando adentrava qualquer recinto que fazia um caroço subir pela garganta. Eu mesma sou feia, o que me faz apreciar ainda mais sua beleza. Ela era tão linda, como mulher, quanto o que se vê na arte grega. E quando algo de lindo morre, o mundo inteiro perde. Então, tome essa!

Mr. Ferguson deu um passo para trás. Pegou o próprio cabelo com as duas mãos e puxou com força.

— Desisto — disse ele. — Você é impossível. Não tem uma medida de despeito feminino natural nesse corpo. — Ele se virou para Poirot. — O senhor sabia que o pai de Cornelia foi praticamente arruinado pelo velho de Linnet Ridgeway? E essa moça nem sequer range os dentes quando vê a herdeira velejando por aí com pérolas e modelos parisienses. Não, só sabe balir como uma ovelhinha: "Como é linda!" Não acredito que sequer tenha sentido mágoa por ela.

Cornelia corou.

— Eu senti mágoa... por um minuto. Papai morreu desalentado, sim, porque não havia cumprido tudo que queria.

— Sentiu mágoa por um minuto? Por favor!

Cornelia esbravejou de novo.

— Bom, você não acabou de me dizer que o que importa é o futuro? Isso ficou no passado, não? Já passou.

— Agora, você me conquistou — disse Ferguson. — Cornelia Robson, você é a única mulher de bem com quem já me deparei. Casaria comigo?

— Não seja absurdo.

— É uma proposta genuína, mesmo que feita na presença do velho detetive. Enfim, o senhor é testemunha, *monsieur* Poirot. Ofereci casamento propositalmente à moça. Contra todos os meus princípios, pois não acredito em contratos judiciais entre os sexos; porém, como não creio que ela aceitaria algo diferente, que seja o casamento. Vamos, Cornelia, aceite.

— Acho-o absolutamente ridículo — retrucou Cornelia, corando.

— Por que não quer se casar comigo?

— Você não fala sério — disse Cornelia.

— Está dizendo que não fiz uma proposta séria ou que meu caráter não é sério?

— Ambos, mas falava sobretudo de seu caráter. Você ri de tudo. Da educação, da cultura... da morte. Não é *confiável*.

Ela se interrompeu, ficou corada de novo e apressou-se até sua cabine.

Ferguson a observou.

— Moça maldita! Creio que estivesse falando sério. Ela quer um homem confiável. *Confiável*, pelos deuses! — Mr. Ferguson fez uma pausa e falou, indagativo: — Qual é seu problema, *monsieur* Poirot? Parece absorto.

Poirot se aprumou com um susto.

— Estou refletindo, nada mais. Refletindo.

— Meditações sobre a morte. Morte, a dízima periódica, de Hercule Poirot. Uma de suas famosas monografias.

— *Monsieur* Ferguson — disse Poirot —, o senhor é um jovem deveras impertinente.

— Ah, peço desculpas. Gosto de atacar instituições.

— E eu... sou uma instituição?

— É claro. O que pensa da moça?

— De Miss Robson?

— Sim.

— Penso que tem muito caráter.

— Está correto. Ela tem ânimo. Parece dócil, mas não é. Tem garra. Ela... ah, maldição, quero essa moça para mim. Não seria de todo mal se eu confrontasse a velha. Se uma vez pudesse colocá-la contra mim, podia me valer algo com Cornelia.

Ele girou e entrou no salão de observação.

Miss Van Schuyler estava sentada em seu canto de sempre. Parecia ainda mais arrogante que o normal. Ocupava-se com seu tricô. Ferguson foi até ela. Hercule Poirot, entrando discretamente, tomou assento a certa distância e aparentou ser sugado por uma revista.

— Boa tarde, Miss Van Schuyler.

Miss Van Schuyler ergueu os olhos por meio segundo, baixou-os de novo e balbuciou, frígida:

— Hum... boa tarde.

— Veja, Miss Van Schuyler: desejo conversar com a senhorita sobre um assunto importantíssimo. É simples. Quero me casar com sua prima.

O novelo de Miss Van Schuyler caiu no chão e saiu rolando.

Ela se pronunciou com tom peçonhento:

— Deve ter perdido completamente a noção, meu jovem.

— De modo algum. Estou determinado a me casar com ela. Já até fiz o pedido!

Miss Van Schuyler o inspecionou com frieza, com o mesmo tipo de interesse que teria dado a um besouro estranho.

— É mesmo? Presumo que ela tenha mandado você ver se ela estava na esquina.

— Ela me recusou.

— Naturalmente.

— "Naturalmente" nada. Vou continuar propondo até ela aceitar.

— Garanto-lhe que tomarei medidas para que minha prima não seja submetida a tal perseguição — disse Miss Van Schuyler, mordaz.

— O que a senhorita tem contra mim?

Miss Van Schuyler ergueu as sobrancelhas e deu um puxão veemente na lã, apenas para reavê-la e encerrar o interrogatório.

— Ora — disse Mr. Ferguson, persistindo —, o que tem contra mim?

— É de se pensar que é óbvio, Mr.... hã... veja, nem sei seu nome.

— Ferguson.

— Mr. Ferguson. — Miss Van Schuyler proferiu o nome com desgosto evidente. — Uma coisa dessas está totalmente fora de cogitação.

— Quer dizer — falou Ferguson — que não sou bom o suficiente para ela?

— É de se pensar que isso seria óbvio.

— Em que sentido não sou bom o bastante?

Miss Van Schuyler não respondeu.

— Tenho dois braços, duas pernas, boa saúde e intelecto razoável. Qual é o problema?

— Existe algo chamado condição social, Mr. Ferguson.

— A condição social é uma besteira!

A porta se abriu, e Cornelia entrou. Ela parou na mesma hora ao ver a formidável prima Marie conversando com seu pretenso pretendente.

O ultrajante Mr. Ferguson virou a cabeça, deu um amplo sorriso e chamou:

— Venha cá, Cornelia. Estou pedindo sua mão em casamento da maneira mais convencional que há.

— Cornelia — disse Miss Van Schuyler, e sua voz era de um tom tenebroso —, *você incentivou este rapaz?*

— Eu... não, claro que não... pelo menos... não exatamente... quer dizer...

— O que quer dizer?

— Ela não me deu corda — disse Mr. Ferguson, prestativo. — Eu que fiz tudo. Ela não chegou a esfregar em minha cara, pois tem o coração muito bondoso. Cornelia, sua prima diz que não sou bom o suficiente para você. É verdade, mas não no sentido que ela pensa. Minha natureza moralista decerto não se equipara à sua, mas o que ela quer dizer é que estou muito abaixo de você em termos sociais.

— Isso, penso eu, é igualmente óbvio para Cornelia — falou Miss Van Schuyler.

— É? — Mr. Ferguson olhou para a moça, avaliativo. — É por isso que não quer se casar comigo?

— Não, não é. — Cornelia corou. — Se... se gostasse de você, eu me casaria independente de quem fosse.

— Então não gosta de mim?

— E-eu o considero revoltante. O modo como vê tudo... as *coisas* que diz... N-nunca encontrei alguém parecido com você. Eu...

As lágrimas ameaçaram vencê-la. Ela saiu do recinto correndo.

— Em termos gerais — disse Mr. Ferguson —, nada mal para um começo. — Ele se recostou na cadeira, olhou para o teto, assobiou, cruzou os joelhos desonrosos e fez um comentário: — Ainda chamarei a senhorita de prima.

Miss Van Schuyler tremeu de raiva.

— Saia agora desta sala, senhor, ou chamarei o camareiro.

— Paguei minha passagem — retrucou Mr. Ferguson. — Não há como me tirarem do salão, que é público. Mas atenderei seu pedido ainda assim. — Ele cantou: — *Yo, ho, ho*, e uma garrafa de rum! — Levantando-se, caminhou com indiferença até a porta e saiu.

Engasgada de raiva, Miss Van Schuyler se esforçou para ficar de pé. Discretamente, Poirot saiu de trás da revista e buscou o novelo de lã.

— Obrigada, *monsieur* Poirot. Se pudesse chamar Miss Bowers para mim... fiquei muito incomodada... com aquele jovem insolente.

— Deveras excêntrico, infelizmente — disse Poirot. — Como boa parte de sua família. Mimado, é evidente. Sempre disposto a atacar moinhos de vento. — O belga complementou, imprudente: — Imagino que o reconheça?

— Reconheça?

— O rapaz chama a si de Ferguson e não utiliza seu título devido às suas ideias avançadas.

— Seu *título*? — O tom de Miss Van Schuyler foi afiado.

— Sim, é o jovem é lorde Dawlish. Refestelado no dinheiro, mas virou comunista quando estudou em Oxford.

Miss Van Schuyler, com um rosto que era um campo de batalha de emoções contraditórias, disse:

— Há quanto tempo sabe disso, *monsieur* Poirot?

Poirot encolheu os ombros.

— Vi seu retrato nos jornais. Percebi a semelhança. Então identifiquei o anel com o brasão. Não há dúvida, garanto.

Ele apreciou ver o desfile de expressões conflitantes que se sucederam no rosto de Miss Van Schuyler.

Por fim, com uma inclinação graciosa da cabeça, a idosa disse:

— Pois lhe sou muito grata, *monsieur* Poirot.

Poirot olhou para ela e sorriu enquanto deixava o salão. Então sentou-se e seu rosto voltou a ficar sério. Ele estava tendo um encadeamento de ideias. De tempos em tempos, mexia a cabeça.

— *Mais oui* — disse, enfim. — Tudo se encaixa.

Capítulo 25

Race encontrou-o sentado no mesmo lugar.

— Ora, Poirot, que tal? Pennington chega em dez minutos. Vou deixá-lo em suas mãos.

Poirot logo ficou de pé.

— Primeiro, encontre o jovem Fanthorp.

— Fanthorp? — Race pareceu surpreendido.

— Sim. Leve-o à minha cabine.

Race assentiu e partiu. Poirot foi até sua cabine. Race chegou instantes depois com o jovem Fanthorp.

Poirot apontou cadeiras e ofereceu cigarros.

— Então, *monsieur* Fanthorp — disse ele —, aos negócios! Percebo que o senhor usa a mesma gravata que meu amigo Hastings.

Jim Fanthorp olhou para seu adereço de pescoço com certo pasmo.

— É uma gravata de Eton — falou.

— Exatamente. E o senhor há de entender que, embora eu seja estrangeiro, conheço algo do ponto de vista inglês. Sei, por exemplo, que há "o que se faz" e "o que não se faz".

Jim Fanthorp sorriu.

— Hoje em dia não se fala muito sobre isso, senhor.

— Talvez não, mas o costume se mantém. A gravata de uma escola tradicional é a gravata de uma escola tradicional, e há certas coisas, o que sei por experiência, que uma pessoa que usa uma gravata de uma escola tradicional não faz! Uma delas, *monsieur* Fanthorp, é intrometer-se em uma conversa particular sem ser convidado e quando não conhece os envolvidos.

Fanthorp o encarou.

Poirot prosseguiu:

— No entanto, outro dia, *monsieur* Fanthorp, *foi exatamente isso que o senhor fez.* Havia algumas pessoas tratando de assuntos particulares no salão de observação. O senhor chegou perto delas, obviamente para entreouvir o que transcorria, e até parabenizou uma dama, no caso, a madame Simon Doyle, quanto à solidez de seu tino comercial.

O rosto de Jim Fanthorp ficou vermelho. Poirot prosseguiu sem aguardar resposta.

— Pois essa, *monsieur* Fanthorp, não é, de modo algum, a conduta de quem usa uma gravata similar à de meu amigo Hastings! Hastings é pura cortesia e morreria de vergonha antes de cometer algo deste feitio! Portanto, analisando sua atitude em conjunção com o fato de ser tão moço e capaz de pagar por férias caras, sendo que trabalha em um escritório de advocacia do interior... e, assim, não deve ganhar um salário tão alto... e que não há sinais de doença que demande uma visita prolongada ao exterior, eu me pergunto... e agora pergunto ao senhor... *qual é o motivo de sua presença neste barco?*

Jim Fanthorp puxou a cabeça para trás.

— Eu me recuso a lhe dar qualquer informação que seja, *monsieur* Poirot. Creio que enlouqueceu.

— Não estou louco. Estou deveras são. Onde fica seu escritório? Em Northampton, que não é muito distante da Casa Wode. Que conversa o senhor tentou entreouvir? Relativa a documentos jurídicos. Qual foi o objeto de seu comentário, comentário este que proferiu com vergonha e indisposição aparentes? *Impedir que madame Doyle assinasse qualquer documento sem ler.*

Ele fez uma pausa.

— Neste barco, já tivemos um assassinato e, depois, outros dois em rápida sucessão. Se eu ainda lhe der a informação de que a arma que matou madame Otterbourne era *um revólver de propriedade de* monsieur *Andrew Pennington*, talvez perceba que, sim, é seu dever nos contar tudo que puder.

Jim Fanthorp ficou em silêncio por alguns instantes. Por fim, falou:

— O senhor tem um jeito estranho de tratar as coisas, *monsieur* Poirot, mas entendo a questão que levanta. O problema é que não tenho informações exatas para lhe expor.

— Está dizendo que seria um caso, de desconfiança.

— Sim.

— E, portanto, crê que seria imprudente se pronunciar? Pode até ser verdade, em termos jurídicos. Mas não estamos em uma tribuna. O Coronel Race e eu estamos na pista de um assassino. Qualquer coisa que possa nos ajudar neste sentido tem seu valor.

Jim Fanthorp refletiu mais uma vez. Então, disse:

— Pois bem. O que deseja saber?

— Por que veio nesta viagem?

— Foi meu tio, Mr. Carmichael, o advogado inglês de Mrs. Doyle, que me enviou. Ele tratava de vários de seus negócios. Neste sentido, correspondia-se frequentemente com Mr. Andrew Pennington, que era o advogado mandatário de Mrs. Doyle nos Estados Unidos. Vários pequenos incidentes... não poderia enumerar todos... deixaram meu tio desconfiado de que as coisas não estavam transcorrendo da forma que deveriam.

— Em termos mais simples — disse Race —, seu tio suspeitava de que Pennington fosse um pilantra?

Jim Fanthorp assentiu com um leve sorriso no rosto.

— O senhor está colocando de modo mais direto do que eu colocaria, mas a ideia geral está correta. Diversas desculpas da parte de Pennington e algumas explicações apenas aceitáveis quanto à alocação de fundos despertaram a desconfiança de meu tio.

"Embora suas desconfianças continuassem, Miss Ridgeway se casou de repente e partiu para lua de mel no Egito.

O casamento dela aliviou a cabeça de meu tio, pois ele sabia que, quando voltasse à Inglaterra, a herança teria que ser entregue formalmente.

"Contudo, em carta que ela lhe enviou do Cairo, Miss Ridgeway comentou que havia encontrado Andrew Pennington inesperadamente. As desconfianças de meu tio ficaram mais agudas. Ele tinha certeza de que Pennington, quem sabe agora em situação de desespero, tentaria obter assinaturas dela para encobrir seus desfalques. Já que meu tio não tinha provas claras para apresentar a Miss Ridgeway, viu-se em situação complicada. A única coisa em que conseguiu pensar foi me mandar para cá, por via aérea, com instruções para descobrir o que estava acontecendo. Eu deveria ficar de olhos abertos e agir de maneira pontual, se necessário fosse. Uma missão desagradabilíssima, posso lhes garantir. A propósito, na ocasião que o senhor menciona, tive que me comportar praticamente como um patife! Foi deselegante, mas, ao menos, fiquei satisfeito com o resultado."

— Está dizendo que deixou madame Doyle em alerta? — perguntou Race.

— Não exatamente, mas creio que consegui alertar Pennington. Fiquei convencido de que ele não tentaria nenhuma gracinha por algum tempo, quando, então, já esperava ter intimidade com Mr. e Mrs. Doyle para advertir cautela. Aliás, esperava fazer isso através de Mr. Doyle. Mrs. Doyle estava tão agarrada a Mr. Pennington que teria sido incômodo sugerir algo sobre o americano a ela. Seria mais fácil tratar com o marido.

Race assentiu.

Poirot perguntou:

— Poderia me dar opinião franca sobre uma questão, *monsieur* Fanthorp? Se o senhor se envolvesse na armação deste golpe, teria escolhido como vítima madame Doyle ou *monsieur* Doyle?

Fanthorp armou um leve sorriso.

· AGATHA CHRISTIE ·

— Mr. Doyle, sem dúvida. Linnet era muito arguta nos negócios. O marido, assim imagino, é daqueles camaradas que não desconfia de nada, não entende qualquer coisa de negócios e está sempre disposto a "assinar na linha pontilhada", como o próprio declarou.

— De acordo — disse Poirot. Olhou para Race. — *E aí está sua motivação.*

Jim Fanthorp falou:

— Mas isso não passa de conjectura. Não se trata de *prova*.

Poirot falou com tranquilidade:

— Ah, *bah*! Conseguiremos as provas!

— Como?

— Possivelmente do próprio Mr. Pennington.

Fanthorp não parecia concordar.

— Eu duvido.

Race olhou para o relógio.

— Ele deve chegar daqui a pouco.

Jim Fanthorp entendeu a deixa e deixou-os a sós.

Dois minutos depois, Andrew Pennington apareceu. Sua conduta era de sofisticação sorridente. Apenas a linha reta de seu queixo e a desconfiança no olhar denunciavam o fato de que um lutador de experiência consumada estava em guarda.

— Bem, senhores — disse ele —, aqui estou.

Ele se sentou e olhou para eles, indagativo.

— Pedimos que viesse aqui, *monsieur* Pennington — disse Poirot —, porque é óbvio ululante que o senhor tem interesse especial e imediato no caso.

Pennington ergueu a sobrancelha apenas um pouco.

— É mesmo?

Poirot disse delicadamente:

— É claro. Até onde sabemos, o senhor conhece Linnet Ridgeway desde que era criancinha.

— Ah, por isso... — O rosto se alterou e ficou menos alerta. — Peço desculpas, não havia compreendido. Sim, como lhes contei pela manhã, conheço Linnet desde que era uma coisinha fofa de avental.

— O senhor era próximo do pai dela?

— Sim. Melhuish Ridgeway e eu éramos bastante próximos.

— Os senhores tinham relação tão íntima que, quando ele faleceu, Mr. Ridgeway o indicou como tutor dos negócios da filha e administrador da vasta fortuna herdada?

— Em termos gerais, sim. — A desconfiança retornara. Seu tom ficou mais cauteloso. — Não fui o único administrador, é claro. Havia outros associados.

— Que já faleceram, no caso?

— Dois deles faleceram. O outro, Mr. Sterndale Rockford, está vivo.

— Seu sócio?

— Sim.

— *Mademoiselle* Ridgeway, pelo que compreendo, ainda não era maior de idade quando se casou?

— Ela faria 21 anos em julho.

— E, tivessem os fatos seguido seu curso natural, teria tomado controle da fortuna nesta data?

— Sim.

— Mas o casamento adiantou a questão?

O queixo de Pennington enrijeceu. Ele prolongou o maxilar aos outros homens com agressividade.

— Perdoem-me, cavalheiros, mas por que exatamente isso lhes diz respeito?

— Se o senhor se desagrada em responder à pergunta...

— Não há desagrado. Não me importo com as perguntas. Apenas não vejo qual é a relevância delas.

— Ah, mas é claro, *monsieur* Pennington — Poirot curvou-se para a frente, os olhos verdes e felinos —, não há dúvida quanto à motivação. Ao tratar de casos como esse, as considerações financeiras sempre devem ser levadas em conta.

Pennington, mal-humorado, respondeu:

— Segundo o testamento de Ridgeway, Linnet assumiria o controle do dinheiro quando tivesse 21 anos ou quando se casasse.

— Não havia outro requisito?

— Não.

— E creio que seja uma questão de milhões.

— Sim, milhões.

Poirot falou:

— Sua responsabilidade, Mr. Pennington, e a de seu sócio, era muito grande.

Pennington disse com grosseria:

— Estamos acostumados a ter responsabilidades. Isso não nos preocupa.

— É verdade.

Alguma coisa no tom de voz deixou o outro homem à flor da pele. Ele perguntou, irritado:

— Que diabo o senhor quer dizer com isso?

Poirot falou com um tom de franqueza envolvente.

— Estava me perguntando, Mr. Pennington, se o casamento repentino de Linnet Ridgeway teria provocado alguma... consternação em seu escritório?

— Consternação?

— Foi a palavra que usei.

— Onde raios quer chegar?

— A uma questão muito simples. Os negócios de Linnet Doyle estão organizados como deviam?

Pennington se colocou de pé.

— Já chega. Encerro por aqui. — Ele se dirigiu à porta.

— Poderia responder antes de ir?

Pennington vociferou:

— Estão perfeitamente organizados.

— O senhor não ficou alarmado quando a notícia do casamento de Linnet Ridgeway chegou aos seus ouvidos que correu para a Europa no primeiro navio e armou um encontro no Egito apenas aparentemente fortuito?

Pennington voltou na direção deles. Estava controlado de novo.

— O que o senhor diz é uma tolice sem tamanho! Eu nem sabia que Linnet estava casada até encontrá-la no Cairo. Fiquei pasmo. A carta dela deve ter chegado um dia após eu deixar Nova York. Ela foi encaminhada, e eu a recebi uma semana depois.

— O senhor veio no *Carmanic*, não?

— Sim.

— E a carta chegou a Nova York depois que o *Carmanic* zarpou?

— Quantas vezes terei que repetir?

— É estranho — disse Poirot.

— O quê?

— Que não se veja etiquetas do *Carmanic* em sua bagagem. As únicas etiquetas recentes de navegação transatlântica são do *Normandie*. E o *Normandie* zarpou dois dias depois do *Carmanic*.

O advogado ficou perdido por um instante. Seu olhar vacilou. O Coronel Race se envolveu com efeito revelador.

— Ora, Mr. Pennington — disse ele. — Temos diversos motivos para crer que o senhor viajou no *Normandie*, e não no *Carmanic*, como afirma. Neste caso, *o senhor recebeu a carta de Mrs. Doyle antes de partir de Nova York.* Não lhe faz bem negar, pois não há nada mais fácil no mundo do que conferir com as companhias transatlânticas.

Andrew Pennington tateou em busca de uma cadeira, absorto em pensamentos. Seu rosto estava impassível, sua expressão nada revelava. Por trás da máscara, seu cérebro ágil pensava na próxima jogada.

— Tenho que reconhecer, cavalheiros. Os senhores são inteligentes demais para mim. Mas tive meus motivos para agir de tal forma.

— Sem dúvida. — O tom de Race foi rude.

— Se eu os contar aos senhores, deve ficar subentendido que o faço por confiança.

— O senhor pode confiar que nos comportaremos como é devido. Naturalmente, não posso dar garantias às cegas.

— Bem... — Pennington suspirou. — Vou abrir o jogo. Havia alguma palhaçada acontecendo na Inglaterra. Fiquei preocupado. Não podia fazer muita coisa por correspondência. Só me restava vir aqui e ver por conta própria.

— O que quer dizer com palhaçada?

— Eu tinha bons motivos para crer que Linnet estava sofrendo um golpe.

— Da parte de quem?

— De seu advogado britânico. E é uma acusação que não faço levianamente. Decidi, então, vir de imediato e resolver o assunto com as próprias mãos.

— É um crédito enorme, decerto. Mas por que o pequeno embuste quanto a não ter recebido a carta?

— Bem... — Pennington abriu as mãos. — Não se pode intrometer-se na lua de mel de um casal sem que mais ou menos se recorra aos fatos e dê seus motivos. Achei que seria melhor se o encontro parecesse acidental. Além disso, não sabia o que quer que fosse a respeito do marido. Ele podia muito bem estar envolvido na extorsão.

— Então, todas as suas atitudes foram tomadas sem nenhum interesse pessoal — falou o Coronel Race, seco.

— Exatamente, coronel.

Houve uma pausa.

Race olhou para Poirot. O homenzinho se curvou para a frente.

— *Monsieur* Pennington, não acreditamos em uma única palavra de sua história.

— Não acreditam o diabo! Então no que acreditam, inferno?

— Acreditamos que o casamento inesperado de Linnet Ridgeway o deixou em um dilema financeiro. Que o senhor veio com celeridade para tentar achar uma saída da confusão em que se meteu... ou seja, encontrar alguma maneira de ganhar tempo. Que, tendo este fim em vista, o senhor se esforçou para obter a assinatura de madame Doyle em certos documentos e não conseguiu. Que, na jornada subindo o Nilo, quando estava caminhando sobre o desfiladeiro em Abu Simbel, o senhor deslocou uma grande rocha que caiu e não atingiu seu objetivo por muito pouco...

— Estão loucos!

— Acreditamos que os mesmos tipos de circunstâncias ocorreram na viagem de volta. Ou seja, apresentou-se a oportunidade de livrar-se de madame Doyle *no momento em que a morte dela seria atribuída à outra pessoa.* Não apenas acreditamos, mas *sabemos* que foi seu revólver que matou uma mulher que estava prestes a nos revelar o nome do indivíduo que ela tinha motivos para crer que havia assassinado tanto Linnet Doyle quanto a criada Louise...

— Homessa! — A interjeição vigorosa se irrompeu e interrompeu o fluxo de eloquência de Poirot. — Do que está falando? Endoidou? Que motivo eu teria para matar Linnet? Eu não ficaria com um tostão sequer. Iria tudo para o marido. Por que não vão incomodá-lo? É *ele* quem se beneficiaria, não eu.

Race falou com frieza:

— Na noite da tragédia, Doyle só saiu do salão quando foi alvejado e ferido na perna. A impossibilidade de ele dar um passo após o tiro foi atestada por um médico e uma enfermeira, ambos depondo de forma independente e confiável. Simon Doyle não pode ter assassinado a esposa. Nem poderia ter assassinado Louise Bourget. E, definitivamente, não matou Mrs. Otterbourne! O senhor sabe disso tanto quanto eu.

— Sei que ele não a matou. — Pennington parecia um pouco mais calmo. — Só estou perguntando por que vir a mim quando sabem que não me beneficio com a morte dela?

— Meu caro — disse Poirot, a voz suave como a de um gato ronronando —, é uma questão de opinião. Madame Doyle era uma mulher de negócios arguta, plenamente versada em seus investimentos e rápida em avistar qualquer irregularidade. Assim que assumisse o controle de suas propriedades, o que teria feito ao retornar à Inglaterra, era certo que sua desconfiança ia surgir. Mas agora que está morta e que o marido, como o senhor ressaltou, é o herdeiro, *tudo muda*. Simon Doyle nada sabe sobre os negócios da esposa, afora que ela era rica. Ele é de caráter simplório e ingênuo. O senhor terá facilidade em dispor documentos complexos aos olhos dele, em envolver as questões em uma teia de números e postergar acordos com súplicas relativas às formalidades jurídicas e a recente depressão. *Creio que fará diferença considerável ao senhor tratar com o marido em vez de com a esposa.*

Pennington encolheu os ombros.

— Suas concepções são... fantasiosas.

— O tempo dirá.

— Como?

— Falei que o tempo dirá! Temos um caso com três mortes. Três assassinatos. A lei exigirá a investigação mais minuciosa quanto à situação do espólio de madame Doyle.

Ele notou o vergar repentino nos ombros do homem e soube que havia vencido. As desconfianças de Jim Fanthorp tinham fundamento.

Poirot prosseguiu:

— O senhor deu sua cartada e perdeu. É inútil continuar com os blefes.

Pennington resmungou:

— O senhor não entendeu. Está tudo plenamente de acordo. Foi essa recessão maldita... Wall Street está uma loucura. Mas eu havia armado um retorno. Com sorte, tudo vai ficar bem até meados de junho.

Com as mãos trêmulas, ele pegou um cigarro, tentou acender e não conseguiu.

— Imagino — disse Poirot — que a pedra tenha sido uma tentação abrupta. O senhor achava que ninguém o veria.

— Foi um acidente. Juro que foi. — O homem se curvou para a frente, o rosto contorcido, os olhos apavorados. — Tropecei e caí sobre a pedra. Juro que foi um acidente...

Os outros dois ficaram em silêncio.

Pennington se recompôs de repente. Ainda era um homem arrasado, mas seu espírito combativo havia retornado em certa medida. Ele foi até a porta.

— Os senhores não têm como me incriminar. Foi um acidente. E não fui eu que atirei nela! Estão me ouvindo? Também não vão me incriminar por isso! Nunca.

E saiu.

Capítulo 26

Enquanto a porta fechava, Race deu um suspiro profundo.

— Conseguimos até mais do que achei que conseguiríamos. Admissão de fraude. Admissão de tentativa de homicídio. É impossível ir além. O homem pode confessar, mais ou menos, a tentativa de homicídio, mas não chega a confessar o feito.

— Às vezes, é possível — disse Poirot. Seu olhar estava onírico, como um gato.

Race olhou para ele, curioso.

— Tem um plano?

Poirot assentiu. Então falou, contando os itens com os dedos.

— O jardim em Assuã. A declaração de Mr. Allerton. Os dois frascos de esmalte. Minha garrafa de vinho. A estola de veludo. O lenço manchado. A pistola que foi deixada na cena do crime. A morte de Louise. A morte de madame Otterbourne... Sim, está tudo lá. *Não foi Pennington, Race!*

— O quê? — Race ficou pasmo.

— *Não foi Pennington.* Sim, ele tinha motivação. Ele tinha *vontade* de cometer o crime. Chegou até a *tentar. Mais c'est tout.* Para este delito, exigia-se algo que *Pennington não tem!* O homicídio exigia audácia, velocidade e execução impecável, coragem, indiferença ao perigo e um cérebro diligente e calculista. *Pennington não tem estes atributos.* Ele não teria como cometer um crime se não soubesse que está a salvo. Este crime não era safo! Ele pendia sobre uma navalha. Exigia intrepidez. Pennington não é intrépido, é apenas astuto.

Race olhou para ele com o respeito que um homem competente sente por outro.

— Você tem tudo bem encadeado — comentou ele.

— Creio que sim. Há uma ou duas coisas... aquele telegrama, por exemplo, que Linnet Doyle leu. Gostaria de resolver esta questão.

— Por Deus, esquecemos de perguntar a Doyle! Ele ia nos dizer isso quando a pobre Otterbourne apareceu. Vamos perguntar de novo.

— Logo. Antes, há outra pessoa com quem desejo falar.

— E seria?

— Tim Allerton.

Race ergueu as sobrancelhas.

— Allerton? Bom, vamos chamá-lo.

Ele soou uma sineta e despachou uma mensagem via camareiro.

Tim Allerton adentrou a cabine com olhar indagativo.

— O camareiro disse que queriam me ver.

— É isso mesmo, *monsieur* Allerton. Sente-se.

Tim se acomodou. Sua expressão era atenta, mas um tanto quanto entediada.

— Algo com que eu possa ajudar? — Seu tom era educado, mas não entusiasmado.

Poirot disse:

— Talvez, em certo sentido. O que exijo mesmo é que ouça.

As sobrancelhas de Tim se ergueram com surpresa polida.

— Decerto. Sou o melhor ouvinte do mundo. Pode-se confiar que digo "Uia!" nos momentos certos.

— Muito satisfatório. "Uia!" será altamente expressivo. *Eh bien*, comecemos. Quando encontrei o senhor e sua mãe em Assuã, *monsieur* Allerton, fiquei bastante atraído por sua acompanhante. Para começar, achei sua mãe uma das pessoas mais encantadoras que já conheci...

O rosto cansado hesitou por um instante... um arremedo de expressão se formou.

— Ela é... singular — disse ele.

— Contudo, o segundo aspecto que me interessou foi quando o senhor mencionou uma certa dama.

— É mesmo?

— Sim, a *mademoiselle* Joanna Southwood. Pois perceba que tinha ouvido este nome havia pouco tempo.

O detetive fez uma pausa e prosseguiu.

— Nos últimos três anos aconteceram certos roubos de joias que têm preocupado a Scotland Yard em grande medida. Eles podem ser descritos como furtos da alta sociedade. O método costuma ser o mesmo: substitui-se uma joia original por uma réplica. Meu amigo, o Inspetor Japp, chegou à conclusão de que os furtos não eram obra de uma pessoa, mas de duas, trabalhando em conluio e com muita esperteza. Ele estava convencido, a partir do conhecimento íntimo considerável, de que os furtos haviam sido obra de gente de alta posição social. E enfim sua atenção aferrou-se à *mademoiselle* Joanna Southwood.

"Cada uma das vítimas havia sido amiga ou conhecida de *mademoiselle* Joanna Southwood e, em todos os casos, ela havia tocado ou haviam lhe emprestado a joia em questão. Além disso, o estilo de vida da jovem superava em muito sua renda. Por outro lado, era evidente que o furto em si... ou seja, a substituição... *não* havia sido realizada por ela. Em alguns casos, a senhorita estava até fora da Inglaterra durante o período em que se estimava que a joia havia sido substituída.

"Assim, aos poucos formou-se uma imagem na mente do Inspetor Japp. *Mademoiselle* Southwood já fora associada à Guilda da Joalheria Moderna. Ele suspeitou que ela manipulasse as joias em questão, fizesse desenhos precisos das mesmas, conseguisse cópias feitas por algum joalheiro humilde, mas desonesto, e o terceiro passo da operação seria a substituição exitosa através de outra pessoa: alguém que se poderia provar que nunca lidou com as joias nem nunca teve relações com cópias ou imitações de pedras preciosas. Japp ignorava a identidade desta outra pessoa.

"Certos aspectos que escaparam de seus diálogos me interessaram. Um anel que desapareceu quando o senhor estava em Maiorca, o fato de que o senhor estivera em uma festa onde uma das substituições ocorrera, sua intimidade com *mademoiselle* Southwood. Também o fato de que o senhor obviamente se ressentia com minha presença e tentava tornar sua mãe menos simpática em relação à minha pessoa. É claro que poderia ser apenas desgosto pessoal, mas achei que não. O senhor estava nervoso demais para tentar esconder seu desgosto por trás de conduta cordial.

"*Eh bien...* após o assassinato de Linnet Doyle, descobre-se que suas pérolas desapareceram. Há de compreender que, na mesma hora, pensei no senhor! Mas ainda não estava satisfeito. Pois, se o senhor trabalha, como suspeito, com *mademoiselle* Southwood, que era amiga íntima de madame Doyle, então a substituição seria o método empregado, e não o roubo descarado. Mas então as pérolas são devolvidas, inesperadamente, e o que descubro? Que não são genuínas, mas *imitações*.

"Assim soube quem era o verdadeiro ladrão. Foi o colar falso que foi roubado e devolvido: uma imitação que o senhor deixara previamente no lugar do colar real."

Poirot encarou o jovem à sua frente. Tim estava pálido por baixo da pele bronzeada. Não era um combatente forte como Pennington, tinha resistência baixa. Com esforço para manter seu ar zombeteiro, falou:

— É mesmo? Se é o caso, o que fiz com elas?

— Também sei disso.

O rosto do jovem se alterou, rompeu-se.

Poirot prosseguiu sem pressa.

— Só há um lugar onde podem estar. Refleti e meu raciocínio me diz que é o caso. As pérolas, *monsieur* Allerton, estão ocultas em um rosário em sua cabine. As continhas são de entalhe elaboradíssimo. Creio que as produziu especialmente para tal. São continhas que desenroscam, embora isso não fique claro à primeira vista. Dentro de cada conta há uma pérola, colada com Seccotine. A maioria dos investigadores da polícia respeita símbolos religiosos, a não ser quando há algo evidentemente peculiar neles. O senhor contou com esta precaução. Esforcei-me para descobrir como *mademoiselle* Southwood enviou o colar falso ao senhor. Ela deve tê--lo feito, já que o senhor veio direto de Maiorca ao ouvir que madame Doyle estaria aqui para a lua de mel. Minha teoria é de que foi enviado em um livro, um livro com páginas recortadas. Um livro com as pontas à mostra quase nunca é aberto no correio.

Houve uma pausa. Uma longa pausa. Então, Tim falou baixinho:

— O senhor venceu! A partida foi ótima, mas chegou ao fim. Agora só me resta tomar meus remédios.

Poirot assentiu com delicadeza.

— O senhor percebe que foi visto naquela noite?

— Visto?

— Sim, na noite em que Linnet Doyle faleceu, alguém viu o senhor deixar a cabine pouco após uma da manhã.

Tim disse:

— Veja bem... o senhor não pode achar que... não fui eu quem a matou! Juro! Entrei em uma enrascada séria. Escolher aquela noite, entre tantas outras... Meu Deus, foi terrível!

Poirot disse:

— Sim, o senhor deve ter tido momentos inquietantes. Porém, agora que a verdade veio à tona, poderá nos ajudar. Madame Doyle estava viva quando roubou as pérolas?

Tim falou embargado:

— Não sei... Com toda sinceridade, *monsieur* Poirot, não sei! Eu havia descoberto onde ela as guardava à noite: na mesinha de cabeceira. Entrei na cabine, tateei delicadamente e agarrei o colar, deixei cópia e saí. É evidente que supus que ela estivesse dormindo.

— Ouviu a respiração dela? Deve ter prestado atenção.

Tim pensou.

— Estava muito silencioso, muito silencioso mesmo. Não, não consigo me lembrar de ter ouvido a respiração...

— Havia cheiro de fumaça no ar, como haveria caso uma arma de fogo tivesse sido disparada?

— Creio que não. Não me recordo.

Poirot suspirou.

Tim perguntou, curioso:

— Quem me viu?

— Rosalie Otterbourne. Ela estava dando a volta pelo outro lado do barco e viu o senhor sair da cabine de Linnet Doyle para ir até a sua.

— Então foi ela quem contou ao senhor.

Poirot respondeu delicadamente:

— Perdão, ela não me contou.

— Mas, então, como sabe?

— Porque sou Hercule Poirot! *Não preciso que me contem.* Quando cobrei explicações dela, sabe o que a moça respondeu? "Não vi ninguém." E era óbvio que estava mentindo.

— Mas por quê?

Poirot falou com voz desprendida:

— Talvez porque pensasse que o homem que viu fosse o assassino. Era o que parecia, se me entende.

— A mim parece mais motivo para lhe contar.

Poirot encolheu os ombros.

— Não foi o que ela pensou, pelo visto.

Tim falou, um tom esquisito na voz:

— Ela é uma moça extraordinária. Deve ter passado uns maus bocados com aquela mãe.

— Sim, a vida não foi fácil para ela.

— Pobre criança — resmungou Tim. Então olhou na direção de Race. — Bom, senhor, qual é nosso rumo daqui?

Admito que peguei as pérolas na cabine de Linnet e o senhor as encontrará exatamente onde M. Poirot disse que estão. Sou culpado. Mas, no tocante a Miss Southwood, não admito coisa alguma. O senhor não tem provas contra ela. Como cheguei ao colar falso é apenas de minha conta.

Poirot murmurou:

— Uma atitude muito correta.

Tim falou com um acesso de humor:

— Sempre um cavalheiro!

E complementou:

— É possível que imagine como foi incômodo a mim descobrir minha mãe aproximando-se do senhor! Não sou um criminoso calejado o bastante para me sentar cara a cara com um detetive de sucesso logo após executar um golpe dos mais arriscados! Há quem se divirta com isso. Não é meu caso. Sinceramente, gelei por dentro.

— Mas isso não o impediu de fazer nova tentativa.

Tim encolheu os ombros.

— Meu medo não chegou a tanto. A troca teria que ser feita em algum momento, e tive oportunidade singular neste barco: uma cabine a apenas duas portas, e Linnet tão ocupada com seus problemas que não era provável que viesse a detectar a mudança.

— Queria saber se foi o caso...

Tim ergueu o olhar, afiado.

— Como assim?

Poirot soou o sino.

— Vou pedir que Miss Otterbourne venha até aqui um instante.

Tim franziu o cenho, mas não se pronunciou. Um camareiro apareceu, recebeu a ordem e saiu com a mensagem.

Rosalie chegou alguns minutos depois. Os olhos dela, avermelhados do choro recente, arregalaram-se um tanto ao ver Tim. Sua postura arraigada de desconfiança e desacato parecia ausente. Ela se sentou e, com docilidade renovada, passou o olhar de Race a Poirot.

— Sentimos muito em incomodá-la, Miss Otterbourne — falou o coronel com delicadeza. Ele estava um pouco incomodado com Poirot.

A moça disse em voz baixa:

— Não tem problema.

Poirot disse:

— Faz-se necessário esclarecer uma ou duas questões. Quando eu lhe perguntei se havia visto alguém no deque à 1h10 daquela manhã, sua resposta foi de que não havia visto ninguém. Felizmente, consegui chegar à verdade sem sua ajuda. *Monsieur* Allerton admitiu que esteve na cabine de Linnet Doyle na madrugada em questão.

Ela disparou um olhar rápido a Tim. O rapaz, de rosto sério e decidido, fez um breve aceno.

— O horário está correto, *monsieur* Allerton?

Allerton respondeu:

— Corretíssimo.

Rosalie o encarava. Os lábios dela tremeram... desmancharam-se...

— Mas você não... não foi...

Ele falou com pressa:

— Não, cu não a matei. Sou ladrão, não assassino. Tudo virá à tona, então é bom que saiba. Estava atrás das pérolas.

Poirot disse:

— A história de Mr. Allerton é de que ele foi à cabine dela na noite passada e trocou um colar de pérolas falsas pelas verdadeiras.

— Trocou? — perguntou Rosalie. Os olhos dela, graves, tristes, infantis, fitavam os dele.

— Sim — afirmou Tim.

Houve uma pausa. O Coronel Race se remexeu, irrequieto.

Poirot falou com a voz curiosa:

— Aqui temos, como digo, a história de *monsieur* Allerton parcialmente confirmada pelas provas. O que significa que há provas de que ele foi à cabine de Linnet Doyle na noite passada, *mas não há provas que demonstrem por que o fez.*

Tim o encarou.

— Mas o senhor sabe!

— Do que eu sei?

— Ora... o senhor sabe que fiquei com as pérolas.

— *Mais oui... mais oui!* Sei que está com as pérolas, *mas não sei quando as conseguiu.* Pode ter sido *antes* da noite passada... O senhor comentou agora mesmo que Linnet Doyle não teria notado a substituição. Disso não tenho tanta certeza. Supondo que ela *tenha* notado... Supondo, inclusive, que soubesse quem fizera a substituição... Supondo que, na noite passada, ela havia ameaçado expor todo o caso e que o senhor soubesse que ela tinha essa intenção... e supondo que o senhor entreouviu a cena no salão entre Jacqueline de Bellefort e Simon Doyle e que, assim que o salão ficou vazio, infiltrou-se lá, pegou a pistola e, uma hora depois, quando o barco estava mais calmo, esgueirou-se até a cabine de Linnet Doyle e certificou-se de que não haveria denúncia alguma...

— Meu Deus! — disse Tim. De seu rosto acinzentado, dois olhos torturados e agonizantes fitaram Hercule Poirot em silêncio.

O belga prosseguiu:

— Mas outra pessoa o viu: a moça, Louise. No dia seguinte, ela foi até o senhor e o chantageou. Teria que pagá-la regiamente, caso contrário, Miss Bourget diria o que sabe. O senhor percebeu que submeter-se à chantagem seria o princípio do fim. Então finge que concorda, marca um horário para ir à cabine dela logo antes do almoço, levando o dinheiro. Então, quando ela está contando as notas, o senhor a apunhala.

"No entanto, mais uma vez, a sorte estava contra o senhor. Alguém o viu chegar à cabine... — Ele se virou de leve para

Rosalie. — Sua mãe. Mais uma vez, o senhor teve que agir de forma perigosa e imprudente, mas era sua única chance. O senhor havia ouvido Pennington falar sobre o revólver. Correu até a cabine dele, apoderou-se da arma, ficou ouvindo na porta do Dr. Bessner e disparou contra madame Otterbourne antes que ela pudesse revelar seu nome..."

— Não! — berrou Rosalie. — Não foi ele! Não foi ele!

— Depois, fez *a única coisa que podia*: correu e deu a volta na popa. E, quando eu corri atrás, deu meia-volta e fingiu que vinha na direção *oposta*. O senhor enrolou o revólver com luvas; as luvas que *estavam em seu bolso quando eu as pedi...*

Tim disse:

— Perante Deus, juro que não é verdade. Nem uma palavra do que o senhor disse. — Contudo, a voz dele, desequilibrada e trêmula, não convencia.

Foi então que Rosalie Otterbourne surpreendeu a todos.

— É óbvio que não é verdade! E *monsieur* Poirot sabe muito bem disso! Ele está falando essas coisas por algum motivo pessoal.

Poirot olhou para ela. Um leve sorriso se armou nos lábios dele. Ele estendeu as mãos, fingindo rendição.

— A *mademoiselle* é muito esperta... Mas concorda que não é um bom caso?

— Que diabo... — Tim começou a falar com raiva, mas Poirot estendeu a mão.

— Temos um excelente argumento contra o senhor, *monsieur* Allerton. Quero que perceba isso. Agora, vou lhe dizer uma coisa mais agradável. Não examinei aquele rosário em sua cabine. Pode acontecer que, quando o fizer, *não encontre nada*. E então, já que *mademoiselle* Otterbourne agarra-se à ideia de que não viu ninguém no convés na noite passada... *eh bien*, não temos evidência alguma contra o senhor. As pérolas foram tomadas por um cleptomaníaco ou uma cleptomaníaca que já as devolveu. Estão em uma caixinha na mesa perto da porta, caso queira examiná-las com a *mademoiselle*.

Tim se levantou. Ficou um tempo parado, sem conseguir falar. Quando falou, suas palavras pareciam impróprias, mas é possível que tenham satisfeito os ouvintes.

— Obrigado! — disse ele. — O senhor não terá que me dar outra chance!

Ele segurou a porta para a moça passar; ela passou e, recolhendo a caixinha de papelão, a seguiu.

Os dois saíram caminhando lado a lado. Tim abriu a caixa, tirou o colar de pérolas falso e arremessou-o no Nilo.

— Pronto! — disse ele. — Agora se foi. Quando eu devolver a caixa a Poirot, será com o colar verdadeiro dentro. Que imbecil fui!

Rosalie falou em voz baixa:

— Por que fez isso, para começar?

— Como comecei com esses golpes, você quer dizer? Ah, não sei. Tédio, preguiça, divertimento. É um jeito mais atraente de ganhar a vida do que ficar se matando em um emprego. Imagino que soe muito sórdido a você, mas deve ver que há uma atração. Sobretudo por causa do risco, creio.

— Acho que entendo.

— Sim, mas não é algo que faria.

Rosalie ficou um instante pensando, com a cabeça jovem e séria caída de lado.

— Não — disse ela, por fim. — Não faria.

Ele disse:

— Ah, minha cara... você é tão adorável... tão, tão adorável. Por que não falou que me viu na noite passada?

Rosalie respondeu:

— Achei... que pudessem suspeitar de você.

— Você suspeitava de mim?

— Não. Não podia acreditar que tivesse matado uma pessoa.

— Não. Não tenho condições para ser assassino. Sou apenas um mísero e sorrateiro ladrão.

Ela estendeu a mão tímida e tocou no braço dele.

— Não fale assim.

Ele pegou a mão dela.

— Rosalie, gostaria de... sabe a que me refiro? Ou sempre vai me detestar e me censurar?

Ela sorriu de leve.

— Você também teria motivos para me censurar...

— Rosalie... meu bem...

Mas ela sustentou mais um instante.

— Esta... Joanna...

Tim deu um grito repentino.

— Joanna? Você é tão terrível quanto minha mãe. Não estou nem aí para Joanna. Ela tem cara de cavalo e olhos vorazes. Uma mulher nada atraente.

Rosalie falou de imediato:

— Sua mãe não precisa saber sobre você.

Tim falou, pensativo:

— Não tenho certeza. Creio que devo contar a ela. Minha mãe é muito reservada, sabia? Consegue enfrentar as coisas. Sim, acho que vou despedaçar as ilusões maternas que ela tem ao meu respeito. Ela ficará aliviada em saber que minhas relações com Joanna foram puramente de natureza comercial e vai me perdoar por tudo.

Eles haviam chegado à cabine de Mrs. Allerton e Tim bateu na porta com firmeza. Ela se abriu, e Mrs. Allerton parou no batente.

— Rosalie e eu... — disse Tim.

Ele fez uma pausa.

— Ah, meus queridos — falou Mrs. Allerton. Ela envolveu Rosalie com os braços. — Meu bem, minha criança... sempre torci... mas Tim era tão enfadonho e fingia que não lhe dava atenção. Mas é óbvio que não iam *me* enganar!

Rosalie falou com a voz falha:

— A senhora foi tão doce comigo. Sempre. Eu desejava muito... desejava que...

Ela perdeu o fio e começou a soluçar de felicidade no ombro de Mrs. Allerton.

Capítulo 27

Enquanto a porta se fechava após Tim e Rosalie passarem, Poirot fez uma expressão um tanto apologética ao Coronel Race, que estava bastante austero.

— Você consente com o esquema que montei, não? — perguntou Poirot. — Sim, é irregular, eu sei. Mas tenho alto apreço pela felicidade humana.

— Não pela minha — respondeu Race.

— Aquela *jeune fille*. Tenho carinho por ela, e ela ama aquele jovem. Formarão um par excelente. Ela tem o brio de que ele precisa, a mãe gosta dela. Tudo perfeitamente apropriado.

— O casamento foi preparado pelos céus e por Hercule Poirot. Basta eu ocultar um delito.

— Mas, *mon ami*, já lhe disse: não passou de conjectura de minha parte.

Race sorriu de repente.

— Por mim tudo bem — falou ele. — Não sou policial, graças a Deus! Ouso dizer que o jovem tolo entrará na linha agora. A menina está certa. Não, estou reclamando é do modo como você me trata! Sou um homem paciente, mas tenho meus limites! *Sabe* quem cometeu os três assassinatos neste barco ou *não*?

— Sei.

— Então por que a demora?

— Acha que estou me entretendo com questões paralelas? E está incomodado por isso? Não é o caso. Já fui a uma expedição arqueológica, e lá aprendi algumas coisas. No decorrer de uma escavação, quando algo sai do solo, tudo ao seu redor é limpo com muita atenção. Remove-se a areia, raspa-se aqui e ali com uma faca até que, por fim, o objeto está lá, à parte, pronto para ser retirado e fotografado sem matéria alheia que cause confusão. É isso que venho buscando fazer: limpar a matéria alheia para que possamos enxergar a verdade, a verdade nua e reluzente.

— Ótimo — disse Race. — Fiquemos com a verdade nua e reluzente. Não foi Pennington. Não foi o jovem Allerton. Suponho que não tenha sido Fleetwood. Então quero ouvir quem foi.

— Meu amigo, eu estava prestes a lhe contar.

Houve uma batida na porta. Race proferiu um impropério abafado.

Eram o Dr. Bessner e Cornelia. Ela estava com a expressão triste.

— Ah, Coronel Race! — exclamou ela. — Miss Bowers acabou de me contar sobre a prima Marie. Que choque terrível. Ela disse que não conseguiria mais tolerar a responsabilidade apenas por si, e era bom que eu soubesse, como parte da família. De início, não pude acreditar, mas o nosso Dr. Bessner tem sido maravilhoso.

— Não, nada disso — contestou o doutor, modesto.

— Ele tem sido tão gentil, explicou-nos tudo, que as pessoas não conseguem evitar. Ele já atendeu outras cleptomaníacas na clínica. E me contou que comumente se deve a uma neurose arraigada.

Cornelia repetiu as palavras, pasma.

— É algo que fica enraizado no subconsciente. Às vezes, uma coisinha que aconteceu quando a pessoa era criança. E ele já curou indivíduos fazendo-os voltar atrás e lembrar o que era a coisa em questão.

Cornelia fez uma pausa, respirou fundo e continuou.

— Mas me preocupa muito caso tudo venha à tona. Seria terrível, terrível demais em Nova York. Todos os tabloides falariam. A prima Marie, minha mãe, todos... nunca mais andariam de cabeça erguida.

Race deu um suspiro.

— Está tudo bem — disse ele. — Esta é a Casa do Sigilo.

— Perdão, coronel Race?

— O que tentei expressar é que tudo que não seja assassinato será silenciado.

— Ah! — Cornelia fechou as mãos. — Estou *tão* aliviada. Ando muito, muito preocupada.

— A senhorita tem um coração bom — disse o Dr. Bessner, dando tapinhas com benevolência no ombro dela. Falou aos outros: — Ela tem uma natureza sensível e bela.

— Ah, não, não tenho. O senhor é muito gentil.

Poirot murmurou:

— Já reencontrou Mr. Ferguson?

Cornelia corou.

— Não... mas a prima Marie tem falado bastante dele.

— Parece que o jovem tem berço de ouro — disse o Dr. Bessner. — Devo confessar que não parece. As roupas dele são péssimas. Nem por um segundo tem a aparência de homem de boa criação.

— E o que acha, *mademoiselle*?

— Que ele é louco — respondeu Cornelia.

Poirot se virou para o médico.

— Como está seu paciente?

— *Ach*, está esplêndido. Acabei de tranquilizar *Fräulein* De Bellefort. Acreditariam que a encontrei desesperada? Só porque o camarada estava com a temperatura um pouco mais elevada agora à tarde! Ora, o que seria mais natural? É incrível que não esteja com ainda mais febre. Mas não, ele parece um de nossos camponeses, tem uma compleição magnífica, a compleição de um touro. Já tratei animais assim, com feridas profundas que eles mal percebem. O mesmo se dá com Mr. Doyle. A pulsação dele está estável, a temperatura apenas um pouco acima do normal. Consegui abafar os temores da mocinha. De qualquer modo, é ridículo, *nicht wahr*? Em um minuto atira no homem, no seguinte, está histérica porque ele não passa bem.

Cornelia disse:

— Entenda que ela o ama de paixão.

— *Ach*, mas é insensato. Se *a senhorita* amasse um homem, tentaria dar um tiro nele? Não, a senhorita é equilibrada.

— Não gosto mesmo de coisas que fazem um barulho tão alto — disse Cornelia.

— Naturalmente que não. A senhorita é muito feminina.

Race interrompeu a cena com aprovação pesada.

— Já que Doyle está bem, não há motivo para não voltar lá e retomar nossa conversa desta tarde. Ele estava justamente me contando sobre um telegrama.

A corpulência de Dr. Bessner subiu e desceu com estima.

— Ah, isso foi engraçado! Doyle me conta tudo. Era um telegrama sobre legumes: batatas, alcachofras, alho-poró... *Ach!* Perdão?

Com uma exclamação abafada, Race se sentou na poltrona.

— Meu Deus — disse ele. — Então é isso! Richetti!

Ele olhou para os três rostos confusos.

— Um novo código... que foi utilizado na rebelião sul-africana. Batatas significam metralhadoras, alcachofras são explosivos... e assim por diante. Richetti é tão arqueólogo quanto eu! É um agitador perigoso, um homem que já matou mais de uma vez. E sou capaz de jurar que matou de novo. Percebam que Mrs. Doyle abriu aquele telegrama por engano. *Se ela repetisse o conteúdo em minha frente*, ele sabia que estava frito!

Ele se virou para Poirot.

— Estou certo? — perguntou. — Richetti é nosso homem?

— É o *seu* — disse Poirot. — Sempre achei que havia algo de errado com ele! Suas falas eram perfeitas demais para o papel. Muito arqueólogo, pouco ser humano.

Ele fez uma pausa e depois falou:

— Mas não foi Richetti quem matou Linnet Doyle. Há algum tempo já sei o que posso expressar como "primeira metade" do assassinato. Agora sei também da "segunda metade". O panorama está completo. O senhor há de entender que, embora eu saiba o que pode ter acontecido, *não tenho como provar*. Intelectualmente, o caso satisfaz. Contudo, na verdade, é profundamente insatisfatório. Temos apenas uma esperança: a da confissão do assassino.

O Dr. Bessner ergueu os ombros, em tom de ceticismo:

— Ah! Mas isso... seria um milagre.

— Creio que não. Não diante das circunstâncias.

Cornelia indagou:

— Mas quem foi? O senhor vai nos contar?

Os olhos de Poirot oscilaram em silêncio sobre os três. Race, com um sorriso sardônico, Bessner, ainda cético, Cornelia, com a boca semiaberta, fitando-o com olhos ávidos.

— *Mais oui* — disse ele. — Devo confessar que gosto de uma plateia. Sou uma pessoa vã, ensoberbecida de vaidade. Gosto de dizer: "Vejam como é esperto este Hercule Poirot!"

Race se remexeu um pouco na cadeira.

— Bem — perguntou ele, com delicadeza —, o *quão* esperto é este Hercule Poirot?

Sacudindo a cabeça tristemente de um lado para o outro, Poirot disse:

— Para começar, fui um imbecil. Um imbecil à última potência. Meu empecilho foi a pistola: a pistola de Jacqueline de Bellefort. Por que a pistola não havia sido deixada na cena do crime? A ideia do assassino era incriminar a moça. Então por que o assassino a tirou de lá? Fui tão burro que pensei em uma série de motivos fantasiosos. O motivo era simples. O assassino tirou-a de lá porque *precisava tirar*. Porque *não tinha outra opção*.

Capítulo 28

— Você e eu, meu amigo — Poirot inclinou-se para Race —, iniciamos a investigação com uma concepção adiantada: a ideia de que o crime foi cometido no calor do momento, sem planejamento prévio. Alguém queria dispensar Linnet Doyle e aproveitou a oportunidade de fazê-lo no instante em que o homicídio seria quase que certamente atribuído a Jacqueline de Bellefort. Daí decorreu que a pessoa em questão havia entreouvido a cena entre Jacqueline e Simon Doyle e obtivera a posse da pistola depois que os outros saíram do salão.

"Porém, meus caros, *se esta concepção estivesse errada*, todo o aspecto do caso se alterava. E *estava*! Não foi um crime espontâneo cometido no calor do momento. Foi, na verdade, planejado com cuidado e sincronizado com bastante precisão, com todos os detalhes meticulosamente pensados antes, ao ponto de colocarem drogas na garrafa de vinho de Hercule Poirot na noite em questão!

"Pois sim, é isso mesmo! Fui sedado para que não houvesse chance de participar dos fatos. O que me ocorrera como possibilidade. Eu bebo vinho; minhas duas companhias na mesa bebem uísque e água mineral. Nada mais simples do que dispor uma dose de narcótico inofensivo em minha garrafa de vinho; afinal, elas passam os dias sobre as mesas. Mas não dei atenção à ideia. O dia fora quente, e eu estava anormalmente cansado. Não era extraordinário que, naquela vez, eu tivesse tido sono pesado em vez do leve que me é de costume.

"Vejam que eu ainda estava agarrado à concepção adiantada. Caso houvesse sido drogado, estaria sugerida premeditação, o que significaria que, antes das 19h30, quando o jantar é servido, *já se havia decidido pelo crime*; e isto... sempre do ponto de vista da concepção adiantada... seria absurdo.

"O primeiro golpe à concepção adiantada se deu quando a pistola foi recuperada do Nilo. Para começar, se estávamos corretos em nossas suposições, *a pistola nunca deveria ter sido jogada no rio...* E havia mais pela frente."

Poirot se voltou ao Dr. Bessner.

— O senhor, Dr. Bessner, examinou o corpo de Linnet Doyle. Há de se lembrar que o ferimento apresentava sinais de queimadura. Ou seja, a pistola fora colada à cabeça antes do disparo.

Bessner assentiu.

— Sim. Isso é fato.

— No entanto, quando a pistola foi encontrada, estava enrolada em uma estola de veludo. O tecido em questão demonstrava sinais claros de que um tiro havia sido dado entre suas dobras, supostamente seguindo a ideia de que abafaria o som. *Mas se a pistola tivesse sido disparada através do veludo, não haveria sinais de queimadura na pele da vítima.* Assim, o tiro disparado pela estola *não poderia ser o tiro que matou Linnet Doyle.* Poderia ter sido o outro tiro, o disparado por Jacqueline de Bellefort a Simon Doyle? Mais uma vez, não, pois havia duas testemunhas deste caso, e sabemos de tudo. Parecia, portanto, que um *terceiro* tiro fora disparado, do qual nada sabemos. No entanto, apenas dois tiros haviam sido disparados da pistola, e não havia sinal ou sugestão de outro.

"Aqui temos que encarar uma circunstância não explicada e muito curiosa. O ponto relevante seguinte foi o fato de que, na cabine de Linnet Doyle, encontrei dois frascos de esmalte. É muito comum que as damas variem a cor das unhas, mas, até o momento, as unhas de Linnet Doyle sempre foram do tom chamado Cardinal, um vermelho intenso. O outro frasco tinha o nome Rose, que é um tom de rosa-claro, mas o pouco que restava no frasco não era rosa-claro, e, sim, um vermelho forte. Fiquei curioso a ponto de tirar a rolha e cheirá-lo. Em vez do odor em geral forte de balas de pera, o frasco tinha cheiro de vinagre! Ou seja, a sugestão era de que os restos de fluido ali eram de *tinta vermelha*. Não há motivos para madame Doyle não ter um frasco de tinta vermelha, mas teria sido mais natural ela ter tinta vermelha em um frasco de tinta vermelha e não em um vidrinho de esmalte. Havia sugestão de um vínculo entre o lenço levemente manchado que envolvia a pistola. Tinta vermelha se limpa rápido, mas sempre deixa uma pequena mancha rosa.

"Talvez eu devesse ter chegado à verdade com estas indicações mínimas, mas ocorreu um fato que tornou toda dúvida supérflua. Louise Bourget foi assassinada em circunstâncias que sugeriam que a mulher estava chantageando o assassino. Não só havia um fragmento de uma nota de *mille franc* ainda em sua mão, mas me lembrei de palavras significativas que ela usara naquela manhã.

"Ouçam atentamente, pois aqui chegamos ao cerne da questão. Quando eu a questionei se havia visto algo na noite anterior, ela deu a curiosa resposta: 'Naturalmente, se não tivesse conseguido dormir, se tivesse subido as escadas, *assim*, quem sabe, eu teria visto o assassino, este monstro, entrando ou saindo da cabine de madame...' E isso nos diz exatamente o quê?"

Bessner, de nariz enrugado pelo interesse intelectual, respondeu de pronto:

— Isso lhe diz que ela *havia* subido as escadas.

— Não, não... o senhor não entendeu. Por que ela teria dito isso a *nós*?

— Para sugerir algo.

— Mas por que ia querer *sugerir*? Se sabe quem é o assassino, ela tem dois caminhos: contar-nos a verdade ou dobrar a língua e exigir dinheiro da pessoa em questão! Mas não fez isso. Tampouco disse de imediato: "Não vi ninguém. Estava dormindo." Ou: "Sim, vi uma pessoa, que era fulano." Por que essa ladainha imprecisa e significativa? *Parbleu*, só pode haver um motivo! *Ela estava sugerindo quem era o assassino*; de modo que o assassino *devia estar presente no momento.* Mas, além de mim e do Coronel Race, havia apenas duas pessoas presentes: Simon Doyle e o Dr. Bessner.

O médico saltou e rugiu.

— *Ach!* Do que está falando? Vai me acusar de novo? Que absurdo! Desprezível.

Poirot falou veemente:

— Fique quieto. Estou contando o que pensava no momento. Continuemos com a impessoalidade.

— Ele não quer dizer que ainda acha que é o senhor — disse Cornelia, apaziguadora.

Poirot prosseguiu.

— Então assim estava: entre Simon Doyle e o Dr. Bessner. Mas que motivo Bessner teria para matar Linnet Doyle? Nenhum, *até onde sei.* Simon Doyle, então? Impossível! Havia um bom número de testemunhas que atestavam que ele não tinha saído do salão naquela noite até que a refrega irrompeu. Depois disso, ele estava ferido e, portanto, seria fisicamente impossível para ele ter cometido o crime. Tinha eu boas provas destes dois pontos? Sim, tinha os testemunhos de *mademoiselle* Robson, de Jim Fanthorp e de Jacqueline de Bellefort em relação ao primeiro, e os depoimentos do Dr. Bessner e de *mademoiselle* Bowers em relação ao outro. Não havia possibilidade de dúvida.

"Então o Dr. Bessner *deveria* ser o culpado. A favor desta teoria, havia o fato de que a criada fora apunhalada *com um bisturi.* Por outro lado, Bessner chamara atenção a isso de livre e espontânea vontade.

"E então, meus amigos, tornou-se aparente um segundo e irrefutável fato. A sugestão de Louise Bourget não poderia se dirigir ao Dr. Bessner, *pois ela poderia falar em particular com ele no momento que quisesse.* Havia uma pessoa, *e apenas uma*, que correspondia à necessidade dela: *Simon Doyle!*

Simon Doyle estava ferido, sob supervisão constante na cabine do médico. Portanto, foi a Doyle que ela se arriscou a dizer aquelas palavras ambíguas, caso não tivesse outra chance. E lembro-me de como a moça prosseguiu, voltando-se a ele: '*Monsieur*, eu lhe imploro... entende o que se passa? O que posso dizer?' E a resposta: 'Mocinha, não seja tola. Ninguém acha que viu ou ouviu algo. Você vai ficar bem. Cuidarei de você. Ninguém a acusou de coisa alguma.' Foi a segurança que ela queria, e que conseguiu!"

Bessner proferiu uma bufada colossal.

— *Ach!* Mas é uma tolice! Acha que um homem com um osso fraturado e uma tala na perna poderia sair andando pelo barco, apunhalando os outros? Estou lhe dizendo que seria *impossível* para Simon Doyle sair da cabine.

Poirot falou com delicadeza:

— Eu sei. É verdade. Seria impossível. Era impossível, mas também era verdade! Só poderia haver *um significado lógico* por trás das palavras de Louise Bourget.

"Então voltei ao princípio e revi o crime à luz deste novo entendimento. Seria possível que, no período que precedeu o conflito, Simon Doyle tivesse deixado o salão e os outros tivessem esquecido ou não percebido? Não compreendia como poderia ser. Será que deveria desconsiderar os depoimentos do Dr. Bessner e de *mademoiselle* Bowers? Mais uma vez, tinha certeza de que não. Porém, lembrei, *houve um intervalo entre os dois*. Simon Doyle foi deixado a sós no salão por um período de cinco minutos, e o depoimento do Dr. Bessner aplicava-se apenas às horas *após aquele período*. Durante o período em questão, tínhamos apenas as provas da *aparência visual* e, embora aquilo parecesse de solidez perfeita, não era mais *certo*. O que havia sido de fato *visto*, deixando a suposição de fora?

"*Mademoiselle* Robson vira *mademoiselle* De Bellefort disparar a pistola, vira Simon Doyle desabar na cadeira, vira o homem apertar um lenço na perna e vira este lenço gradualmente ficar vermelho. O que *monsieur* Fanthorp havia ouvido e visto? Ele ouvira um tiro e encontrara Doyle com um lenço manchado de vermelho agarrado à perna. O que aconteceu então? Doyle insistiu que *mademoiselle* De Bellefort fosse retirada do recinto e que não fosse deixada a sós. Só depois disso sugeriu que Fanthorp chamasse o médico.

"Deste modo, *mademoiselle* Robson e *monsieur* Fanthorp saíram com *mademoiselle* De Bellefort e, nos cinco minutos seguintes, ficaram ocupados, *a bombordo*. As cabines de *mademoiselle* Bowers, do Dr. Bessner e de *mademoiselle* De Bellefort ficam todas a bombordo. Dois minutos eram tudo de que Simon Doyle precisava. Ele pega a pistola debaixo do canapé, arranca os sapatos, corre feito uma lebre silenciosa pelo convés a estibordo, entra na cabine da esposa, esgueira-se enquanto ela dorme, lhe dá um tiro na cabeça, deixa o frasco que continha a tinta vermelha na pia, pois não podia ser encontrado com aquilo em mãos, corre de volta, apossa-se da estola vermelha de *mademoiselle* Van Schuyler, que havia deixado de prontidão no vão lateral da cadeira, usa-a para envolver a pistola e dispara contra a própria perna. A cadeira na qual cai, desta vez em verdadeira agonia, fica perto de uma janela. Ele abre a janela e joga a pistola, enrolada no lenço delator dentro da estola de veludo, no Nilo."

— Impossível! — disse Race.

— Não, meu amigo, não é *impossível*. Lembre-se do depoimento de Tim Allerton. Ele ouviu um estouro *seguido* de um respingo. E ouviu outra coisa: os passos de um homem correndo, um homem que passou por sua porta. *Mas não poderia haver alguém correndo a estibordo do convés*. O que Mr. Allerton ouviu foram os passos das meias de Simon Doyle passando por sua cabine.

Race falou:

— Ainda digo que é impossível. Nenhum homem poderia arranjar esse plano de um lampejo só. Sobretudo um camarada como Doyle, que é de processo mental lento.

— Mas muito veloz e hábil no físico!

— Sim. Mas ele seria incapaz de planejar tudo isso.

— Mas não foi ele quem planejou, meu amigo. É nisso que estamos todos enganados. Parecia um crime cometido no calor do momento, mas *não foi* um crime cometido no calor do momento. Como afirmei, foi um trabalho de planejamento sagaz e bem pensado. Não poderia haver *acaso* de Simon Doyle estar com um frasco de tinta vermelha no bolso. Não, tinha que ser *desígnio*. Não foi *acaso* ele ter um lenço simples e sem identificações consigo. Não foi *acaso* o pé de Jacqueline de Bellefort ter chutado a pistola para baixo do canapé, onde ficaria longe da vista e só seria lembrada mais tarde.

— Jacqueline?

— Decerto. As duas metades do assassino. O que deu a *Simon* seu álibi? O tiro disparado por *Jacqueline*. O que dava a *Jacqueline* seu álibi? A insistência de *Simon* que resultou em uma enfermeira ao seu lado por toda a noite. Ali, entre os dois, temos todas as qualidades exigidas ao crime: o cérebro frio, habilidoso e planejador de Jacqueline de Bellefort, e o homem da ação para desempenhá-lo com velocidade e sincronia incríveis.

"Se olharem do modo devido, todas as perguntas são respondidas. Simon Doyle e Jacqueline de Bellefort eram namorados. Percebam que ainda são e tudo fica claro. Simon se livra da esposa rica, herda o dinheiro dela, *e, no tempo oportuno, casa-se com seu antigo amor.* Tudo muito engenhoso. Jacqueline perseguindo madame Doyle, tudo parte do plano. A raiva fingida de Simon. E ainda assim… houve lapsos. Uma vez ele me discorreu sobre mulheres possessivas… discorreu com amargura real. Era para ficar claro a mim *que ele estava pensando na esposa*, não em Jacqueline. Depois, o modo como se comportava com a esposa em público. Um cavalheiro inglês comum, desarticulado como Simon Doyle, tem muita vergonha de demonstrar afeto. Simon não era bom ator. Exagerou em seus modos dedicados. Aquela conversa que tive com *mademoiselle* Jacqueline também, quando ela fingiu que alguém havia ouvido, sendo que *eu* não vi ninguém. E *não havia* ninguém! Mas seria uma distração útil mais à frente. Então, certa noite, no barco, achei que havia escutado Simon e Linnet em frente à minha cabine. Ele dizia: 'Temos que agir agora.' Sim, era Doyle, mas era com Jacqueline que estava falando.

"O drama final foi de planejamento e sincronia perfeitos. Um sonífero para mim, caso eu viesse a me meter onde não tinha sido chamado. Houve a seleção de *mademoiselle* Robson como testemunha; a preparação do cenário, o remorso e a histeria exagerados de *mademoiselle* De Bellefort. Ela fez bastante barulho para evitar que o tiro fosse ouvido. *En vérité*, foi uma ideia de sagacidade extraordinária. Jacqueline diz que atirou em Doyle, *mademoiselle* Robson diz o mesmo, Fanthorp confirma… e quando se examina a perna de Simon, ele *levou mesmo* um tiro. Parece incontestável! Para ambos há um álibi perfeito: à custa, é verdade, de uma certa dose de dor e risco para Simon Doyle, mas era necessário que a ferida o desabilitasse.

"E então o plano dá errado. Louise Bourget estava desperta. Ela subiu a escada e viu Simon Doyle correr à cabine da esposa e voltar. No dia seguinte, é fácil juntar as peças do que aconteceu. E então ela avança com ganância, querendo ser paga para manter o silêncio, e, ao fazê-lo, assina sua sentença de morte."

— Mas *como* Mr. Doyle teria matado *mademoiselle* Bourget? — pergunta Cornelia.

— Não, foi a sócia que cometeu este assassinato. Assim que pode, Simon Doyle quer ver Jacqueline. Ele chega a me pedir para deixá-los a sós. Então, conta a ela do novo risco. Precisam agir de imediato. Ele sabe onde os bisturis de Bessner estão guardados. Depois do crime, o bisturi é limpo e devolvido, e então, atrasada e esbaforida, Jacqueline de Bellefort corre para o almoço.

"Ainda assim, nem tudo está bem. *Pois madame Otterbourne viu Jacqueline entrar na cabine de Louise Bourget.* E ela vai a passos largos contar a Simon. Jacqueline é a assassina. Lembra-se de como Simon gritou com a pobre mulher? Nervos, nós pensamos. Mas a porta estava aberta e ele queria transmitir o perigo à sua cúmplice. Ela ouviu e agiu como um raio. Jacqueline lembrou que Pennington mencionara um revólver. Ela pegou a arma, esgueirou-se pela porta, ficou ouvindo e, no momento crítico, disparou. Certa vez, gabou-se de ter boa mira, e seu alarde não foi à toa.

"Depois do terceiro crime, comentei que havia três maneiras de o assassino ter fugido. Quis dizer que ele poderia ter ido para a popa... caso em que Tim Allerton seria o criminoso... poderia ter pulado a amurada, o que era muito improvável, ou poderia ter entrado na cabine. A cabine de Jacqueline ficava apenas duas depois da do Dr. Bessner. Ela tinha apenas que soltar o revólver, correr para a cabine, remexer o cabelo e se jogar na cama. Era arriscado, mas também era a única oportunidade."

Fez-se o silêncio, então Race perguntou:

— O que aconteceu com a primeira bala que a moça disparou contra Doyle?

— Creio que tenha entrado na mesa. Há um buraco recente ali. Creio que Doyle teve tempo de recolhê-la com um canivete e se livrar dela pela janela. Ele tinha um cartucho extra, para que parecesse que só haviam acontecido dois disparos.

Cornelia suspirou.

— Eles pensaram em tudo — comentou ela. — Que... que horror!

Poirot ficou em silêncio. Mas não foi um silêncio modesto. Era como se seus olhos dissessem: "Está errada. Eles não consideraram Hercule Poirot."

Ele disse em voz alta:

— E agora, doutor, vamos ter uma palavrinha com seu paciente...

Capítulo 29

Era bem mais tarde, na mesma noite, quando Hercule Poirot foi bater na porta da cabine.

Uma voz mandou entrar, e ele assim o fez.

Jacqueline de Bellefort estava sentada em uma cadeira. Em outra, rente à parede, estava a camareira corpulenta.

O olhar de Jacqueline avaliou o detetive, pensativo. Ela fez sinal para a camareira.

— Ela pode sair?

Poirot assentiu para a mulher enquanto ela saía. Poirot puxou a cadeira e sentou-se perto de Jacqueline. Nenhum deles falou. O rosto do belga estava descontente.

No final, foi a moça quem falou primeiro.

— Bem — disse ela —, está tudo encerrado! O senhor é esperto demais para nosso gosto, *monsieur* Poirot.

O detetive suspirou. Ele estendeu as mãos. Parecia estranhamente anestesiado.

— De qualquer modo — falou Jacqueline, reflexiva —, não há como o senhor ter muitas provas. É claro que estava certo, mas se tivéssemos continuado nosso blefe…

— Não haveria outra forma de isso acontecer.

— O que é prova suficiente para uma mente lógica, mas não creio que convenceria um júri. Ah, enfim… não há nada a ser feito. O senhor jogou tudo sobre Simon e ele caiu como um pino de boliche. Ficou nervoso, o pobrezinho, e admitiu tudo.

Ela balançou a cabeça.

— Ele é mau perdedor.

— Mas a *mademoiselle* é boa perdedora.

Ela riu de repente. Uma risada esquisita, alegre, desafiadora.

— Ah, sim, sou ótima perdedora. — E olhou para ele.

Ela falou, repentina e impulsiva:

— Não dê tanta importância, *monsieur* Poirot! A mim, no caso. O senhor se importa, não é?

— Sim, *mademoiselle*.

— Mas não lhe teria ocorrido me deixar escapar?

Hercule Poirot falou em voz baixa:

— Não.

Ela assentiu, concordando em silêncio.

— Não, não há por que ser sentimental. Posso fazer de novo... Não sou mais uma pessoa segura. Eu mesma sinto isso... — Ela prosseguiu, ressentida: — É assustador como é fácil. Matar, no caso. E você começa a achar que não tem problema... que é só *você* que importa! É perigoso.

Ela fez uma pausa, depois falou com um leve sorriso:

— O senhor fez tudo que podia por mim, não? Naquela noite em Assuã, o senhor me disse para não abrir o coração para o mal... Já sabia então o que eu tinha em mente?

Ele fez que não.

— Sabia apenas do que falei.

— Era verdade... Eu poderia ter parado ali. Quase parei... Poderia ter dito a Simon que não ia prosseguir... Mas aí, quem sabe...

Ela se interrompeu. Depois falou:

— Gostaria de ouvir mais? Desde o início?

— Caso se digne a me contar, *mademoiselle*.

— Acho que quero. Na verdade, foi muito simples. Perceba que Simon e eu nos amamos...

Foi uma declaração prosaica, mas, por baixo do tom tranquilo, ouvia-se ecos...

Poirot disse apenas:

— E, para a *mademoiselle*, o amor seria o bastante. Mas não para ele.

· AGATHA CHRISTIE ·

— Talvez possa colocar desta maneira. Mas o senhor não entende Simon. Veja que ele sempre ansiou por dinheiro. Gostava de tudo que se consegue com dinheiro: cavalos, iates, esporte. Tudo que é belo, coisas pelas quais um homem precisa ter avidez. E ele nunca conseguiu ter qualquer uma delas que fosse. É muito simplório, o pobre Simon. Quer as coisas tal qual uma criança, entende? Anseia por elas.

"De qualquer modo, ele nunca tentou se casar com uma dessas mulheres ricas e repugnantes. Não fazia o tipo dele. E então nos conhecemos... e... e aí as coisas meio que se resolveram. Porém, não víamos quando conseguiríamos nos casar. Ele tinha um emprego aceitável, mas fora demitido. Por culpa dele mesmo, de certo modo. Tentou fazer uma esperteza com o dinheiro, mas foi pego. Não creio que tinha intenção de ser desonesto. Só achou que fosse o tipo de coisa que se fazia na City."

Um lampejo passou pelo rosto do ouvinte, mas ele segurou a língua.

— Lá estávamos nós, naquele impasse; então pensei em Linnet e na casa de campo, e corri até ela. Saiba, *monsieur* Poirot, que eu amava Linnet, amava de verdade. Era minha melhor amiga e nunca sonhei que algo ocorreria entre nós. Só achava uma sorte ela ser rica. Poderia fazer toda a diferença para mim e Simon se ela lhe desse um emprego. E Linnet foi uma querida e disse para eu levar Simon e apresentar os dois. Foi por esta época que o senhor nos viu no Chez Ma Tante. Estávamos festejando, embora nem tivéssemos como pagar pela refeição.

Ela fez uma pausa, deu um suspiro e prosseguiu.

— O que vou dizer agora é a verdade absoluta, *monsieur* Poirot. Mesmo que Linnet esteja morta, a verdade não se altera. É por isso que não sinto por ela, nem mesmo agora. Ela fez de tudo para tirar Simon de mim. É a verdade absoluta! Não creio que tenha hesitado nem por um minuto. Por mais que eu fosse sua amiga, ela não se importava. Foi cegamente a Simon...

"E Simon não lhe deu a mínima! Falei muito ao senhor sobre glamour, mas claro que não era verdade. Ele não queria saber de Linnet. Ele a achava bonita, mas mandona demais. E ele odeia mulheres mandonas! Aquilo tudo o deixou envergonhadíssimo. Mas ele gostou da ideia de ter o dinheiro dela.

"É óbvio que eu percebi... E, por fim, sugeri que seria bom se ele... se livrasse de mim e se casasse com Linnet. Mas ele rejeitou a ideia. Disse que, com ou sem dinheiro, casar-se com ela seria um inferno. Falou que o dinheiro era para ser dele, não de uma esposa rica que controlasse seus gastos. 'Eu seria um príncipe consorte condenado', ele me disse. Também disse que não queria qualquer pessoa que não eu...

"Acho que sei quando foi que a ideia lhe ocorreu. Certo dia, ele falou: 'Se eu tivesse sorte, casaria com ela e ela morreria mais ou menos um ano depois e me deixaria tudo.' E foi aí que seu olhar ficou esquisito. Foi aí que lhe ocorreu pela primeira vez...

"Ele falava muito no assunto, de um jeito ou de outro. De como seria conveniente se Linnet morresse. Falei que era uma péssima ideia, então ele se calou. Depois, um dia, eu o encontrei lendo sobre arsênico. Cobrei explicações. Ele riu e disse: 'Quem não arrisca não petisca! Será praticamente a única vez na vida que estarei perto de tanto dinheiro.'

"Passado algum tempo, vi que ele estava decidido. E fiquei apavorada. Apavoradíssima. Pois, veja bem, *percebi que ele nunca ia conseguir*. Simon é simplório, infantil. Não daria conta do recado com o mínimo de sutileza. E não tem imaginação. Provavelmente enfiaria arsênico na goela de Linnet e acharia que um médico diria que ela havia morrido de gastrite. Ele sempre achava que tudo daria certo.

"Então tive que entrar no plano, para cuidar dele..."

Ela proferiu aquilo de forma simples, mas de plena boa-fé. Poirot não tinha dúvida alguma de que sua motivação era aquela conforme ela dissera. Miss De Bellefort, em si, não cobiçara o dinheiro de Linnet Ridgeway, mas era apaixonada por Simon Doyle, e o amava muito além da sensatez, da retidão e da pena.

— Eu pensei e pensei... tentei organizar um plano. Percebi que o alicerce de tudo deveria ser um álibi de mão dupla. O senhor entende: se Simon e eu pudéssemos, de algum modo, dar provas um contra o outro, aquelas provas nos inocentariam. Para mim seria fácil fingir o ódio a Simon. Foi algo provável de acontecer diante das circunstâncias. Aí, se Linnet fosse morta, eu provavelmente seria a suspeita, e seria melhor se fosse suspeita de imediato. Trabalhamos os detalhes aos poucos. Eu queria que, se algo desse errado, chegassem a mim, e não a Simon. Mas ele estava preocupado comigo.

"A única coisa que me deixava contente era que não seria eu a executar o ato. Eu não conseguiria! Não teria o sangue-frio de matá-la durante o sono! Eu não a tinha perdoado: creio que poderia matá-la cara a cara, mas não de outro modo...

"Concebemos tudo cuidadosamente. Mesmo assim, Simon foi lá e escreveu um J com sangue, que foi uma coisa muito melodramática de se fazer. O tipo de coisa que *ele* pensaria! Mas deu tudo certo."

Poirot assentiu.

— Sim. Não foi culpa sua que Louise Bourget não conseguiu dormir naquela noite... E depois, *mademoiselle*?

Ela olhou em seus olhos.

— Pois é — disse ela —, uma coisa horrível, não? Nem acredito que eu... fiz uma coisa dessas! Agora sei o que quis dizer quanto a abrir o coração para o mal... O senhor sabe muito bem como aconteceu. Louise deixou claro a Simon que ela sabia. Simon fez o senhor me levar a ele. Assim que estávamos juntos, a sós, me contou o que havia acontecido. Falou o que eu tinha que fazer. Eu nem fiquei horrorizada. Só sentia tanto medo, estava morta de medo... É isso que faz o homicídio... Simon e eu estávamos a salvo, totalmente a salvo, a não ser por aquela maldita francesinha. Levei a ela todo o dinheiro que conseguimos juntar. Fingi que implorava. E então, enquanto a mulher contava o dinheiro, eu... eu a apunhalei! Foi fácil. Isso é o mais terrível, o mais assustador... É tão fácil...

"E, mesmo assim, não ficamos a salvo. Mrs. Otterbourne havia me visto. Ela cruzou o convés em triunfo à procura do senhor e do Coronel Race. Não tive tempo de pensar. Só agi como um raio. Foi quase empolgante. Sabia que seria arriscado. O que pareceu deixar melhor..."

Ela parou de novo.

— O senhor se lembra de quando entrou em minha cabine, depois? E disse que não tinha certeza de por que havia vindo. Eu estava tão indignada... tão apavorada. Achei que Simon fosse morrer...

— E eu... torcia para isso — disse Poirot.

Jacqueline assentiu.

— Sim, seria melhor para ele.

— Foi o que pensei.

Jacqueline olhou para a austeridade daquele rosto.

Ela falou delicadamente:

— Não me dê tanta consideração, *monsieur* Poirot. Afinal de contas, sempre tive uma vida complicada, como sabe. Se saíssemos vitoriosos, eu seria muito feliz e aproveitaria tudo e provavelmente nunca me arrependeria de nada. Tal como estamos... bom, é o que é.

Ela complementou:

— Imagino que a camareira esteja presente para cuidar que eu não me enforque nem engula uma cápsula miraculosa de ácido prússico, como as pessoas fazem nos livros. Não precisam ter medo! Não farei isso. Será mais fácil para Simon se eu apenas ficar aqui.

Poirot se levantou. Jacqueline também. Ela falou com um sorriso repentino:

— Lembra quando eu disse que tenho que seguir minha estrela? O senhor me avisou que poderia ser uma estrela falsa. E eu respondi: "Aquela estrela muito ruim, senhor! Aquela estrela cai."

Ele saiu para o convés com o riso dela ribombando nos ouvidos.

Capítulo 30

Já era alvorada quando chegaram a Shellal. Os rochedos desciam sinistros até a beira do rio.

Poirot murmurou: "*Quel pays sauvage!*"

Race estava ao seu lado.

— Bom — disse ele —, cumprimos nosso papel. Já preparei tudo para que Richetti desça primeiro. Ainda bem que chegamos a ele. É uma figura traiçoeira. Deixou-nos de mãos abanando dezenas de vezes.

Ele prosseguiu:

— Vamos precisar de uma maca para Doyle. É notável como ele degringolou.

— Não exatamente — disse Poirot. — Este tipo de criminoso jovial costuma ser deveras presunçoso. Assim que se estoura a bolha da autoestima, acabou! Eles desabam como crianças.

— Merecia ser enforcado — comentou Race. — É um salafrário de sangue-frio. Sinto muito pela moça, mas não há nada a ser feito.

Poirot fez que não com a cabeça.

— As pessoas dizem que o amor justifica tudo, mas não é verdade… Mulheres que cuidam de homens do modo como Jacqueline cuida de Simon Doyle são perigosas. Foi o que falei quando a conheci. "Ama demais, esta pequena!" E é verdade.

Cornelia Robson apareceu ao lado dele.

— Ah — disse ela —, estamos quase chegando.

A moça parou por alguns instantes e então complementou:

— Eu estava com ela.

— Com *mademoiselle* De Bellefort?

— Sim. Achei que era terrível demais ela ficar enclausurada com aquela camareira. Mas a prima Marie ficou irritadíssima.

Miss Van Schuyler vinha devagar pelo convés na direção deles. Seus olhos eram peçonhentos.

— Cornelia — disse a idosa —, seu comportamento foi absurdo. Vou lhe mandar direto para casa.

Cornelia respirou fundo.

— Sinto muito, prima Marie, mas não vou para casa. Vou me casar.

— Então enfim criou juízo — retrucou Miss Van Schuyler.

Ferguson veio a passos largos pela curva do convés. Falou:

— Cornelia, o que estou ouvindo? Não pode ser verdade.

— Mas é — respondeu ela. — Vou me casar com o Dr. Bessner. Ele fez o pedido ontem à noite.

— E por que vai se casar com ele? — perguntou Ferguson, furioso. — Só porque ele é rico?

— Não, não é isso — disse Cornelia, indignada. — Gosto dele. Ele é gentil e inteligente. Sempre me interessei por pessoas doentes e clínicas, e terei uma vida maravilhosa com ele.

— Está querendo dizer — falou Mr. Ferguson, incrédulo — que prefere se casar com um velho nojento a se casar comigo?

— Sim, prefiro. Você não é confiável! Não seria uma pessoa tranquila de se conviver. E ele não é *velho*. Ele ainda não tem nem 50 anos.

— Mas tem barriga — disse Mr. Ferguson, venenoso.

— Bom, eu tenho ombros largos — retrucou Cornelia. — A aparência não importa. O Dr. Bessner disse que eu poderia ajudá-lo no trabalho e que vai me ensinar tudo sobre neuroses.

Ela tomou distância.

Ferguson perguntou a Poirot:

— Acha que ela quis mesmo dizer aquilo?

— Sem dúvida.

— Pois é louca então — declarou Ferguson.

Os olhos de Poirot cintilaram.

— É uma mulher de mente original — respondeu o detetive. — Deve ser a primeira que o senhor encontra assim.

O barco entrou na plataforma. Fez-se um cordão em volta dos passageiros e pediram para que esperassem antes de desembarcar.

Richetti, de expressão sombria e mal-humorada, foi conduzido a terra por dois maquinistas.

Então, após certa demora, trouxe-se uma maca. Simon Doyle foi carregado pelo convés até o passadiço.

Sua aparência era de um homem mudado: servil, assustado, desprovido de toda a fleuma juvenil.

Jacqueline de Bellefort veio em seguida. Uma camareira caminhava ao seu lado. A moça estava pálida, porém, no mais, tinha a aparência de sempre. Aproximou-se da maca.

— Olá, Simon — disse ela.

Ele logo ergueu o olhar para ela. A antiga expressão juvenil voltou ao seu rosto por um instante.

— Eu estraguei tudo — falou ele. — Perdi a cabeça e admiti! Desculpe, Jackie. Decepcionei você.

Ela sorriu para ele.

— Está tudo bem, Simon. É um jogo de tolos, e nós perdemos. Nada mais.

Ela ficou de lado. Os carregadores pegaram os cabos da maca.

Jacqueline se abaixou e amarrou os cadarços do sapato. Então sua mão passou ao alto da meia sete-oitavos e ela ficou de pé com algo na mão.

Ouviu-se um *pop* curto e explosivo.

Simon Doyle teve uma convulsão e depois ficou imóvel.

Jacqueline de Bellefort apenas meneou a cabeça. Parou por um instante com a pistola na mão. Deu um sorriso passageiro a Poirot.

Depois, quando Race deu um pulo, a mulher voltou o brinquedinho reluzente contra o coração e apertou o gatilho.

Ela despencou como uma pilha de tecido amarfanhado.

Race berrou:

— Onde diabo ela conseguiu a pistola?

Poirot sentiu a mão de alguém no braço. Mrs. Allerton falou com suavidade:

— O senhor... sabia?

O belga assentiu.

— Ela tinha duas pistolas. Percebi quando ouvi dizer que uma havia sido encontrada na bolsa de mão de Rosalie Otterbourne no dia da revista. Jacqueline se sentara na mesma mesa que elas. Quando percebeu que haveria uma revista, ela a colocou sorrateiramente na bolsa da outra moça. Mais tarde, foi até a cabine de Rosalie e a recuperou, depois de distraí-la comparando batons. Como tanto ela e a cabine haviam sido revistadas um dia antes, não se achou necessário repetir a busca.

Mrs. Allerton disse:

— O senhor queria que ela optasse por esta saída?

— Sim. Mas ela não o faria sozinha. É por isso que Simon Doyle teve morte mais fácil do que merecia.

Mrs. Allerton estremeceu.

— O amor chega a assustar.

— É por isso que as grandes histórias de romance são tragédias.

Os olhos de Mrs. Allerton caíram sobre Tim e Rosalie, que estavam lado a lado à luz do sol, e ela falou de repente, ardorosa:

— Mas, graças a Deus, existe felicidade no mundo.

— Como diz, madame, graças a Deus.

Em seguida, os passageiros já estavam em terra.

Depois, os corpos de Louise Bourget e Mrs. Otterbourne foram retirados do *Karnak*.

Por fim, o corpo de Linnet Doyle foi trazido a terra e, por todo o mundo, os cabos telegráficos zuniram para contar que Linnet Doyle, antes Linnet Ridgeway, a famosa, a bela e rica Linnet Doyle, havia falecido.

Sir George Wode leu a respeito em seu clube londrino; Sterndale Rockford, em Nova York; Joanna Southwood, na Suíça; e gerou-se uma discussão no Três Coroas de Malton-under-Wode.

E o amigo magro de Mr. Burnaby disse:

— Ora, mas não era mesmo justo ela ter tudo.

E Mr. Burnaby disse, afiado:

— Bom, não me parece que fez muito bem à pobre moça.

Então, passou-se um tempo e eles pararam de falar da moça para discutir quem venceria o Grand National. Pois, como Mr. Ferguson mencionara naquela ocasião em Luxor, o que importa não é o passado, mas o futuro.

Notas sobre
Morte no Nilo

Este é o 30º romance policial de Agatha Christie e o 17º a estrelar o detetive Hercule Poirot. Pensado inicialmente como peça de teatro — chamada *Moon on the Nile* (em tradução livre, *Lua sobre o Nilo*), nunca chegou aos palcos e foi transformado em prosa e publicado originalmente em capítulos na *Saturday Evening Post* (revista sorrateiramente citada no Capítulo 8) a partir de maio de 1937, e depois em livro, na Inglaterra, em novembro do mesmo ano. A autora tinha 47 anos. Há um conto de 1933 no qual usou o mesmo título, que estrela o detetive Parker Pyne, mas tem trama bastante diferente.

Christie visitou o Egito várias vezes desde a adolescência. É bom lembrar que o país africano estava sob domínio britânico desde 1882 e virou formalmente um protetorado em 1914. Apesar de o Império Britânico ter declarado o Egito independente em 1922, a influência bretã ainda seria direta por mais três décadas. É neste período de ampla circulação dos britânicos pelo Egito que se passa *Morte no Nilo*. A grande inspiração para a narrativa veio de uma viagem da autora com seu segundo marido, o arqueólogo Max Mallowan, e a filha Rosalind, no final de 1933. Eles cruzaram o Nilo a bordo de um barco chamado *Karnak* e hospedaram-se no Hotel Catarata, ambos citados no livro.

Mencionada nas páginas 13, 203 e 226, a rede de lojas Woolworth popularizou a venda de produtos a preços fixos, sendo uma das responsáveis em difundir o formato dos livros de bolso, sobretudo os escritos por Agatha Christie.

A City de Londres, mencionada na página 19 e na página 305, é o centro metropolitano, comercial e político da capital inglesa. Originou-se a partir do assentamento romano Londínio, fundado por volta de 43 d.c. A ponte sobre o rio Tâmisa tornou o local um importante porto e uma passagem fundamental para o comércio do país. Hoje em dia, a City abriga algumas das maiores instituições financeiras do planeta e é um dos mais importantes centros financeiros europeus.

A palavra *bakshish*, usadas pelas crianças egípcias para Poirot e Miss Otterbourne na página 48, têm vários significados na cultura dos países do Oriente Médio e do sul da Ásia. Pode significar um pedido de caridade, como uma esmola; uma gorjeta que envolve não apenas dinheiro, mas também uma demonstração de gratidão, respeito ou admiração; e, em alguns casos, um suborno. Já *imshi*, a resposta de Mrs. Allerton para os pedidos de *bakshish* na página 87, significa "Dê o fora", "Saia daqui".

A Vinha de Nabote, mencionada por Mrs. Allerton na página 90, é uma história bíblica do Primeiro Livro de Reis. Conta a história do rei Acabe que, sem conseguir convencer Nabote a vendê-lo sua vinha, entra em depressão. A rainha Jezebel, então, decide matar Nabote em um julgamento arranjado que tornaria o rei seu herdeiro legal, possibilitando-lhe tomar as terras em que a vinha estava. O profeta Elias avisa ao rei sobre sua perdição e, no Segundo Livro de Reis, é apresentado que a morte de seu filho Jorão ocorrera como castigo ao acontecido. É uma história, portanto, sobre ganância e sobre o direito que os mais ricos pensam ter sobre os mais pobres.

O *dahabiah*, mencionado por Poirot na página 98, é uma embarcação para passageiros típica do Nilo.

O guia Baedeker, usado pelo Dr. Bessner por todo o cruzeiro, é um famoso guia de viagens europeu, sobretudo na Alemanha e em seus países vizinhos. A coleção de guias turísticos recebeu esse nome em homenagem ao seu editor, Karl Baedeker, que, junto ao inglês de John Murray III, foi um dos criadores do guia de viagens, a partir da ideia que um viajante poderia encontrar todas as informações necessárias sobre uma região em um único livro.

Na página 119, o motivo de Miss Bowers achar tão divertido uma deusa egípcia ser chamada de Mut é porque a palavra *mutt* em inglês significa "vira-lata".

Na página 135, Jacqueline de Bellefort cantarola "*He was her man and he did her wrong*" (em tradução livre, *Ele era o homem dela e ele a tratou mal*), verso de "Frankie e Albert" ou "Frankie e Johnny", balada tradicional norte-americana com várias versões a partir de 1899. Baseada em um ou mais casos reais de assassinato, a música conta a história de uma moça, Frankie, que atira no namorado quando o vê na cama com outra. Uma das versões mais famosas é a de Johnny Cash, lançada em 1959 com o título "Frankie's Man, Johnny".

Em 1937, os britânicos ainda sentiam os efeitos da Crise de 1929, o *crash* da Bolsa de Valores de Nova York que desatou a Grande Depressão. Os personagens citam, por exemplo, como isso impactou os investimentos das famílias Ridgeway e Allerton, além da empregabilidade de Simon Doyle.

Morte no Nilo se passa antes da adoção do sistema decimal na moeda britânica, que só viria a acontecer em 1971. Por isso, os personagens ainda falam em frações como *pence* (1/40 de libra esterlina). O lenço de Simon Doyle que custaria "três *pence*, no máximo" em 1936, sairia por setenta centavos de libra em 2020. O vestido de Linnet Doyle, "um modelo de oito guinéus" — o guinéu era uma moeda de ouro usada até o século XIX, embora o termo tenha seguido em uso coloquial no século seguinte — custaria aproximadamente seiscentas libras em 2020.

Poirot cita o poema "La vie est vaine", do poeta belga Léon de Montenaeken, na página 246. Em tradução livre: "A vida é vã/ Um pouco de amor/ Um pouco de ódio/ E então bom dia/ A vida é breve/ Um pouco de esperança/ Um pouco de sonho/ E então boa noite".

Na página 265, Mr. Fanthorp diz que usa uma gravata de Eton, um famoso colégio interno inglês. Fundado em 1440 pelo rei Henrique VI, Eton é uma das instituições de ensino mais exclusivas do país, tendo em sua lista de ex-alunos dezenove primeiros-ministros e o príncipe William.

Como a autora menciona no Prefácio, *Morte no Nilo* foi adaptado para o teatro pela própria. Christie mudou o nome da trama para *Hidden Horizon* (em tradução livre, *Horizonte oculto*) e trocou Poirot pelo Cônego Pennefather — pois estava em um período de desgosto com seu personagem belga e quis outro detetive na trama. A peça estreou em 1944 no Dundee Repertory Theatre, tendo passado em 1946 pelo West End de Londres e pela Broadway de Nova York, sem sucesso, mas de volta ao título *Morte no Nilo*. O livro ainda teria outras adaptações, como o longa-metragem de 1978 com grande elenco — onde Peter Ustinov interpretou Poirot pela primeira vez —, versões na TV, nos videogames e nos quadrinhos. Há uma nova adaptação cinematográfica em produção, sob o comando do diretor Kenneth Brannagh — que volta a interpretar Poirot — e com a atriz israelense Gal Gadot no papel de Linnet Ridgeway/Doyle e grande elenco.

Este livro foi impresso pela Ipsis
em 2022, para a HarperCollins Brasil.
A fonte usada no miolo é Cheltenham, corpo 9,5/13,5pt.
O papel do miolo é pólen soft 80g/m²,
e o da capa é couché 150g/m²e cartão paraná.